■ 著

露意莎·梅·奧爾柯特 Louisa May Alcott

1832年出生於美國賓州，父親為當時知名的超驗哲學家愛莫斯·布朗森·奧爾柯特（Amos Bronson Alcott）。她的父親常與愛默生與梭羅等人往來，並且支持廢除奴隸制度及女權運動的前衛思想。在這樣的家庭中成長，養成了露意莎獨立、熱愛閱讀及寫作的個性。由於家境貧困，除了專職寫作外，露意莎也曾經擔任女傭、裁縫、家庭教師……等職務，直到《小婦人》出版後，露意莎成為暢銷作家才逐漸改善家中經濟情況。除了專事寫作，露意莎也在晚年完成父親未竟的遺志——開辦學校。這些生活經歷後來也都寫進了《小婦人》的後續作品《好妻子》、《小紳士》與《喬的男孩》。然而與她筆下的喬不同，露意莎本人終身未婚。

■ 譯

聞翊君

水人，熱愛文字、動物、電影、紙本書籍。現為自由譯者，擅長文學、運動健身、科普翻譯。聯絡信箱：andorawen@gmail.com

LITTLE WOMEN

小婦人

by— Louisa May Alcott

Golden Age 39

小婦人 Little Women

(復刻精裝版)【收錄 1896 年經典名家插畫 120 幅】
(150 週年紀念・無刪節全譯本)

作　　者　露意莎・梅・奧爾柯特 Louisa May Alcott
繪　　者　法蘭克・T・麥瑞爾 Frank T. Merrill
譯　　者　聞翊均

野人文化股份有限公司
社　　長　張瑩瑩
總 編 輯　蔡麗真
主　　編　鄭淑慧
責任編輯　徐子涵
專業校對　魏秋綢
行銷企劃　林麗紅
封面設計　周家瑤
內頁排版　洪素貞

讀書共和國出版集團
社長　郭重興
發行人兼出版總監　曾大福
業務平臺總經理　李雪麗
業務平臺副總經理　李復民
實體通路協理　林詩富
網路暨海外通路協理　張鑫峰
特販通路協理　陳綺瑩
印務　黃禮賢、李孟儒

出　　版　野人文化股份有限公司
發　　行　遠足文化事業股份有限公司
地址：231新北市新店區民權路108-2號9樓
電話：(02) 2218-1417　傳真：(02) 8667-1065
電子信箱：service@bookrep.com.tw
網址：www.bookrep.com.tw
郵撥帳號：19504465遠足文化事業股份有限公司
客服專線：0800-221-029
法律顧問　華洋法律事務所　蘇文生律師
印　　製　成陽印刷股份有限公司
初版首刷　2019年12月

歡迎團體訂購，另有優惠，請洽業務部 (02) 22181417分機1124、1135

國家圖書館出版品預行編目資料

小婦人 / 露意莎 . 梅 . 奧爾柯特 (Louisa May Alcott) 作 ; 聞翊均譯 . -- 初版 . -- 新北市 : 野人文化出版 : 遠足文化發行 , 2019.12
面 ;　公分 . -- (Golden age ; 39)
復刻版
譯自 : Little women
ISBN 978-986-384-401-3(精裝)

874.57　108019711

野人文化官方網頁
野人文化讀者回函

小婦人

線上讀者回函專用 QR CODE，你的寶貴意見，將是我們進步的最大動力。

《小婦人》

祕密特輯

真正的小婦人：馬奇家的角色原型

露意莎・梅・奧爾柯特（Louisa May Alcott）：一八三二年十一月於美國賓州出生。她最知名的半自傳小說《小婦人》大量取材自她的家庭生活與生活經驗。書中角色大多皆可找到原型。露意莎本人就是書中愛寫作、愛看書，魯莽又有衝勁的二女兒喬。

安娜・奧爾柯特・普萊特（Anna Alcott Pratt）：《小婦人》中大姊瑪格的原型。生於一八三一年三月。從小便對舞台抱有夢想，小時候常與露意莎兩人自編自導戲劇，這個橋段也被露意莎寫進《小婦人》中。一八五八年，她與露意莎一起創立了「康科德戲劇聯盟」，並在那裡認識了她未來的先生約翰・布里奇・普萊特（也是書中約翰・布魯克的原型）。

伊莉莎白・希瓦爾・奧爾柯特（Elizabeth Sewall Alcott）：三妹貝絲的原型，生於一八三五年。一八五六年，她在幫助一個德國的貧苦家庭時染上

露意莎・梅・奧爾柯特

露意莎二十歲肖像。

猩紅熱，雖然後來痊癒，身體卻從此變得虛弱。最終於一八五八年過世，當時她才二十二歲。

（艾比蓋兒）・梅・奧爾柯特・尼爾尼克（Abigail May Alcott Nieriker）：四妹艾咪的原型。生於一八四〇年，是名繪畫藝術家，曾經為《小婦人》一八六八年版繪製書中插畫。一八七九年十二月，她在生下女兒「露露（Lulu）」七個星期後過世。

阿比蓋兒・奧爾柯特（Abigail "Abba" Alcott）：書中明理慈藹的馬奇太太，現實生活中便是露意莎敬愛的母親。她是社會運動參與者，致力推動婦女選舉權與廢除奴隸制度，這對露意莎產生很大的影響。小說中馬奇（March，也有三月的意思）這個姓氏，便是

四妹梅・奧爾柯特
自畫像。

父親愛莫斯・布朗森・
奧爾柯特。

©Wikimedia commons

母親阿比蓋兒・
奧爾柯特。

來自母親的家族姓氏梅（May，意指五月）。

愛莫斯・布朗森・奧爾柯特（Amos Bronson Alcott）：奧爾柯特四姊妹的父親，是一名教師、超驗主義哲學家與改革者，支持廢奴與女權運動，也是馬奇先生的原型。然而現實中作為父親，布朗森本人對家庭的經濟貢獻相當有限，在露意莎成為暢銷作家前，奧爾柯特家族一直處於經濟危機之中。

梅．奧爾柯特的畫作

©Wikimedia commons

©Wikimedia commons

©Wikimedia commons

梅筆下的父親，愛莫斯的畫像。

©Wikimedia commons

梅・奧爾柯特為《小婦人》繪製的插圖

©Wikimedia commons

©Wikimedia commons

©Wikimedia commons

©Wikimedia commons

©Wikimedia commons

誰是羅瑞？

在《小婦人》中，英俊風趣的男孩羅瑞．羅倫斯是許多女孩的文學初戀，同時他與喬和艾咪之間的情感轉折也是許多讀者關注的重點。既然這個迷人的角色出自擅長從生活取材的露意莎，就必然有其原型。這名角色是由兩名男子構成，一是露意莎在瑞士旅遊時認識的波蘭青年拉迪斯拉思「拉迪」．威西尼夫斯基（Ladislas "Laddie" Wisniewski），羅瑞風趣與愛惡作劇的個性便是出自於他；而溫暖愛幫助人的個性則是來自露意莎在康科德戲劇聯盟中認識的好友阿爾弗雷德．惠特曼（Alfred "Alf" Whitman）。

拉迪與露意莎相識時才二十歲，比當時的露意莎還要年輕十三歲。他是個相當風趣的年輕人，在鋼琴演奏上也相當有才華。即使有些許的語言隔閡，兩人仍在瑞士與巴黎度過相當快樂的時光，不過在拉迪心中，露意莎是一個「小媽媽」（little Mamma），由此可見他對露意莎的感情更像是一種對年長女性的仰慕之情。

阿爾弗雷德·惠特曼也比露意莎年輕一些，並且沒有母親。露意莎一直都像媽媽一樣照顧著他，即使在阿爾弗雷德結婚以後，兩人也維持良好的友誼。而阿爾弗雷德也的確與露意莎的四妹梅相識，並且與梅也有多封書信往來。

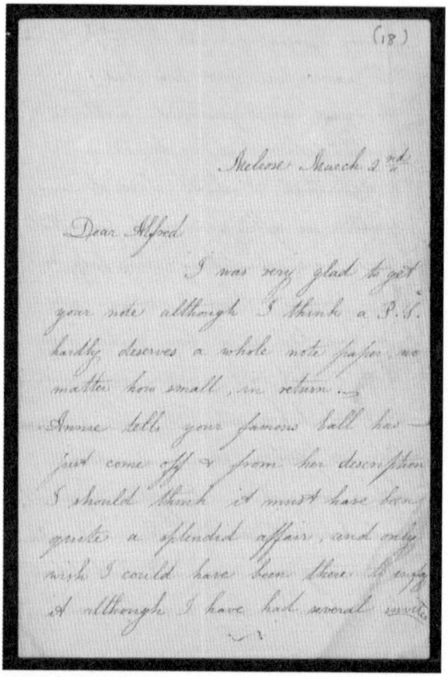
(18)

Melrose March 2nd

Dear Alfred

I was very glad to get your note although I think a P.S. hardly deserves a whole note paper, no matter how small, in return.

Annie tells your famous ball has just come off & from her description I should think it must have been quite a splendid affair, and only wish I could have been there to enjoy it although I have had several invita

梅·奧爾柯特寫給阿爾弗雷德·惠特曼的信件手稿。

羅瑞的原型

Miss Alcott's Letters to Her "Laurie"

A Series of Letters Written by Louisa May Alcott to Alfred Whitman, Whom She Acknowledges, in the Last of the Letters to be Printed, as the Original of "Laurie" in Her Famous Story of "Little Women"

NOW PUBLISHED FOR THE FIRST TIME AND EDITED BY "LAURIE" HIMSELF

Miss Alcott's Own Characterization of the Editor of the Present Letters

Miss Alcott

"Laurie"

A Foreword

House in which Miss Alcott was born—Germantown, Pennsylvania, as it is to-day

Alcott Home, in Concord, Massachusetts

First Church and Old Wright Tavern, Concord

Louisa Alcott's "Mrs. Jarley" Address

在1900年的《淑女家庭期刊》（The Ladies' Home Journal）中，討論了露意莎與阿爾弗雷德．惠特曼之間的情感。

小婦人的誕生地：小婦人之家與果園公社

露意莎出生於賓州，然而她的早年生活相當動盪，不斷跟著貧困的父母遷徙，其中新英格蘭地區的康科德（Concord）是露意莎青少年時光中停留最久的地方。當時除了奧爾柯特一家，愛默生（Ralph Waldo Emerson）與梭羅（Henry David Thoreau）也曾在康科德居住，並常與奧爾柯特一家往來。如今康科德已是美國文人故居觀光中不可錯過的景點。

露意莎的父親布朗森曾與志同道合的友人在康科德的福祿特蘭（Fruitland）創立一個烏托邦式公社「果園公社」，提倡財產公有並拒絕使用動物勞力，然而這個烏托邦式理想莊園在七個月後便宣告失敗。露意莎曾在她的著作《超驗派野人》（Transcendental Wild Oats）中提到這七個月的公社生活。

雖然公社只維持了短短七個月，然而奧爾柯特一家後來仍繼續住在當地。露意莎的故居果園公社在近代成為了「果園公社博物館」（Fruitland Museum），同時也成為「小婦人之家」（Orchard House）最理所當然的落腳之處，《小婦人》的粉絲來到當地必去朝聖。

康科德故居

果園公社

小婦人之家的指路牌。

梅．奧爾柯特筆下的果園公社。

小婦人之家。

康科德故居

活躍於各種螢幕舞台上的《小婦人》

1912年在百老匯上演的《小婦人》劇照。

1918年《小婦人》電影版海報。

©Wikimedia commons

左／1933年版《小婦人》，由凱薩琳赫本（Katharine Hepburn）主演喬。
下／凱薩琳赫本的劇中扮相。

©Wikimedia commons

©Wikimedia commons

©Wikimedia commons

上／珍妮．李飾演瑪格。然而她演藝生涯最知名的角色是希區考克《驚魂記》裡的瑪麗安．克萊恩（Marion Crane）。

©Wikimedia commons

1949年版小婦人在日本的海報。

©Wikimedia commons

1949年版的小婦人，由伊莉莎白．泰勒飾演艾咪。

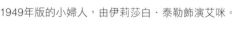

那麼就去吧，我的小書，向所有人展示
你能排憂解悶，你必應受眾人歡迎，
向他們展示深藏你心底的故事；
願你向他們展示的內容能使他們蒙福
直至永遠，讓他們選擇成為
朝聖者，遠勝於如今的你我。
對他們講述「寬容」的故事；她是那位
及早踏上天路歷程的人。
是的，讓年輕的少女向她學習珍視
將要降臨的世界，並因此生出智慧；
因為敏捷的小女孩們也能追隨上帝
並依循聖人曾踩踏過的路途前行。——改自約翰．班楊[1]之作

1 John Bunyan，《天路歷程》作者

Contents

1 扮演朝聖者

「沒有禮物的聖誕節一點也不像聖誕節。」喬躺在地毯上喃喃抱怨。

「沒錢真是太可怕了！」瑪格嘆了一口氣，低頭看著自己的舊洋裝。

「我覺得，有些女孩能有很多漂亮的玩具，但有些女孩卻一個漂亮的玩具都沒有，這真是太不公平了。」小艾咪難過地吸了吸鼻子。

「但我們擁有父親和母親，也擁有彼此啊。」坐在角落的貝絲滿足地說。

聽到這句開朗的話，火光前的四張年輕臉孔都亮了起來，但在喬難過地開口後這四張臉又再次轉為黯淡——

「現在父親不在我們身邊，之後很長一段時間都會是如此。」喬沒有把「或許父親永遠也不會回來」說出口，但她們每個人都在心中默默加上了這句話，畢竟父親如今正身處遙遠的戰爭前線[1]。

她們足足有一分鐘沒有開口；接著瑪格語調一轉：「妳們都知道，母親之所以會提議大家不要買任何聖誕節禮物，是因為這個冬天對每個人來說都很難熬；母親認為，現在我們國家的男人都在軍隊裡受苦，所以我們不應該把錢花在享樂上。我們能做的不多，但既然我們有能力做出微小的犧牲，便應該心甘情願地這麼做。不過我覺得心甘情願對我來說恐怕很難。」瑪格搖搖頭，惋惜地想著她想要買下來的那些漂亮物品。

「但我覺得我們花的錢那麼少，應該沒有太大的差別。我們每個人都只拿出一塊錢，就算全都給軍隊也不會有多大的幫助。我同意，我們的確不應該期待母親或彼此買禮物送給對方，

但我真的很想要買《水精溫蒂妮與辛特姆》[2]送給我自己。我已經想買這本書好久好久了。」喬說，她是個小書蟲。

「我原本計畫要把錢花在新的樂譜上。」貝絲說完輕嘆了一口氣，但除了壁爐刷和隔熱墊，沒人聽見這聲嘆息。

「我想要買一盒高級的輝柏繪圖鉛筆，我真的很需要一盒。」艾咪堅決地說。

「母親沒有規定我們怎麼使用我們的錢，她一定也不希望我們放棄每件事。我們就各自去買自己想買的東西，小小享受一下吧。我們工作那麼努力，享受一下也是應該的。」喬一邊大聲說，一邊擺出紳士派頭，檢查起自己的鞋跟。

「我知道**我**的確工作得很努力——我幾乎整天都在教那些煩人的小孩，無時無刻都希望能回家清靜一下。」瑪格再次以抱怨的語調說道。

「妳工作的難度根本不及我的一半。」喬說。「我工作的那幾個小時必須和神經兮兮又愛碎碎唸的老太太關在同一間屋子裡，她總是命令我四處奔波，從來不滿足，還會一直煩妳，煩到妳想要從窗戶跳出去或者大哭一場。妳想來試試看嗎？」

「雖然抱怨是件很沒教養的事，但我真的覺得洗碗和打掃房間才是世界上最糟的工作。做這些事讓我煩躁極了，而且我的手都僵硬了，根本沒辦法好好練習彈琴。」貝絲看向自己粗糙的雙手，嘆了一口氣，這次大家都聽見了這聲嘆息。

「我可不認為妳們受的苦會比我多，」艾咪大喊，「因為妳們都不用去學校和那些傲慢的小孩一起上課，只要不懂上課的內容她們就會排擠妳，還會嘲笑妳的洋裝，會因為妳父親沒錢

1 故事發生時正值美國南北戰爭（一八六一年至一八六五年）。
2 Undine and Sintram，威利與帕特南出版的故事合輯。

而『剖蚌』他，又會因為妳的鼻子不漂亮就羞辱妳。」

「如果妳說的是**誹謗**，那我同意，別再說剖蚌了，講得好像爸爸是個蚌殼一樣。」喬大笑著提出建議。

「我知道我是什麼意思，妳沒必要『嘲風』[3]我。我們本來就應該使用比較難的字，這樣才能增加我們的**字彙量**。」艾咪鄭重地回答。

「孩子們，不要再找對方的麻煩了。喬，難道妳不希望爸爸在我們小時候賠掉的那些錢如今還在嗎？天啊！我們以前的生活真是幸福美滿，簡直無憂無慮！」瑪格還記得以前家境較好的時候。

「妳之前才說過，妳覺得我們過得比金家的小孩還要開心，因為雖然他們很富有，但卻總是在爭吵打罵。」

「我的確說過，貝絲。好吧，我想我們的確比較開心。因為我們雖然必須工作，但還能自娛娛人，而且正如喬剛剛說過的，我們一家人在一起時很幸福。」

「喬剛剛的確說過這句俗氣的話！」艾咪評論道。她面帶責怪的神色看向躺在地板上伸展的那個人。

喬立刻坐起身，把手放進口袋裡，開始吹口哨。

「喬，別這麼做，妳這樣很男孩子氣！」

「所以我才要這麼做呀。」

「我討厭粗魯又不淑女的女孩子！」

「我討厭做作又裝腔作勢的小女生！」

「鳥巢裡的小鳥們都同意[4]。」貝絲唱道。她向來是家中的和平使者，兩個聲音尖利的女孩看到貝絲有趣的表情後都笑了出來，這次的「互挑毛病」就此結束。

「女孩們，說真的，妳們兩個都有錯。」瑪格開始用大姊姊的態度說教，「喬瑟芬，妳的年紀已經不小了，不應該再假裝男孩子氣，要端莊一點。妳還是個小女孩時，這麼做當然沒關係，但如今妳已經長得這麼高，也已經把頭髮挽起來了，妳應該要時時記得自己是個年輕淑女。」

「我才不是淑女！如果把頭髮挽起來就是淑女的話，那我就要綁辮子直到我二十歲為止。」喬大叫，她扯掉用來挽頭髮的髮網，讓一頭濃密的栗色長髮散落下來。「我討厭一定要長大、成為馬奇小姐、穿長裙、變得像一株呆板的翠菊一樣！我希望我玩的遊戲、做的工作和行為舉止都可以跟男孩子相同！對我來說，身為女孩子已經夠糟糕了，不能身為男孩簡直讓我失望透頂。如今讓我覺得更糟糕的是，雖然我非常渴望能和爸爸一起上戰場打仗，但女孩子卻不能這麼做。我只能枯坐在家裡編織，像個行將就木的老女人！」

喬用力甩動手上的藍色軍襪，使得棒針像響板一樣喀喀作響，毛線球一路滾到了房間的另一頭。

「可憐的喬，這真是太糟糕了！但這也是沒有辦法的事，所以妳把名字改得男孩子氣、扮演我們這些女孩子的兄弟，一定是為了想藉此滿足這些想望吧。」貝絲輕撫著靠在她膝前的喬那頭散亂的頭髮，就算她必須用這雙手替全世界的家庭洗碗和打掃，她的撫觸依舊溫柔。

「至於妳，艾咪，」瑪格繼續說，「妳太愛挑剔又太矯揉造作了。現在別人還會覺得妳看起來很有趣，但若妳不謹慎的話，會在長大之後變成做作的小呆瓜。在妳不試著假裝高貴時，我很喜歡妳禮貌的舉止與優雅的說話方式。但妳錯誤的用詞就像喬俗氣的用字一樣糟糕。」

3 艾咪使用比較難的字彙時偶爾會說錯，譯成中文後以音近的字表示。

4 貝絲唱的是伊薩克・瓦茲（Isaac Watts）的聖歌集《給孩子的聖歌》（Divine Songs for Children）中的一句歌詞。

「如果喬是個男人婆，艾咪是個呆瓜，那請問我是什麼呢？」貝絲問，她已經準備好接受批評了。

「妳是個小可愛，不會是別的了。」瑪格親切地說。沒人反駁這句話，因為「小老鼠」是家庭裡的小寵物。

有鑑於年輕的讀者可能會想要知道「這些人長什麼樣子」，我們現在就花一點時間，為他們描述一下這四位姊妹的狀況。她們現在正在稀微的光線中編織，窗外的十二月飛雪靜靜飄落，屋內的爐火發出了劈啪聲。這是一間舒適的房間，雖然地毯已褪色，只有簡樸的家具，但牆上掛著一、兩幅別致的畫作，牆壁上的凹槽擺滿了書籍，窗外滿是綻放的菊花與聖誕玫瑰，房間裡瀰漫著一股喜悅而寧靜的家庭氛圍。

瑪格麗特是四個女孩中最年長的，如今十六歲，長相非常美麗，她的身材豐潤，皮膚白皙，眼睛大而明亮，留著一頭豐沛的柔順棕髮，笑容甜美動人，她最自豪的是她那一雙細膩潔白的雙手。十五歲的喬身材高䠷纖瘦，一身小麥色的肌膚，她似乎永遠不知道該把修長的四肢往哪裡擺，覺得長手長腳很礙事，因此讓人看到她就聯想到剛出生的小馬。她的嘴唇線條堅毅，鼻子引人發笑，一雙灰色的眼睛銳利得好像能看清任何事物，眼中有時充滿怒火，有時滿是笑意，有時又若有所思。濃密的長髮是她最美麗的特徵之一；但為了不阻礙行動，她通常會用髮網把頭髮挽起來。她的肩膀圓潤，手腳都偏大，總是穿寬鬆的衣服，如今她正迅速轉變成女人，但她對此絲毫不感到欣喜，時常表現出不適應的樣子。伊莉莎白——大家都暱稱她為貝絲——是一位臉頰如玫瑰般紅潤、頭髮光滑柔亮、雙眼清澈的十三歲女孩，她的舉止羞澀，聲音怯懦，表情平和，少有惱怒的時候。她的父親稱她為「恬靜小小姐」，這名字與她相稱極了；因為她似乎住在屬於自己的幸福世界中，只會為了她所信任與所愛的少數人而離開她的世界，出來冒險。艾咪雖然最年輕，但卻是最重要的人物，至少她自己是這麼認為的。她像是冰雪少女[5]一樣，有一雙湛藍的雙眼，一頭及肩的金色鬈髮；她膚色蒼白與體態纖細，像位年輕淑女一樣時時注意自己的行止坐臥。至於這四位姊妹的性格如何，我們就留待之後慢慢探索吧。

時間到了六點；貝絲已經把壁爐前的地板打掃乾淨了，她把一雙拖鞋放到爐火旁邊加熱。看到這雙老舊的拖鞋後，女孩們的心情變好了，因為她們知道母親即將回到家，每個人都很期待能歡迎母親回家。瑪格不再說教，點亮了燈，艾咪不需要其他人開口就自動從休閒椅上跳了下來，喬則全然忘記了自己的疲憊，她坐起身，把那雙拖鞋拿得更靠近火焰一些。

「這雙拖鞋已經快穿壞了，媽咪必須再買一雙新的。」

「我打算用我的錢替她買一雙。」貝絲說。

「不可以，應該讓我來買！」艾咪大叫。

「我年紀最大。」瑪格才剛開口，喬就用果決的語氣打斷了她：「現在爸爸不在，我就是這個家裡唯一的男人了，所以**我**才應該買拖鞋，因為爸爸交代我要在他不在的時候特別照顧母親。」

「我知道我們該怎麼做了，」貝絲說，「我們每個人都替母親買一個聖誕節禮物，不要替自己買禮物。」

「小可愛，妳的主意跟妳一樣可愛！我們要買什麼呢？」喬高聲說。

她們深思熟慮了一分鐘；瑪格似乎在盯著自己漂亮的雙手時想到了好主意，她宣布：「我打算買一雙好看的手套給她。」

「軍靴，這是最好的選擇。」喬大喊。

5 Snow Maiden 是俄羅斯民間傳說中的角色，是留著一頭金色長髮的美麗女孩。

「幾條手帕，都是有繡邊的。」貝絲說。

「我要買一罐古龍水，她喜歡古龍水，而且也不貴，所以我可以留下一點錢來買我的鉛筆。」艾咪跟著說。

「我們要怎麼把這些禮物送出去呢？」瑪格問。

「把禮物放在桌上，帶她進來，然後陪她一起拆禮物。妳難道忘了我們生日時是怎麼送禮物的嗎？」喬回答。

「以前每當輪到我戴著皇冠坐在椅子上，看著妳們一一走進來送我一份禮物和一個吻時，我都覺得好害怕。我喜歡禮物跟親吻的部分，但是妳們坐在一旁盯著我拆禮物時總是讓我覺得很可怕。」貝絲說。她正在烘烤配茶的麵包，同時也烘熱了自己的小臉。

「我們可以先讓媽咪以為我們要替自己買禮物，然後給她一個驚喜。瑪格，我們一定要在明天下午去買禮物；聖誕節晚上要演戲，我們還有很多事需要準備。」喬說。她把手背在身後，趾高氣揚地來回踱步。

「今年的表演結束之後，我就不會再參加演出了；我明年就大到不適合演戲了。」瑪格說。但她其實依舊像個孩子一樣熱衷於「喬裝打扮」的遊戲。

「我清楚得很，只要妳還可以穿上白色長袍、放下長髮、戴上紙做的金色珠寶，妳就不可以不參與演出。妳是我們能找到的人之中最好的演員，如果妳不演，一切就都結束了。」喬說。「我們今天晚上應該要排練的；艾咪，快來演一下昏倒的場景，妳之前在這一幕的表現僵硬得像一支火鉗。」

「我也沒辦法呀。我從來沒看過別人昏倒，也不想像妳一樣直接栽倒在地上，那樣做會讓我全身上下都是瘀青。要是我能輕輕鬆鬆地昏倒在地，我一定會那麼做；如果我不能的話，我

就應該優雅地暈倒在椅子裡；我一點也不在意雨果是不是拿槍對著我。」艾咪回嘴，雖然她沒有演戲的天賦，但還是被選為演員，這是因為她比較嬌小，能夠一邊尖叫一邊被劇中的反派扛下舞台。

「妳可以這樣演。把手像這樣交握在一起，跌跌撞撞地穿越房間，驚慌地大喊：『羅德利戈！救救我！救救我！』」喬表演了起來，她發出了一陣非常嚇人又浮誇的尖叫聲。

艾咪想要有樣學樣，但她把雙手向前舉起時顯得很僵直，一步一步向前走時就像機器一樣，而她的那聲「噢！」聽起來既不恐懼也不痛苦，反而比較像是被針戳到了手。喬發出了絕望的嘆息，瑪格直率地大笑，而貝絲則在興致勃勃地看著這場鬧劇時把麵包烤焦了。「根本沒有用！到時候妳就盡力而為吧，要是觀眾笑出聲，妳可不要怪我喔。瑪格，來吧。」

接下來的排練一帆風順，佩德羅閣下一口氣也沒喘地用長達兩頁的演講宣布自己要反抗世界。女巫赫格對著她裝滿燉蟾蜍的鐵鍋吟誦起可怕的魔咒，召喚出詭異的效果。羅德利戈果斷地把身上的鎖鏈撕裂成碎塊，雨果則因悔恨與砒霜而痛苦萬分地死去，死前顛狂地大喊著：「哈！哈！」

「這是目前為止排練得最好的一次了。」瑪格這位死去的反派正一邊坐起身一邊搓揉手肘。

「喬，我真不知道妳是怎麼寫出這麼精彩絕倫的劇本還表演出來的。妳根本就是現代的莎士比亞！」貝絲高聲說，她堅信她的姊妹們在所有事情上都有與生俱來的完美天賦。

「還算不上啦。」喬謙虛地回答。「我的確認為《女巫的詛咒，一齣悲劇》還算不錯；但要是我們有適合的活動門板能給班柯用的話，我更想試著演《馬克白》。我一直很想要演殺人的那段。『我眼前看到的

是一把匕首嗎？』」喬喃喃自語著，她看著上方，手在空中緊緊抓握，就像她以前看過的知名悲劇演員所表演的一樣。

「不是匕首，是一把土司叉子，而且上面叉著的不是麵包，是母親的鞋。貝絲剛剛一定是看戲看傻了！」瑪格大聲說，排演就這麼在一陣大笑之中落幕。

「我的女孩們，看到妳們這麼快樂真讓我開心。」門口傳來了一道愉悅的聲音，演員與觀眾立刻轉身迎向一位身材結實、表情慈愛的女士，她的表情就像在說「有什麼需要我幫忙的嗎」，十分討人喜歡。她的長相算不上特別美麗，但在孩子的眼中母親總是特別和藹，女孩們都認為這位穿著灰色斗篷、頭戴舊款帽子的人是這個世界上最棒的女性。

「好啦，我最親愛的孩子們，妳們今天過得怎麼樣呢？我今天有好多工作要做，要把明天要用的盒子都準備好，所以沒辦法回家吃午餐。貝絲，有任何人找我嗎？瑪格，妳的感冒好點了沒有？喬，妳看起來快累死了。寶貝，快過來親親我。」

馬奇女士一邊對孩子們噓寒問暖，一邊脫下溼透的衣物，穿上溫暖的拖鞋，在休閒椅上坐下來，把艾咪抱到腿上，準備享受忙碌的一天中最幸福的時光。女孩們東奔西跑，各用各的方法想把家裡弄得更舒適一些。瑪格整理茶几；喬搬來木頭又把一張張椅子放好、轉向，她碰到的每一樣東西都喀噠作響；貝絲在廚房與客廳間來回疾走，安靜而忙碌；艾咪則雙手交疊地坐著，指導每個人該做什麼。

等到她們全都在桌子前坐定，馬奇太太露出了特別愉快的表情，說：「等妳們吃過飯之後，我有一個小獎品要給妳們。」

明亮的微笑像一道陽光一樣在她們臉上綻放。貝絲忘記了自己手裡正抓著熱騰騰的餅乾便拍起手來，喬把餐巾往上空一拋，大叫：「是信！是信！讓我們為父親歡呼三聲！」

「沒錯，是一封很棒的長信。他過得很好，他說他能安然度過這個寒冷冬季，我們無需擔憂。他在信中附上了美好的聖誕節祝福，還特別寫了一段要給妳們的話。」馬奇太太說。她拍了拍口袋，好像裡面裝著珍寶一樣。

「快點吃完！艾咪，不要只會對著盤子傻笑，別停下妳小小的手指呀。」喬大叫。接著她為了要趕快知道小獎品的內容，在喝茶時嗆到自己，又把麵包掉在地毯上，而且還是抹了奶油的那面朝下。

貝絲不吃了，她偷偷摸摸地離席，坐到屬於自己的角落陰影中，想像著即將到來的好事，直到其他人也用完餐點。

「我覺得父親是個傑出的人，他雖然因為年紀太大而沒有受到徵召，又沒有強壯到能當士兵，但他還是到前線去當隨軍牧師了。」瑪格溫和地說。

「要是我能跟他一起去該有多好，我可以當鼓手或者**隨軍**……那個職位叫隨軍什麼呀[6]？或者當護士，這麼一來我就可以在他身邊幫助他了。」喬高聲說完之後發出了抱怨的呻吟。

「他們要睡在帳篷裡、吃各種難吃的食物，還要用錫製的杯子喝水，一定過得很不舒服。」艾咪嘆了一口氣。

「媽咪，他什麼時候會回家？」貝絲用微微顫抖的聲音問。

「親愛的，除非他生病了，否則他要過好幾個月之後才會回來。只要他還能繼續工作，他就會忠誠地留在前線，我們不會要求他早點回來，就算只是早一分鐘也不行。好了，現在我們來讀他的信吧。」

她們全都聚集到爐火前方，母親坐在大椅子上，貝絲則坐在她的腳上，瑪格與艾咪靠坐在椅子兩邊的扶手上，喬則靠著椅背，因為她

6 喬想說的是在軍中供應餐點的隨軍女販，vivandière。

不希望在讀到信件的感人之處時，被其他人看到她情緒化的一面。

在這段艱困的時期，很少有信件是不感人的，那些由父親寄回家的信更是如此。馬奇先生在這封信中幾乎沒有提到他正在忍受的困頓、如今面對的危險或者必須克服的思鄉之苦；這封信充滿希望，使人心情愉悅，栩栩如生地描述了紮營生活、行軍過程以及軍中新聞；直至信末寫信的人才流露出滿腔的父愛，以及他對家中女兒的思念。

「我要把所有的愛與親吻都獻給我親愛的女兒們。告訴她們，我白日想念她們，夜晚替她們祈禱，無時無刻都因為她們的鍾愛而感到安慰。我要一年後才能與她們見面，或許一年聽起來很久，但提醒她們，我們在等待的同時也能辛勤工作，這麼一來，這些困苦的日子才不至於被白費。我知道她們必定會記得我告訴她們的話，她們會在妳身邊當聽話的好孩子，忠實地完成工作，勇敢地擊退藏在內心的敵人，以美麗的姿態戰勝自我，待我回到家後，她們將會成為使我更加喜愛、更加驕傲的小婦人。」

唸到這裡時，每個人都哽咽了；喬的眼淚從鼻尖大顆大顆落下，但她一點也不覺得丟臉，艾咪把臉埋在母親的肩膀上，毫不在意自己凌亂的髮髮，啜泣著說：「我**真的**是個自私的小豬！但我以後會認真努力，試著變成更好的人，之後他才不會對我感到失望。」

「我們每個人都會這麼做的！」瑪格哭著說。「我太在意外表，又討厭工作。但以後我會努力不去這麼想的。」

「我會試著成為他口中的『小婦人』，不再做出粗魯無禮的舉動；我會好好在這裡做好我該做的事，而不是總想著要去其他地方。」喬說。她覺得在家裡維持好脾氣是很困難的，比在南方的戰場上面對一、兩個敵人還要難得多。

貝絲一語不發，她用藍色的軍襪拭乾眼淚，開始全心全意地編織，試著完成手邊的工作，不浪費半點時間，她在自己安靜而嬌小的心中下了決定，她要在一年之後父親開開心心地回家時，成為父親理想中的女兒。

喬說完話之後大家陷入一片沉默，這時馬奇太太打破寂靜，用愉悅的聲調說：「還記得妳們很小的時候，曾經演過《天路歷程》[7]嗎？妳們那時最喜歡叫我把我的包包綁在妳們背上當作重擔，再給妳們帽子、樹枝與一捲紙，讓妳們從地下室，也就是毀滅城出發，一路往上再往上，直到抵達頂樓，妳們把所有蒐集得到的漂亮小東西都放在那裡，把那裡打造成天國城。」

「那時真是好玩，尤其是要經過群獅、戰勝惡魔亞玻倫，通過邪魔哥布林棲息的山谷！」喬說。

「我喜歡重擔掉落之後滾下樓梯的場景。」瑪格說。「我最喜歡的地方是屋頂，那裡有鮮花、涼亭和各式各樣漂亮的小東西，我們一起站在屋頂上，沐浴在陽光下，開開心心地唱歌。」貝絲笑著說，好像那些愉快的時刻正在她眼前重現。

「我記得的不多，但有印象我很害怕地窖跟黑漆漆的入口，最喜歡的是在屋頂吃蛋糕和喝牛奶。要不是我現在演這種戲已經太老了，我一定會再玩一次。」艾咪說。她在成熟的十二歲開始宣稱自己要和孩子氣的事物斷絕往來。

「親愛的，我們永遠不會因為太老不能演這齣戲，因為其實我們無時無刻都在用不同的方式演出。我們的重擔就在這裡，我們的路在前方，對於美好與幸福的想望將引領我們度過許許多多的難關與阻礙，直到我們獲得寧靜，也就是抵達真正的天國城。好了，我的小朝聖者們，妳們現在可以再次出發了，但不是演戲，而是真正的出發，看看妳們能在父親回家之前走多遠。」

7《天路歷程》（Pilgrims Progress）為約翰．班揚所著的知名基督教文學作品，描述名為「基督徒」的主角為了尋找救贖而踏上艱難的旅程，戰勝路途上的邪惡，最終抵達天國。

「母親，妳說的是真的嗎？我們的重擔在哪裡呢？」艾咪問。她是個非常實事求是的年輕淑女。

「妳們每個人剛剛說的就是妳們的重擔呀，只有貝絲除外；我希望她沒有任何負擔。」她的母親說。

「我也有重擔；我的重擔是碗盤和打掃，嫉妒擁有好鋼琴的女孩，以及害怕人群。」貝絲的重擔實在太有趣，其他人都很想要笑；但沒有人這麼做，因為被取笑的人會很受傷。

「我們就這麼做吧。」瑪格深思熟慮地說。「這只是把『變成更好的人』換了一個名字，而且故事可以幫助我們；因為我們雖然想要變好，但這是很困難的事，我們可能會忘記初衷、無法竭盡全力。」

「我們今晚踏進了『絕望沼澤』，母親回來後像書裡的『幫助』一樣把我們拉了出來。我們應該要像『基督徒』一樣開始尋找方向。但我們要怎麼做呢？」喬問。她很開心能在無聊透頂的日常工作中加上一些幻想中的微小浪漫。

「等到聖誕節那天早上看看妳們的枕頭下面，妳們就會找到能指引妳們的書了。」馬奇太太回答。

她們在親愛的漢娜清理桌子時把計畫討論了一遍；接著女孩們拿出了四個小小的工作籃，開始為了馬奇姑婆繡毯子，針線在空中翻飛。縫紉一點也不有趣，但今晚沒有人抱怨。她們全都接受了喬的計畫，把長長的接縫分成了四個部分，分別稱這些四個部分為歐洲、亞洲、非洲與美洲，這個方法使工作進行得極為順利，而且她們還能在縫紉到不同的地區時討論坐落於那裡的國家。

到了九點，她們一如往常地停下手邊的工作，在上床前先唱歌。沒有人能跟貝絲一樣，能夠用家裡這架老舊的鋼琴彈出這麼多音樂，她溫柔的觸摸黃色的琴鍵，替她們唱簡單的歌曲配上可愛的配樂。瑪格的嗓音像長笛，她與母親一起在這個小合唱團中領唱。艾咪唱起歌來像蟋蟀，喬的歌聲則隨著她甜美的意志在空氣中飄盪，她總是在錯誤的時機發出或低沉或高亢的怪聲，打亂大家專心致志的歌聲。

她們第一次能在睡前唱歌，是口齒不清地唱：「一散一散，釀晶晶。」從此之後，這變成了她們的家庭傳統，因為母親是一位天生的歌唱家。每天早上房子裡最先出現的聲響，就是她在屋內一邊走動一邊如雲雀般歌唱的聲音；每天晚上最後出現的聲響也是同樣愉悅的歌聲，因為女孩們永遠也聽不膩那首熟悉的搖籃曲。

2 快樂的聖誕節

聖誕節清晨第一個醒來的人是喬，當時陰暗的天空正微微發亮。接著她想起了母親的話，把手伸進枕頭下面，拿出了一小本暗紅色封面的書[1]。她很熟悉這本書，因為書裡面古老而優美的故事描述的是世上最美妙的人生，喬覺得，這正是每一個踏上長途跋涉的朝聖者都需要的指引書。她叫醒瑪格，對她說「聖誕快樂」，接著懇求她看看枕頭下有什麼。枕頭下有一本綠色封面的小書，裡面有一樣的圖片，還有母親寫下的寥寥數語，這使得每個人都覺得自己的小書更加彌足珍貴。不久，貝絲與艾咪也醒了，她們翻找一番後也找到了小書——一本是鴿子般的灰白色，另一本是藍色；四個女孩坐在一起端詳自己的小書、彼此討論，東方的天空逐漸轉為玫瑰色，新的一天已來臨。

瑪格麗特雖然有些愛慕虛榮，但她個性甜美又善良，這樣的性格潛移默化地感染了妹妹們，尤其是喬，她深愛自己的姊姊，總是因為姊姊給予建議時的態度溫柔而聽從姊姊的忠告。

「女孩們，」瑪格態度嚴肅，她看向身旁披頭散髮的人，接著又看向房間另一頭兩位穿著睡袍的小女孩，「母親希望我們好好閱讀、愛護這本書，並時時把它放在心上，我們一定要從現在開始照做。我們過去曾誠心看待這本書；但自從父親離開之後，我們就因為戰爭而心懷不安，因此忽視了許多事。妳們可以自己決定要怎麼做，但我將會把書放在桌上，每天早上一起床就閱讀幾頁，因為我知道這麼做對我有益，能幫助我度過每一天。」

接著她打開自己的新書開始閱讀。喬張開雙臂擁抱住她，與瑪格臉貼臉地一起閱讀，她臉

上露出了沉靜的神色，這對總是躁動不安的喬來說是非常罕見的事。

「瑪格的做法太棒了！艾咪，快，我們也要像她們一樣。我會幫妳解釋比較難的字，她們則會在我們遇到不懂的地方時教導我們。」貝絲悄聲說。漂亮的小書以及姊姊們的榜樣讓她深感欽佩。

「我很高興我的小書是藍色的。」艾咪說。接下來，房間裡寂靜無聲，只有書頁輕柔翻轉時的響動，冬日的陽光帶著聖誕節的祝福緩緩照進房裡，灑落在她們頭頂，照亮了她們認真的臉龐。

「母親去哪裡了？」瑪格說。她和喬在閱讀了半個小時之後跑下樓，想要謝謝母親送她們禮物。

「天知道呢。有些窮人跑來乞討，妳們媽媽就直接跑去看他們有什麼需要的啦。我**從來**沒有看過這樣的人，把食物、飲水、衣服和木柴都送給別人家了。」漢娜回答。漢娜自從瑪格出生就和他們住在一起，馬奇一家人都認為漢娜是朋友，而非僕人。

「我覺得她應該很快就會回來。妳可以開始加熱早餐，準備餐具了。」瑪格說。她看向她們事先裝進籃子裡並放到沙發下的禮物，她們要等到適當的時機再把禮物拿出來。「啊，艾咪的那罐古龍水呢？」她發現有一罐小瓶子不見了。

「她一分鐘前才剛拿走，要在上面綁個蝴蝶結還是幹嘛的。」喬回答。她在屋內跳著舞，想要把軍用拖鞋踩得軟一點。

「我的手帕看起來真漂亮，對吧！漢娜替我把手帕拿去洗了又燙過，我親自在上面縫上名字了。」貝絲說，她自豪地看著自己費心費力地繡在手帕上的歪曲字母。

1 四姊妹拿到的小書都是《天路歷程》。

「老天保佑！她在手帕上繡的是『母親』而不是『M．馬奇』呀！太有趣了！」喬拿起一條手帕大叫。

「這樣不好嗎？我覺得這麼做比較好，因為瑪格的縮寫也是『M．馬奇』，我不希望媽咪之外的人拿這些手帕來用。」貝絲一臉困擾地說。

「這樣很好，小可愛，這是個聰明的主意；這麼做很合理，因為這樣一來就沒有人會弄錯了。我很確定母親一定會很開心的。」瑪格說。她對喬皺了皺眉頭，又對貝絲微笑。

「母親來了，把籃子藏起來，快點！」喬大叫，她聽到大門被關上，門廳傳來了一陣腳步聲。

匆匆跑進來的是艾咪，她發現姊姊們全在等她時，露出了有些羞愧的表情。

「妳跑去哪裡了？妳背後藏了什麼？」瑪格問。她從艾咪的帽子與大衣看出來，這位向來懶惰的妹妹一大早就跑出門了，這讓瑪格有些訝異。

「喬，別取笑我！我原本希望最後再告訴妳們這件事。我把小罐古龍水換成大罐的，把**全部**的錢都花掉了，我很努力不要當個自私的人。」

艾咪一邊說，一邊把換回來的漂亮玻璃瓶拿給大家看；她為了不再自私盡力做出了小小的貢獻，看起來鄭重其事又有些慚愧。瑪格馬上給了她一個擁抱，喬替她發出「勝利號角」的聲響，貝絲則跑到窗邊，摘了一朵最漂亮的玫瑰裝飾在華貴的瓶子上。

「是這樣的，在早上讀了書，又討論我們想要成為更好的人之後，我為自己的禮物感到慚愧，所以我一下床就跑到街角去把禮物換掉了；我的禮物現在是最漂亮的一個，這讓我覺得**開心極了**。」

她們再次聽到大門關上的聲音，立刻把籃子放回沙發下，坐到桌前，期待著今天的早餐。

「媽咪，聖誕快樂！祝妳一直很快樂！謝謝妳送給我們的書。我們已經讀一點了，打算以後每天都讀一些。」她們一起高聲說著。

「小女孩們，聖誕快樂！很高興妳們立刻就開始讀書了，希望妳們會繼續保持下去。但在我們坐下之前，我有些話想告訴妳們。離這裡不遠的地方，有個可憐的女人正抱著剛出生的小嬰兒躺在床上。他們家沒有火，因此六個孩子必須擠在一張床上一起睡覺才不會凍僵。他們沒有任何食物；最大的孩子跑來告訴我，他們現在飢寒交迫。我的女孩們，妳們願意把早餐送給他們當聖誕禮物嗎？」

她們早上已經等了將近一個小時，每個人都比平常還要餓，她們沉默了一分鐘，只有一分鐘，因為喬立刻就急性子地高聲說：「幸好妳回來的時候我們還沒開始吃飯！」

「我可不可以一起去？我可以幫忙把這些東西搬過去給那些可憐的小孩。」貝絲熱切地說。

「**我**要負責拿鮮奶油跟馬芬蛋糕。」艾咪接著說。她英勇地放棄了自己最喜歡的食物。

瑪格已經替蕎麥粥蓋上蓋子，並將麵包堆疊在一個大盤子裡。

「我一開始就覺得妳們會願意這麼做。」馬奇太太笑著說。似乎很滿足。「妳們全都可以跟我一起去，幫我的忙，等我們回來之後，我們可以吃麵包、喝牛奶當早餐，等吃午餐時我們再彌補早餐少吃的量。」

她們很快就拿好東西，浩浩蕩蕩地出發了。幸好時間還早，她們通過後街時只有少數人看到，沒有人嘲笑這群奇怪的人。

她們來到了一間淒涼、空蕩且悲慘的房間。窗戶都破了，沒有柴火，只有破舊的寢具、患病的母親、啼哭的嬰兒，和一群蒼白而飢餓的小孩

為了取暖在老舊的被子裡彼此依偎。女孩們走進來時，那些孩子用大眼睛盯著她們，發青的嘴唇勾起了微笑！

「Ach, mein Gott![2]是好心的天使們來拜訪我們！」可憐的女人說著流下了喜悅的淚水。

「是戴著帽子和露指手套的搞笑天使才對。」喬的話使大家都笑了起來。

短短幾分鐘內，屋內的氣氛就好像真的有好心神靈在這裡出沒似的。漢娜把木柴搬進來，生了火，用她的舊帽子和斗篷把破損的窗板遮住。馬奇太太把茶和粥端給那位母親，並向她承諾一定會幫忙，要她放心，接著舉止溫柔地替小嬰兒穿上衣服，就好像那是她自己的孩子一樣。同時，女孩們在桌上擺好餐具，讓小孩們圍繞在火邊，餵他們吃東西，就像在餵食一大群嗷嗷待哺的鳥；人人都眉開眼笑，一邊聊天一邊試著聽懂這家人不甚流利的奇妙英語。

「Das ist gut!」「Die Engel-kinder!」[3]這些可憐的小東西大喊，他們一邊吃一邊在舒適的火焰旁烘烤青紫的雙手。女孩們從來沒有被稱作為天使的孩子過，她們覺得非常開心，尤其是喬，她從出生到現在向來都被人家當成「桑丘[4]」。雖然她們一口食物都沒吃，但這段早餐時光讓她們覺得非常快樂；她們離開這個已變得舒適溫馨的家庭時，我想，這座城市裡再沒有人比她們這四個挨餓的小女孩還要更開心的人了，她們在聖誕節的早上把自己的早餐捐給了別人，只吃麵包、喝牛奶，依舊覺得無比滿足。

「這就是愛我們的鄰舍更勝於我們自己，我喜歡這種感覺。」瑪格說。趁著母親上樓為可憐的胡梅爾一家人拿幾件衣服，她們把禮物擺好。

場面稱不上多豪華，但這些小小的禮物中充滿了無盡的愛；禮物的正中間擺著一個高花瓶，裡面插著紅玫瑰、白菊和幾枝藤蔓，更替桌子增添了幾分高雅的氣息。

「她來了！貝絲，開始彈琴，艾咪，把門打開！替媽咪歡呼三聲！」喬高呼。在瑪格準備走上前引領母親坐到上首的位置時，喬在一旁手舞足蹈。

貝絲彈奏起最歡快的進行曲，艾咪打開門，瑪格態度莊重地扮演著隨扈。馬奇太太既驚喜又感動；她嘴角含笑，眼眶噙著淚水，開始查看禮物並閱讀禮物上面的小卡。拖鞋立刻被她穿在腳上，新的手帕被放進了口袋裡，上面噴了艾咪的古龍水，玫瑰被她繫在胸襟上，漂亮的手套顯然大小剛好。

屋內充滿了歡笑聲，她們彼此親吻，又解釋這些禮物的由來，送禮的過程簡單又充滿愛意，這次的聖誕節是如此愉快、如此甜蜜，她們一定會長久地記在心底。送完禮物後，她們便投入了各自的工作。

因為早上的善行與送禮儀式花去了太多時間，所以她們在那天的剩餘時間都必須專心致志地準備晚上的慶祝活動。女孩們還太年幼，不能常去劇院，但又沒有富有到足以負擔私人表演，只好在演戲時發揮聰明才智，自己製作表演道具，畢竟需要即發明之母。她們製作出來的道具中，有些十分巧妙，例如硬紙板吉他、用銀色紙張包覆在過時奶油碗上做成的骨董檯燈、把醃菜工廠的晶亮錫碎屑黏在老舊棉布上做成的華美長袍，盔甲上則覆蓋著同樣從工廠撿來的鑽石形狀鐵片，那是工廠在裁切醃菜罐的蓋子時剩下的廢料。家具被她們四處搬來搬去，整個大房間就這麼變成她們舉辦耶誕活動的舞台。

沒有任何男士參與這場活動；因此喬心滿意足地負責扮演男性角色並穿上朋友給她的一雙赤褐色皮靴，這位朋友認識一位小姐，那位小姐則認識一位演員。喬最寶貝的是一雙靴子、一把老舊的鈍劍和一件長衩口緊身上衣，這些是那位演員過去表演時用過的服裝，喬無論在任何

2 德文，意為「哦，我的天啊！」

3 德文，意為「這真棒！」「天使的孩子！」

4 唐吉軻德的侍從。

表演都喜歡穿上它們。演員人數極少，其中有兩名主要演員必須分飾數個角色；她們努力背起四至五個不同角色的台詞與表演，換上不同服裝忙碌地裡外奔走，此外還要在舞台上做出最好的表現。這種表演是訓練記憶力的絕佳機會，演戲這樣的娛樂方式無傷大雅，而且她們若不排練的話，這些時間可能只能獨自虛度，或者做一些對社會無益的事。

在聖誕夜，十幾個女孩把床當作舞台前的觀眾席，她們面對著藍黃相間的印花棉布幕坐在床上，心中滿懷期待。布幕後面不斷傳出窸窸窣窣的聲音與耳語聲，上方斷斷續續冒出燈煙，時不時還會聽見艾咪因為太過興奮而發出的神經質笑聲。沒多久後，一陣鈴聲響起，布幕被飛速拉向兩旁，一齣悲劇就此展開。

根據節目單上的資訊，這一幕是「陰沉的樹木」，場景布置有裝滿了灌木的幾個鍋子以及鋪在地板上的綠色粗呢布，遠處則有一個洞穴。洞穴的屋頂是用布搭建而成的，牆壁則是桌子；洞穴裡面放著一個火力全開的小爐子，上面架了一個黑色陶罐，一位老女巫正彎腰看著陶罐內。舞台上一片黑暗，小爐子的火光製造了極佳的氣氛，女巫拿起陶罐的蓋子時冒出的蒸氣更增添了氛圍。觀眾的第一波興奮情緒在片刻後褪去；接著反派角色雨果昂首闊步地走上舞台，他腰上插著叮噹作響的劍，頭戴軟塌的帽子，蓄著黑鬍子，肩披神祕的披風，腳踏皮靴。他煩躁地來回踱步，一拍前額，在極度的焦慮之下突然高聲唱起了他有多恨羅德利戈、有多愛札拉，還有他要用什麼美妙的方式殺掉前者並贏得後者的芳心。雨果的音調粗啞，偶爾會在情緒高漲時高聲喊叫，令觀眾十分驚艷，她們在雨果停下來換氣時立刻給予熱烈的掌聲。他為觀眾的讚賞向台下鞠躬，接著躡手躡腳地走向山洞，威嚴地命令赫格到他跟前來：「喂，奴僕啊！我需要妳！」

瑪格立刻跑了出來，她臉上掛著灰色的馬毛，身穿黑紅相間的長袍，手握長杖，袍子上印著幾個神祕符號。雨果要求她提供一罐能讓札拉愛上他的魔藥，還有另一罐能毀了羅德利戈的魔藥。赫格用戲劇性的語調答應了，接著開始呼喚能夠帶來愛情魔藥的妖精。

「降臨此處、降臨此處，自汝之家，
優雅的妖精，我命令汝出現！自玫瑰中誕生，飲露水成長，
你能否製造咒語及魔藥？用妖精的速度，
把我需要的愛情魔藥帶到我這裡；製造甜美、滑順且力量強大的魔藥吧；
妖精，現在就回應我的呼喚吧！」

一陣輕柔的音樂響起，接著，山洞後面出現了一個矮小的身影，它身穿雲朵般的白衣，背後有一雙閃閃發光的翅膀，髮色金黃，頭戴玫瑰花冠。它揮舞魔杖，唱著：

「我已降臨此處，
自我優雅的家，
自遙遠的銀白月亮上；把這魔咒拿走吧，
好好使用它！
否則魔力很快就要消失啦！」

它把一個鍍金的小罐子丟在女巫腳邊，接著便消失了。

赫格又開始吟唱另一首歌來招喚另一個妖精——這次的妖精一點也不可愛，一聲巨響後，一隻又醜又黑的小惡魔出現了，它用嘶啞的嗓音回應，把一個深色的瓶子丟給雨果，接

著就在一陣諷刺的笑聲中消失了。雨果表達謝意後把魔藥放進靴子裡，就此離開；赫格在這時告訴聽眾，由於雨果過去曾殺了她的幾個朋友，所以她詛咒了雨果，打算在未來阻撓雨果的計畫，為她的朋友們報仇。接著布幕落下，觀眾一邊休息一邊吃糖果，討論著這部戲劇的優點。

布幕後方傳來了一陣陣巨大的聲響；不過在看到布幕升起後的傑出舞台布置後，沒有半個觀眾對演員們長時間的準備表示任何抱怨。舞台簡直美輪美奐！一座高塔從地面升起；塔中央有一扇窗戶，窗內擺著一盞熠熠發光的燈，白色窗簾後面是穿著藍銀相間洋裝的札拉，她正在等羅德利戈。羅德利戈登場時衣著華美，他頭戴一頂有毛裝飾的帽子，肩披紅斗篷，鬈曲的栗色頭髮綁成一束，手持吉他，腳上穿著的自然是皮靴。他跪在塔底，用溫柔無比的音調唱起情歌。札拉回應了他的歌，在一段對唱之後，她同意離開。接下來的場景是這齣戲劇的高潮。羅德利戈拿出一個繩梯，上面有五階可以踩，他把繩梯的其中一端向上丟，請求札拉下來。札拉膽怯地從窗戶爬下來，把手放在羅德利戈的肩上，在「太好了！札拉，太好了！」的讚嘆中正打算優雅地跳下來，但卻沒注意到她的裙裾——被卡在窗戶上了；高塔逐漸歪斜，向前傾倒，最後轟然倒塌，把那對不開心的愛侶埋在破碎的高塔之中！

赤褐色的皮靴從殘骸揮舞著露出來的時候，眾人齊聲發出尖叫，接著一個金色的頭顱冒了出來說：「我早就跟妳說過了！我早就跟妳說過了！」冷酷的佩德羅閣下鎮定自若地跑到舞台上，把自己的女兒拖出來，匆促地說：「別笑了！照常演戲！」接著命令羅德利戈站起身，憤

怒且輕蔑地說他將把羅德利戈逐出他的領土。雖然倒塌的高塔顯然使得羅德利戈有些慌張，但他依然在心慌意亂之中起身反抗面前的老紳士，拒絕離開。他無畏的舉動使札拉受到激勵，她也公然反抗了自己的父親。佩德羅閣下下令將他們兩人都關進城堡底下最深處的地牢中。一名圓胖矮小的侍從拿著鎖鏈走上舞台，把兩人帶走，他看起來受到了很大的驚嚇，顯然完全忘記了他該說的台詞。

第三幕位於城堡的大廳；赫格出現在這一幕中，打算要釋放被關起來的愛侶，並結束雨果的生命。她聽到雨果來了，便立刻躲起來；她看著他把魔藥倒入兩杯紅酒中，並吩咐怯懦的矮小僕人：「把這兩杯酒帶去給牢房裡的囚犯，告訴他們我馬上就到。」僕人把雨果帶到一旁說了幾句話，赫格趁機把兩杯加了魔藥的酒換成了普通的酒。「僕人」費迪南多把酒杯拿走了，赫格把原本要送去給羅德利戈喝的那杯加了魔藥的酒放了回去。雨果在唱了這麼久的歌之後覺得口很渴，把酒一飲而盡，接著便開始神智不清地四處走動、不斷掙扎，這時赫格用旋律優美且充滿力量的一首歌告訴雨果她做了什麼事，接著雨果癱倒在地，氣絕身亡。

這一幕令人感到毛骨悚然；不過有些人可能會覺得演員突然披散下來的蓬亂紅色長髮使得反派之死出了一點瑕疵。雨果在觀眾的叫喚聲中以優雅得體的姿勢走到布幕前，他出現時也領著赫格一起出現，觀眾們認為赫格的歌聲比其他所有人的表現加起來都還要好。

在第四幕中，羅德利戈聽說札拉拋棄了他，絕望之下決定自戕。就在匕首即將刺入心臟之際，窗外傳來了一陣美妙的歌聲，訴說著札拉依然愛他，但如今身陷危險，若他願意的話請現在就去拯救她。一把鑰匙被丟了進來，羅德利戈用鑰匙打開門，靠著無比強烈的狂喜將鐵鍊扯斷，向外衝去尋找並拯救他美麗的愛人。

第五幕開始於札拉與佩德羅閣下的激烈爭執。佩德羅閣下希望札拉能進女修道院，但她不願意遵從；在發自肺腑地懇求佩德羅閣下後，札拉就要昏倒了，這時羅德利戈猛然跑了出來，請求札拉嫁給她。佩德羅閣下拒絕了，因為他不是個有錢人。他們激動地比手畫腳、高聲爭執，但依然無法取得共識，就在羅德利戈打算要強行將筋疲力竭的札拉帶走時，膽小的僕人出現了，他拿出赫格交給他的一封信和一個布袋，說赫格已經神祕地消失了。信中寫到她將把自己的財富遺贈給這對年輕的愛侶，佩德羅閣下若阻礙他們兩人相愛，將會遭遇可怕的厄運。他們打開布袋，大把大把的錫製錢幣叮鈴噹啷地往下掉，整個舞台都變得金光閃閃。這些錢軟化了父親的「嚴厲態度」；他毫無怨言地准許了他們結婚，演員們歡欣鼓舞地一起合唱，在浪漫的氣氛中，兩位愛侶姿勢優雅地跪下來接受佩德羅閣下的祝福，此時布幕也落了下來。

觀眾們立刻給予熱烈的掌聲，但這時卻發生了一件出乎預料的事；她們拿來當作「觀眾席」的小床的側邊柵欄突然落了下來，落在熱情的觀眾身上。羅德利戈與佩德羅閣下立刻飛奔出來拯救觀眾們，大家都毫髮無傷，不過許多人已經笑到說不出話來。女孩們都還沉浸在激動的心情中時，漢娜出現了，她說：「馬奇太太向大家致意，並請各位小姐們下來用餐。」

這對四位演員來說是個意外的驚喜；她們看到桌上的餐點後，立刻用欣喜若狂地表情看向彼此。餐點看起來像是「媽咪」替她們準備的小點心，但是自從家境不再那麼富裕開始，她們就再也沒有見過這麼精緻的食物了。桌上擺著冰淇淋，而且是兩盤——一盤粉色、一盤白色——還有蛋糕、水果和使人心旌搖曳的法式小蛋糕，正中間擺著四束漂亮的花束，花朵顯然都是在溫室裡種出來的。

所有人都屏住了呼吸；她們一開始呆呆地盯著桌子，接著又轉頭傻傻地看著她們的母親，而她們的母親看起來似乎非常享受她們驚訝的反應。

「是小仙子送我們的嗎？」艾咪問。

「是聖誕老人。」貝絲說。

「是母親替我們做的。」瑪格露出了最甜蜜的微笑，不過她的臉上還掛著灰色的鬍子和白色的眉毛。

「是馬奇姑婆一時興起送過來的餐點。」喬靈機一動，立刻大喊。

「妳們都猜錯囉，是羅倫斯老先生送來的。」馬奇太太回答。

「是小男孩羅倫斯的祖父！他竟然送餐點給我們，他究竟是怎麼想的？我們根本不認識他！」瑪格高聲說。

「漢娜把妳們送早餐的事告訴了他家的一位僕人；羅倫斯先生是一位奇特的老紳士，妳們的善行讓他很高興。他與我父親是多年舊識，今天下午他請人轉交了一封客氣的短信給我，希望我能允許他送幾盤點心來給妳們傳達友善之意，同時也對妳們今早的優秀作為致上敬意。我無從拒絕，所以妳們今天晚上才能享用這頓小小的盛宴，彌補只有麵包與牛奶的早餐。」

「那個男孩把這件事放在心上呢，我就知道！他是個很好的人，真希望我有機會能認識他。他看起來好像很想要認識我們的樣子；可是他很害羞，再加上瑪格太古板了，不讓我在看到他時去和他說話。」喬說。此時眾人正彼此傳遞盤子，冰淇淋被一口口吃掉，房間裡充滿了滿足的「喔！」與「啊！」的讚嘆聲。

「妳說的是住在妳們隔壁那棟大房子裡的人，對不對？」其中一個女孩問，「我母親認識老羅倫斯先生，但她說老羅倫斯先生很驕傲，不喜歡和鄰居相處。他的孫子出門時一定要有他陪在旁邊，其他時間都被關在家裡認真讀書。我們以前曾邀請他來參加我們的派對，但他沒有來。母親說他的個性很好，不過從來不跟我們女孩子說話。」

「有一次我們家的貓咪跑掉了，是他把貓帶回來的，我們隔著籬笆聊天聊得很開心，講的大概是板球之類的事，接著他看到瑪格出現，馬上就走掉了。我總有一天要認識他，因為他很需要找點開心的事來做，我很確定這一點。」喬堅定地說。

「我很喜歡他有禮的態度，他看起來就像個小紳士，妳可以在適當的時機和他交個朋友，我並不反對。今天是他親自把花送過來的，要是我能確定妳們在樓上做什麼的話，我那時一定會邀請他進來。他離開的時候正好聽到妳們的嬉鬧聲，看起來非常渴望能加入妳們，很顯然他沒有認識能夠一起玩耍的朋友。」

「母親，幸好妳沒有讓他進來！」喬哈哈大笑，看向自己的靴子。「但我們改天可以再演一齣可以找他來一起觀賞的戲。說不定他也可以幫忙演出呢；一定會很好玩，對不對？」

「我從來沒有收過這麼別致的花束；真是太美了！」瑪格興致盎然地觀察著她的花。

「這些花的確很好看。但對我來說，貝絲的玫瑰比這些花都還要甜美。」馬奇太太嗅了嗅綁在胸襟上、逐漸凋萎的小花。

貝絲依偎在馬奇太太身邊，柔聲低語：「真希望我能把我的花束寄去給父親。他的聖誕節恐怕沒有我們這麼開心。」

3 羅倫斯家的男孩

「喬！喬！妳在哪裡？」瑪格在閣樓的樓梯底端大喊。

「這裡！」上面傳來了一陣嘶啞的喊聲。瑪格跑上閣樓，發現她的妹妹窩在日光明亮的窗戶下面那張三條腿的沙發上，身上裹著毯子，一邊吃蘋果，一邊哭著讀《雷克里夫的繼承人》[1]。這裡是喬最喜歡的避難所；她最愛帶著五、六顆粗皮蘋果和一本精彩的書上來，在這裡享受寧靜的氣氛以及寵物鼠抓抓的陪伴，這隻寵物鼠就住在這裡，一點也不介意喬的存在。瑪格一出現，抓抓就匆匆溜進洞裡。喬把臉頰上的眼淚抹去，等著聽瑪格宣布新消息。

「妳快看！這真是棒透了！加德納太太為了明天晚上的活動送了一封正式的短信來！」瑪格大叫著揮舞著那張貴重的信紙，帶著愉悅的少女情懷唸起了信件內容。

「『加德納太太希望能邀請馬奇小姐與喬瑟芬小姐參加元旦前夕的小舞會。』媽咪同意讓我們去了。我們明天**應該**穿什麼好呢？」

「何必問呢？妳明知道我們只能穿府綢洋裝，沒有別的衣服可以穿了。」喬一邊咀嚼滿嘴的蘋果一邊回答。

「我真希望我能有一件絲綢洋裝！」瑪格嘆息。「母親說，等我十八歲時或許可以擁有一

1 the Heir of Redclyffe，作者為夏洛特・瑪莉・楊（Charlotte Mary Yonge）。

件絲綢洋裝；但還要等兩年，根本就是要等到天荒地老了。」

「我很確定我們的府綢洋裝看起來跟絲綢洋裝很像，而且府綢洋裝對我們來說已經夠好了。妳的那件還跟新的一樣好，但我忘記我那件洋裝已經被燒出一個破洞了；該怎麼辦才好呢？燒壞的地方很明顯，根本沒辦法修補好。」

「妳盡可能地坐著不動，別讓其他人看到洋裝的背面；前面看起來還是很漂亮。我會用新的緞帶綁頭髮，媽咪要把她的小珍珠別針借我，我的新舞鞋很好看，手套也還行，不過我希望能有一雙更好的手套。」

「我們的手套被檸檬汁給毀了，又沒辦法買新手套，看來我只好不戴手套了。」喬說。她向來不太在意與服裝相關的事。

「妳**一定**要戴手套，不然我就不去了。」瑪格堅持地說。「手套比其他東西都還要重要；跳舞時絕不能沒有手套，妳不戴手套會讓我覺得**非常**難堪。」

「那我站著不動就好了；我不太在意有沒有跳到舞；到處滑來滑去一點也不好玩。我比較喜歡亂衝亂跳。」

「妳不能叫母親買一雙新的，手套太貴了，而且妳總是很粗心。她說過，要是妳再把手套弄壞的話，這個冬天她是不會再幫妳買新手套的。妳難道不能想辦法把手套弄乾淨嗎？」瑪格焦慮地問。

「我可以把手套抓在手裡，這麼一來就不會有人看出來我的手套有多髒了；我最多只能做到這樣了。不！我知道我們該怎麼做了，我們每人各把一隻好的手套戴上，再把一隻壞的手套拿在手裡，妳懂我的意思嗎？」

「妳的手比我的大，妳會把我的手套撐壞的。」瑪格說。她非常寶貝自己的手套。

「那我不戴手套去就好啦。我才不在意別人怎麼說呢！」喬高聲宣布，接著便拿起她的書。

「好啦，妳可以拿一隻手套！但千萬不要把手套弄髒，表現得好一點；不准把手放在身後，也不准瞪人，也不准說『克里斯多弗．哥倫布啊！』可以嗎？」

「別擔心我；我會表現得像老骨董一樣古板，盡可能不要惹麻煩。妳現在可以去回信了，讓我繼續把這個精彩絕倫的故事看完。」

於是瑪格下樓去寫「心懷感激接受邀請」的回信、檢查洋裝，一邊輕快地歌唱一邊在縫製洋裝的蕾絲摺邊；而喬則讀完了書、吃掉四顆蘋果，和抓抓玩了一陣子遊戲。

在元旦前夕當天，客廳一個人都沒有，因為兩個妹妹扮演起了服侍人換衣服的女僕，兩個姊姊則全心全意地投入在「為宴會做好準備」此一重要事務中。雖然她們只做簡單打扮，但四個人依舊不斷上下奔走，談天說笑，房子裡甚至一度瀰漫著濃重的頭髮燒焦味。瑪格希望臉頰旁邊能有幾綹鬈髮，喬向瑪格保證用一雙熱鐵鉗夾住用紙包住的頭髮就可以把頭髮弄捲。

「頭髮這樣冒煙是正常的嗎？」貝絲窩在床上問。

「是溼氣被蒸乾的關係。」喬回答。

「聞起來好奇怪喔！像是燒焦的羽毛一樣。」艾咪說，她一臉優越地摸了摸自己漂亮的鬈髮。

「好啦，現在我要把紙拿掉囉，妳馬上就會看見一簇長長的鬈髮了。」喬把鐵鉗放下。

她把紙取了下來，但出現的不是一簇漂亮而捲曲的頭髮，因為頭髮跟著紙一起掉了下來。理髮師嚇壞了，她把那一小卷燒焦的頭髮與紙放在受害者面前的桌上。

「喔！喔！喔！妳做了什麼**好事**？我的頭髮毀了！我不能去宴會了！我的頭髮，喔，我的頭髮！」瑪格絕望地哭喊，檢查起自己前額兩

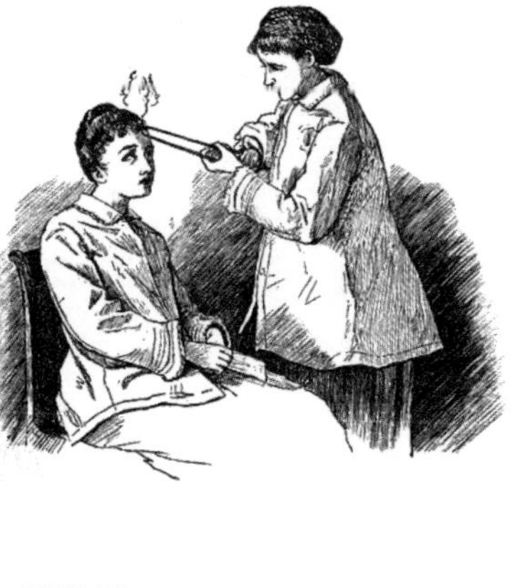

側長短不一的鬈髮。

「都是因為我的運氣太差了！妳不應該叫我幫妳把頭髮燙捲的；我做什麼事都會失敗。真的很抱歉，但那雙鐵鉗實在太燙了，所以我才會把妳的頭髮燙壞。」可憐的喬呻吟道。她後悔地流下眼淚，看著那一小團黑色的頭髮。

「妳頭髮沒有毀掉啦；只要上了髮捲，用緞帶綁好，讓頭髮垂落在額頭上，妳就能弄出最流行的造型了。我看過很多女孩這麼做。」艾咪安慰她們兩人。

「這都是因為我想要打扮得漂漂亮亮的，是我活該。真希望我一開始沒有想著要把頭髮燙捲。」瑪格氣惱地大喊。

「我也這麼希望，妳原本的頭髮既滑順又漂亮。不過頭髮很快就會再次長出來的。」貝絲走上前去親了親瑪格，安慰被剃了毛的綿羊。

她們又經歷了各式各樣的小失誤，最後瑪格終於打扮好了，接下來全家人同心協力地把喬的頭髮挽好，幫她穿戴整齊。她們的衣著簡單而不失體面，瑪格穿的是亮眼的灰綠色洋裝，上面繡有蕾絲摺邊，頭戴藍絲絨髮網，別著珍珠別針；喬穿的是赤紅色洋裝，領子是硬挺且帶有紳士氣質的亞麻領，身上唯一的飾品是一、兩朵白菊。她們各戴上一隻漂亮的淺色手套，拿著一隻被弄髒的手套，眾人都認為這樣的處理方式「簡單而完美」。瑪格的高跟舞鞋太緊，弄痛了她的腳，但她不願承認，而喬頭上的十九支髮夾好像都戳進了頭裡面一樣，她覺得很不舒服，不過，老天啊，我們必須舉止優雅，否則還不如死了呢。

「親愛的，祝妳們玩得開心！」馬奇太太在兩姊妹優雅地向外走去時對她們說。「不要吃太多，十一點時出來，我會讓漢娜去接妳們。」大門在她們背後關上時，窗內傳出高聲的詢問：

「孩子們、孩子們！妳們**有沒有**記得拿條好看的手帕放在口袋裡呀？」

「有拿有拿，好看得不得了，瑪格的手帕上還有噴古龍水呢。」喬喊了回去，她一邊走一邊笑著說，「我很確定就算我們現在是遇到地震要外出避難，媽咪也會記得問這個問題。」

「媽咪會問是因為她品味高雅，而且她這麼問是很正確的，因為真正的淑女一定會腳穿潔淨的靴子，攜帶手套和手帕。」瑪格回答，她自己也有許多「高雅的品味」。

「好了，喬，別忘記要把妳燒壞的裙襬藏好。我的腰帶有歪嗎，還有我的頭髮看起來是不是**非常**醜？」瑪格在加德納太太的更衣室花了很長一段時間對著鏡子檢查好衣著之後，轉過身對著喬說。

「我覺得我一定會忘記這回事。妳如果看到我做錯了什麼事的話，就對我眨眨眼提醒我，好嗎？」喬回答。她拉了拉領子，又草率地順了順頭髮。

「不行，眨眼一點也不淑女；要是妳做錯事的話，我會對妳挑眉，如果妳做對了，我會對妳點頭。好了，抬頭挺胸，跨步的幅度小一點，在自我介紹的時候不要跟別人握手，這麼做是不對的。」

「妳是**怎麼**學會什麼時候該做什麼事的呀？我就永遠也學不起來。音樂聽起來好像很開心呢，妳說對不對？」

她們向前走去，兩人都因為極少參加宴會而感到有些膽怯，雖然這只是個不正式的小聚會，但對她們來說卻是件大事。加德納太太是一位儀態高貴的年邁淑女，她親切地向她們問好，接著將她們交給她六個女兒中的大女兒。瑪格原本就認識莎莉，很快就放鬆了下來；喬則不太在意其他女孩和那些女孩子喜歡的八卦，她站在一旁，小心地以背靠牆，她覺得自己根本不屬於這裡，就像一匹誤闖花園的小馬。房間的另一頭有五、六位年輕男孩正愉快地談論著溜冰，而溜冰正是她這輩子最喜歡的活動之一，所以她極為渴望能過去加入他們的話題。她向瑪格示意她想過去聊天，但瑪

格挑起眉毛的表情太驚慌了，使得她不敢妄動。沒人過來向她搭話，她周遭的眾人逐一離開，最後只剩下她一個人。她不能為了取樂到處亂跑，否則她燒壞的裙子會被看到，只好可憐巴巴地盯著人群，直到眾人開始跳舞。立刻就有人邀請瑪格一起跳舞，雖然她的舞鞋太緊了，但她的舞步如此輕巧，沒有任何人注意到她正笑著忍受著痛楚。喬發現有一位紅髮大男孩正往她站著的角落靠近，她擔心那位男孩會過來邀請她跳舞，立刻溜進了一個被窗簾遮住的角落，打算在那裡偷看其他人，享受只屬於自己的寧靜。不幸的是，還有另一個靦腆的人也選擇了這個避難所；窗簾在喬的身後合攏時，她發現自己面前站著的正是「羅倫斯家的男孩」。

「我的天啊，我不知道這裡還有人！」喬結結巴巴地說，她打算要立刻溜出去，就像她溜進來時一樣迅速。

但男孩笑了起來，他似乎嚇了一小跳，不過還是和氣地說：「妳不用在意我，如果想留下的話就留下吧。」

「我是不是打擾到你了？」

「完全不會；我會進來這裡是因為我不認識外面那些人，站在外面感覺很奇怪，妳懂的。」

「我也這麼覺得。你如果願意留下的話，就請你留下來吧。」

男孩再次坐下，盯著自己的皮鞋看，直到喬試著用禮貌親切的態度說：

「我想我之前曾有榮幸見過你。你住在我們家附近，對嗎？」

「我住在隔壁。」他在抬頭後笑了起來，因為他還記得上次他把貓帶給喬時他們曾聊過板球的事，對比之下，喬現在正經八百的模樣顯得很有趣。

喬因此放鬆了下來；她也跟著笑起來，接著用最真誠的態度說：

「你們家送給我們的聖誕禮物很棒，我們那天晚上過得很開心。」

「那是祖父送的。」

「但是是你說服他送禮的，對不對呀？」

「馬奇小姐，妳們家的貓咪現在還好嗎？」男孩問，他表情嚴肅，但眼中卻閃爍著詼諧的光芒。

「貓咪很好，羅倫斯先生，感謝關心；但我可不是馬奇小姐，叫我喬就好了。」年輕的女士回答。

「那麼我也不是羅倫斯先生，叫我羅瑞就好了。」

「羅瑞．羅倫斯；這名字真奇怪。[2]」

「我的名字其實是席奧多，但我不喜歡這個名字，因為其他男生都叫我朵拉[3]，所以我叫他們改稱呼我羅瑞。」

「我也討厭我的名字——太女孩子氣了！我真希望每個人都能叫我喬而不是喬瑟芬。你怎麼讓那些男孩子不再叫你朵拉的？」

「我揍了他們一頓。」

「但我可不能揍馬奇姑婆一頓，看來我只能默默忍受了。」喬認命地嘆了一口氣。

「喬小姐，妳不想跳舞嗎？」羅瑞問，他似乎覺得喬這個名字很適合她。

「要是空間大一點、每個人都更活潑一點的話，我當然很願意跳舞。但要我在這種地方跳

---

2 羅瑞（Laurie）是羅倫斯（Laurence）的簡稱，羅瑞．羅倫斯聽起來就像是羅倫斯．羅倫斯，所以喬才會說這名字奇怪。

3 其他男孩用席奧多（Theodore）這個名字的最後四個英文字母 dore 取了朵拉（Dora）這個綽號，朵拉是女孩的名字。

舞，我一定會打翻東西、踩到別人的腳或者惹上可怕的麻煩，所以我還是不要胡鬧，讓瑪格跳舞就好了。你不跳舞嗎？」

「有時候會跳。是這樣的，我已經在國外住很多年了，現在沒有認識的人能告訴我你們在這裡是怎麼跳舞的。」

「國外！」喬高聲喊道。「噢，快告訴我國外的事！我最喜歡聽別人說旅行時發生的事了。」

羅瑞似乎不知道該從何說起；但喬態度熱切地提出了許多問題，很快就讓羅瑞提起了興致，他告訴喬他以前在沃韋（Vevay）念的學校是什麼樣子，那裡的男孩從來不戴帽子，湖上總是有許多船隻在航行，他們會在假日和老師一起到瑞士各地去徒步旅行。

「真希望我也能去那裡旅行！」喬高聲說。「你有去巴黎嗎？」

「我們去年冬天去了巴黎。」

「你會說法文嗎？」

「在沃韋你只能說法文，不能說其他語言。」

「快說點法文來聽聽！我會讀法文，但不會說。」

「Quel nom a cette jeune demoiselle en les pantoufles jolis?」羅瑞溫和地說。

「你說得真好！讓我想想——你說的是『那位穿著漂亮舞鞋的年輕小姐是誰』對不對？」

「Oui, mademoiselle.（是的，小姐。）」

「是我姊姊瑪格麗特，但你明明知道那是誰！你覺得她漂亮嗎？」

「漂亮。她讓我想到德國的女孩子，看起來伶俐溫和，跳舞的姿態很淑女。」

男孩對姊姊的稱讚讓喬開心得兩眼發光，她把這幾句話記了下來，打算重複給瑪格聽。他們兩人一起從窗戶後面偷看，一邊討論他人一邊聊天，直到他們覺得彼此像是認識多年的朋友。喬紳士的舉止讓羅瑞覺得很有趣，他放鬆下來後很快就不再害羞了，喬則忘記了她的洋裝，而且現在沒人會對她挑眉，她便流露出了歡樂的本性。她現在比以前還要更喜歡「羅倫斯家的男孩」了，她認真觀察了男孩的外表，以便回去之後能向家裡的姊妹們描述他的樣子；畢竟她們沒有哥哥和弟弟，表親中的男性寥寥無幾，對她們來說，男孩幾乎可以說是一種未知的生物。

黑色鬈髮，棕色皮膚，黑色大眼睛，端正的鼻子，整齊的牙齒，小手小腳，比我還要高，以男孩來說態度非常禮貌，整體來說很討人喜歡。不知道他今年幾歲？

問題已經在喬的舌尖上了；但她及時止住話頭，以不同於往常的機敏試著用迂迴的方式問出答案。

「我猜你應該很快就要去念大學了吧？我看你的眼睛一天到晚都黏在書上——不是，我是說你總是在認真念書。」喬在不小心脫口說出「眼睛黏在書上」這句糟糕的話時漲紅了臉。

羅瑞微微一笑，但似乎並沒有被嚇到，他聳聳肩回答：「大概還要再一、兩年吧；總之至少要滿十七歲我才會去念大學。」

「這麼說來你今年大概十五歲囉？」喬看著高大的年輕人問，她以為羅瑞已經十七歲了。

「下個月滿十六歲。」

「我真希望我也能念大學，但你看起來好像不太想上大學的樣子。」

「我恨死大學了！念大學的人不是在埋頭苦讀就是在到處玩樂；我不喜歡這個國家的人念書跟玩樂的方式。」

「那你想要做什麼呢？」

「我想搬到義大利，用我自己的方式享受自己的生活。」

喬非常想問他什麼是他自己的方式，但他皺眉時看起來有些嚇人，所以喬改變了話題。她一邊用腳打節拍一邊說：「這首波爾卡舞很棒；你不去跳舞嗎？」

「如果妳也一起跳的話，我就跳。」他對喬行了一個奇妙的法式鞠躬禮。

「我不能跳。我答應過瑪格我不會跳舞，因為……」喬停頓片刻，似乎不確定自己要繼續說話還是開始大笑。

「因為什麼？」羅瑞好奇地追問。

「你能答應我不告訴別人嗎？」

「我絕不會告訴別人！」

「好吧，我之前惡作劇的時候站在爐火前面，不小心燒到了這件洋裝的裙襬；雖然裙子已經被仔細修補過了，但還是看得出來，瑪格要我站著別動，這麼一來就不會有人看到燒壞的地方了。你如果想笑的話就儘管笑吧；我知道這件事其實很好笑。」

但羅瑞沒有笑；他垂下視線，表情讓喬覺得疑惑不解，過了一分鐘後他無比溫柔地說：「別在意妳的裙子了；我知道我們可以怎麼辦：外面有一條長廊，我們可以在那裡盡情跳舞，絕不會有任何人看到我們的。請跟我來吧。」

喬對他道謝，接著高高興興地跟著他走了出去，她看見舞伴戴上了一雙高雅的珍珠白色手套，暗自希望自己能有一雙乾淨的手套。長廊空空蕩蕩，他們盡情地跳起了波爾卡舞，羅瑞跳得很好，他教導喬怎麼跳德國式的舞步，又是旋轉又是跳躍，喬跳得開心極了。音樂停止之後，他們坐到階梯上平復呼吸，在羅瑞描述他在海德堡參加過的學生慶典時，瑪格出現了。她是來找喬的，她招招手，喬只能不情不願地隨著瑪格走進旁邊的小房間裡。她一走進去就看到瑪格坐在沙發上，臉色蒼白地摸著一隻腳。

「我扭傷腳踝了。那雙愚蠢的高跟舞鞋害我扭到腳了，扭得很嚴重。我的腳痛到我幾乎沒辦法站，我不知道我們等一下該怎麼回家。」她因為痛苦而前後晃動著。

「我就知道妳會被那雙蠢鞋弄傷腳。我很遺憾妳受傷了，但我不知道現在該怎麼辦。我們可能只能叫馬車了，不然就是讓妳在這裡待一個晚上。」喬回答。她一邊說話一邊輕輕替瑪格推揉可憐的腳踝。

「我不能叫馬車，馬車太貴了；而且我敢說現在一定叫不到馬車，大部分的人都是坐自己家裡的馬車來的，馬廄又那麼遠，沒人能去幫我們叫馬車來。」

「我可以去。」

「當然不行，現在已經超過十點了，外面簡直跟埃及一樣黑。我不能在這裡過夜，因為睡在這裡的人已經太多了；莎莉還得讓一些女孩跟她一起睡。我會在這裡休息，等漢娜過來，然後盡我所能地想辦法回去。」

「我去找羅瑞幫忙；他會願意的。」喬說。她顯然在想到這個主意時鬆了一口氣。

「天啊，不可以！不要找任何人幫忙，也不要告訴別人這件事。去幫我拿雙膠鞋，把這雙舞鞋跟我們帶來的東西放在一起。我現在沒辦法跳舞了；等到他們用完餐之後，你隨時注意漢娜來了沒有，她來了就馬上告訴我。」

「他們現在就要出去吃東西了。我要留在這裡陪妳；我寧願待在這裡。」

「別留在這裡，親愛的，跟著他們過去吧，幫我拿杯咖啡。我已經累到快不能動了！」

瑪格倚在沙發上休息，把膠鞋藏在裙襬下，喬則慌亂地往餐廳走去，但她開了第一扇門之後發現是瓷器碗櫥，接著又在開了另一扇門之後，撞見了在房間裡私下用點心的加德納老先生。終於抵達餐廳後，她衝向餐桌，成功取得咖啡，但馬上又把咖啡潑了出來，把洋裝的前面弄得和後面一樣狼藉。

「喔，天啊！我真是個蠢貨！」喬一邊高聲說著，一邊用瑪格的手套用力擦拭裙襬，把手

套也弄髒了。

「需要我的幫助嗎？」旁邊傳來了一道友善的聲音；是羅瑞，他一手端著飲料，另一手則拿著一盤冰淇淋。

「瑪格累壞了，我想要替她拿點喝的，但剛剛我被旁邊的人撞了一下，就變成現在這個樣子了。」喬回答。她表情悲慘地看向自己染了色的裙子，再看向咖啡色的手套。

「這真是太糟糕了！正好我想找人收下我手上的食物；我可以把這些吃的拿去給妳姊姊嗎？」

「噢，謝謝你，讓我來帶路吧。我最好還是不要幫你拿這些食物，我很確定我接手之後一定又會把事情搞砸。」

喬把羅瑞帶到小房間去。羅瑞似乎慣於替小姐們服務，他拉了一張小桌子過來，又拿了第二份咖啡和冰淇淋給喬，他的態度實在太彬彬有禮了，就連挑剔的瑪格也說他是個「好男孩」。他們度過了一段愉快的時光，吃了一些法式糖果，與隨後誤入小房間的兩、三個年輕人安靜地玩起了搶數遊戲，玩到一半時漢娜就出現了。瑪格全然忘了自己的腳，迅速地站起身，因此不得不抓著喬保持平衡，並發出一聲痛呼。

「噓！什麼都別說。」她悄聲說完後，又大聲道：「沒什麼，我只是稍微扭到腳而已。」她趔趄著走上樓去拿東西。

漢娜知道後開始高聲責罵，瑪格哀哀哭泣，喬無計可施，最後她決定要親自解決這個局面。她溜出房間，跑下樓，找到一位僕人，問他能不能替她們叫一輛馬車。剛巧這名僕人是臨時僱用的，他完全不知道附近鄰里的狀況；正當喬環顧四周，想要找其他人來幫忙時，羅瑞出現了，他聽到喬問僕人的話，於是告訴喬他祖父的馬車只載了他一個人，她們可以跟他一起搭那輛馬車回去。

「但現在還那麼早——你應該還沒要離開吧？」喬說。她看起來鬆了一口氣，但有些猶豫是否要接受羅瑞的幫助。

「我每次都很早就離開了——真的，沒騙妳！請讓我載妳們回家吧；妳也知道我們是順路的，而且我聽其他人說現在在下雨。」

喬因此決定接受羅瑞的協助；她解釋了瑪格剛剛受傷的狀況，向他道謝，接著衝上樓把其他人都帶下來。漢娜跟貓一樣痛恨下雨；所以她欣然接受這個提議，她們愉快地坐上豪華的帶篷馬車離開，覺得自己優雅極了。羅瑞坐到了車廂外，讓瑪格可以把腳放平，兩個女孩們恣意討論起了宴會上發生的事。

「我今晚過得很開心，妳呢？」喬問。她把頭髮拉得蓬蓬鬆鬆，讓自己舒服一些。

「在我弄傷自己之前我都很開心。莎莉有一個朋友叫安妮・莫法特，她很喜歡我，邀請我跟莎莉一起去她家住一個星期。莎莉會在春天過去住，那時候會有歌劇表演，要是母親願意讓我去安妮家住就好了。」想起這件事讓瑪格打起了精神。

「我看到妳剛剛跟那個紅髮男跳舞，我一開始看到他走過來就跑了；他個性好嗎？」

「喔，他人很好！他的頭髮不是紅色而是紅褐色，而且他非常有禮貌，我跟他一起跳了一場美妙的雷多瓦舞。」

「他在跳新舞步的時候，看起來就像是穿著禮服的蚱蜢。害羅瑞跟我都忍不住笑了出來。妳有聽到我們的笑聲嗎？」

「沒有，但你們的行為很不禮貌。你們躲那麼遠是在**做什麼**呀？」

喬向瑪格描述了她的冒險，就在她說完這次舞會的經歷時，她們正好到家了。兩人心懷感激地向羅瑞道了「晚安」，然後躡手躡腳地走進家裡，希望別驚動任何人；但就在門發出吱嘎聲的那瞬間，兩頂小睡帽立刻冒了出來，兩道帶著睏意但卻非常熱切的聲音大聲喊著：

「快告訴我們宴會怎麼樣！快告訴我們宴會怎麼樣！」

瑪格高聲說：「妳們太沒規矩了。」喬則拿出了她特意留給兩個妹妹的法式糖果，她們一邊入迷地聽姊姊們描述這天晚上發生的各種事件，一邊把糖果全都吃光了。

「在宴會後搭乘馬車回家，然後穿著睡袍坐在這裡讓女僕服侍我，這種感覺就像是有錢人家的大小姐一樣。」瑪格說。這時喬正往她的腳上抹上山金車藥膏並包紮起來，接著又替她梳頭。

「雖然我們的頭髮燒焦了、身上穿的是舊睡袍、只有一隻手套、又笨到穿上太緊的舞鞋還扭到腳，但在我看來，就算是有錢人家的大小姐也不會比我們過得更開心。」喬說得一點也沒錯。

4 重擔

「喔，天啊，要再次把重擔扛在肩上前進實在是太困難了。」瑪格在派對的隔天早上嘆著氣說。假期已經結束了，經過一週的尋歡作樂後，她更加不想回去進行那份她向來不喜歡的工作。

「真希望每天都是聖誕節或新年，那樣一定很有趣，對不對？」喬沉悶地打了一個呵欠。

「其實我們不應該像現在這樣享受生活。但是若能吃到美味的點心、收到花束、參加宴會、坐馬車回家、閱讀、休息、不工作的話，該有多好啊。就像其他人一樣，妳們知道的，我總是很羨慕只要做這些事的女孩，我喜歡奢華的生活。」瑪格說。她正仔細檢視兩件舊洋裝，想選出比較不舊的那一件。

「但我們不能過奢華的生活，所以我們還是別抱怨了，好好背起重擔，像媽咪一樣心情愉悅地向前跋涉吧。我大概很難擺脫馬奇姑婆，但我想，只要我能學會在背負她這個重擔時不要抱怨，她就會從我肩上離開，或者變得很輕，輕到我幾乎不會意識到她的存在。」

這樣的想法讓喬的想像力開始飛揚，因此心情也逐漸變好；但瑪格並未因此而開心起來，因為她的重擔中有四個被寵壞的孩子，她覺得肩上的重量前所未有的重。她的心情實在太差了，以至於她沒有像往常一樣在頸部繫上藍色緞帶，也沒有把頭髮梳理得漂漂亮亮的。

「我何必打扮得好看呢？反正除了那些惱人的小矮人之外，根本沒人會注意我，也不會有人在意我打扮得漂不漂亮。」她用力關上抽屜，喃喃自語。「我每天都必須勤奮工作，偶爾才

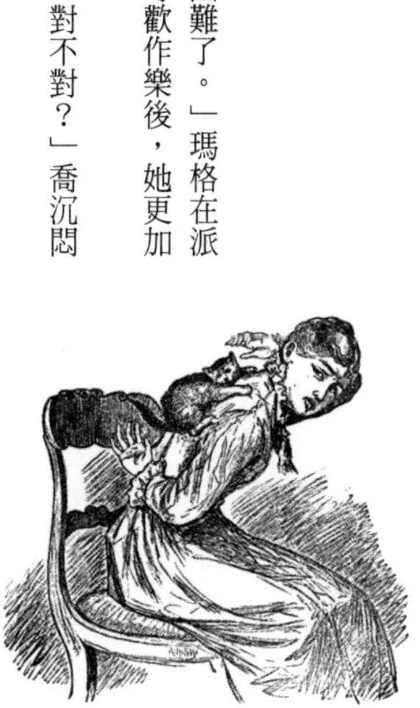

能享受一點小樂趣，我會變得又老、又醜、又刻薄，因為我太窮了，不能像其他女孩一樣享受生活。真是太悲哀了！」

瑪格走下樓時一臉悲愴，並沒有因為早餐時間的到來而變得比較開心。每個人看起來都無精打采，一臉想要發牢騷的樣子。

貝絲覺得頭痛，她躺在沙發上，試著靠一大三小的四隻貓讓自己舒服一點；艾咪不記得上課學過的內容又找不到橡皮擦，顯得異常煩躁；喬在做出門準備時一邊吹口哨一邊製造出巨大的噪音；馬奇太太忙著寫信，她一定要馬上把信寄出去；漢娜則因為昨天太晚睡而怒氣沖沖。

「這世界上**沒有**任何家庭比我們家還要煩躁啦！」喬大聲說。她已經打翻了一個墨水瓶、拉斷了兩根鞋帶，又一屁股坐在自己的帽子上，氣得火冒三丈。

「家裡最煩躁的就是妳了啦！」艾咪回嘴。她的眼淚落在作業本上，把計算錯誤的數字全都打溼，糊成一團。

「貝絲，妳要是再不把這些可怕的貓咪關在地下室的話，我就要把牠們全都給淹死。」瑪格怒火攻心地說。有一隻小貓爬到了她的背上，她一直試圖想把貓抓下來，但小貓像刺果一樣黏在她摸不到的地方。

喬捧腹大笑，瑪格怒聲責罵，貝絲苦苦哀求，艾咪則因為記不得九乘以十二的答案而哭了起來。

「孩子們、孩子們，拜託妳們安靜一下！我**一定**要趕在今天早上把這封信寄出去，我一直被妳們的煩惱分心。」馬奇太太高聲說，她劃掉信紙上寫錯的第三句話。

家裡平靜了片刻，接著漢娜打破了沉悶的氣氛，大步走進來，把兩個熱騰騰的半圓形餡餅放在桌上，接著又大步走了出去。早上做兩個餡餅是馬奇家的傳統；女孩們都把餡餅稱之為「暖手筒」，因為她們沒有暖手筒，但在寒冷的早上出門時拿著熱騰騰的派能溫暖她們的雙手。

無論漢娜有多忙或者多煩躁，她都從來沒有忘記製作這些餡餅，因為女孩們早上必須在酷寒之中走上很遠的路；這兩個可憐的小東西不會帶其他東西當午餐了，而且她們很少能在兩點前回到家。

「小貝絲，抱好妳的貓咪，趕快克服頭痛吧。再見，媽咪；我們今天早上都是淘氣鬼，但我們回家後就會恢復成小天使了。瑪格，走吧！」喬踏著沉重的步伐離開家，她覺得今天她們這些朝聖者不應該表現得這麼差。

她們總是會在街角轉彎之前回過頭，因為她們的母親總是會在窗前微笑著點頭，對她們揮手。不知何故，她們總覺得如果沒有看到母親在窗前道別，似乎就沒辦法撐過辛苦的一天，無論她們出門時的心情如何，母親的臉龐都能像陽光一樣讓她們開朗起來。

「就算媽咪今天不是對我們送飛吻，而是對我們揮舞拳頭，我也會覺得是我們活該，我們今天簡直就是史上最不知感恩的惡棍。」喬高聲說著。她走在泥濘的雪地裡，吹著刺骨寒風，感到一種贖罪般的滿足感。

「不要使用那麼可怕的字眼。」瑪格回答。她像厭世的修女一樣用頭巾裹住頭，臉蛋深深隱沒在其中。

「我喜歡強烈的字眼，它們都是有意義的。」喬回答。她的帽子飄了起來，差點就要飛走了，但她及時把帽子一把抓住。

「妳想怎麼稱呼自己都隨妳；但**我**既不是淘氣鬼也不是惡棍，我不想被別人這麼稱呼。」

「妳是一位頹喪的女士，因為無法時時刻刻享受榮華富貴而惱怒非常。小可憐！等我賺了大錢之後，妳就可以泡在一大堆馬車、冰淇淋、高跟舞鞋和小花束之中盡情狂歡了，還能有很多紅髮男孩跟妳一起跳舞。」

「喬，妳真是滿嘴胡說八道！」但瑪格還是因為這幾句胡謅而笑了出來，不禁覺得心情好多了。

「那是妳運氣好才能有我這種滿嘴胡說八道的妹妹；要是我像妳一樣總是擺出憂鬱的表情，一天到晚多愁善感，我們現在就沒辦法這麼開心啦。感謝老天，我總是能發現一些有趣的事讓自己開心起來。別再抱怨了，回家的時候要開開心心的，當個小甜心。」

喬鼓勵地拍了拍姊姊的肩膀，兩人接著各自抱著暖洋洋的餡餅，為了當日的工作走向不同方向。雖然天氣嚴寒、工作辛苦，她們渴望享樂的年輕心靈又都無法獲得滿足，但她們還是各自努力在嚴寒的天氣中打起精神。

馬奇先生為了幫助一位不幸的朋友而賠光家產時，兩個年長的女兒請求雙親讓她們至少能盡自己的一份力幫助家裡。馬奇夫婦認為能及早培養孩子認真、勤勉及獨立的能力是一件好事，因此他們同意了，兩個女孩心懷熱忱地開始找工作，她們認為雖然路上將有諸多阻礙，但她們終究會成功。

瑪格麗特找到的工作是保母兼家庭教師，微薄的薪資讓她覺得富有。誠如她之前所說，她**的確**「喜歡奢華的生活」，她目前最大的困擾就是貧困。她發現自己之所以比妹妹們更難以忍受貧窮，是因為她還記得過去家裡擺飾華美、生活輕鬆愉悅、什麼都不虞匱乏的時候。她努力試著不要心懷嫉妒或不滿，但年輕女孩渴望漂亮的事物、快樂的朋友、成就感與幸福的生活是很自然的事。在金家工作時，她每天都會看到各式各樣她想要的東西，在他們家姊姊們出門之前，瑪格常瞥見華美的舞會洋裝與花束，聽見她們談論最近的劇場、音樂會、雪橇聚會和各種娛樂活動，看見在她眼中珍貴無比的金錢被他們家的人浪費在無謂的瑣事上。可憐的瑪格雖然極少抱怨，但她還是覺得這很不公平，所以她有時會對用刻薄的態度對待他人。不過，那是因為她還不知道自己已身處無比的幸福之中，單是這種幸福就能讓人每天都過得很快樂。

喬正好很適合與馬奇姑婆作伴。馬奇姑婆行動不便，需要一位勤奮的人來服侍她。這位老太太沒有小孩，當初馬奇一家人遇到問題時，她表示可以收養一個女孩，然而馬奇夫婦拒絕了這個提議，因此觸怒了馬奇姑婆。有幾位朋友告訴馬奇夫婦，他們本來可能會出現在富有的老太太的遺囑中，現在他們錯失良機了；但淡泊名利的馬奇夫婦只是回答：

「我們不會為了財富而放棄我們的女兒。無論貧富，我們都不會分開，我們因為擁有彼此而感到幸福快樂。」

之後有好一段時間老太太都不願意跟他們說話，但後來她湊巧在朋友家遇見了喬，喬詼諧的表情與直率的態度都讓老太太喜歡極了，她向馬奇夫婦提議請喬來陪伴她。喬覺得自己無法勝任，但她還是接下了這份工作，主要是因為當時沒有其他更好的工作機會了。但事情的結果令所有人大呼驚奇，她竟然和這位暴躁易怒的親戚相處得很好。她們兩人偶爾會大吵一架，這時喬會立刻衝回家，高聲宣布她再也無法忍受這份工作了；但馬奇姑婆總是很快就妥協了，她會態度堅定地請喬再次回去，而喬每次都無法拒絕，因為其實喬也很喜歡這位脾氣火爆的老太太。

我懷疑這份工作真正的吸引力其實來自存放了許多好書的大型藏書室，自從馬奇叔公過世之後，藏書室就只能徒生灰塵與蜘蛛。喬還記得那位親切的老紳士，他總是讓喬用好幾本厚重的字典建造鐵路與橋，指著拉丁文故事書中的奇怪圖片對喬說故事，每次在街上相遇他都會買幾片薑餅給喬。藏書室光線昏暗、灰塵遍布，半身像從高大的書架上俯視下方，旁邊擺著舒適的椅子和地球儀，不過喬覺得最棒的還是一片茫茫書海，她可以隨興地在書本之間漫步，這裡對喬來說簡直就像天堂一樣。每當馬奇姑婆小睡片刻，或者忙著與客人聊天時，喬都會飛速衝進這個寧靜的空間中，蜷縮在舒適的椅子裡，像隻書蟲一樣狼吞虎嚥地啃食詩集、愛情小說、歷史故事、遊記和圖畫書。但，快樂時光總是特別短暫，閱讀的時光也一樣；每當她剛讀到故事的最核心、詩歌最甜美的小節、或者旅人最驚險的一段冒險時，就會聽到刺耳的聲音大喊著：「喬——瑟芬！喬——瑟芬！」她只好離開美妙的樂園，去捲毛線、替貴賓狗洗澡，或者花上好幾個小時朗讀貝爾夏的《短文》[1]。

喬心懷大志，她希望能成就某件傑出的事；至於是什麼傑出的事，她還不知道，這就留給時間告訴她答案吧；目前而言，她最大的困擾其實是沒辦法隨心所欲地閱讀、奔跑和騎馬。她脾氣耿直、牙尖嘴利、生性毛躁，時常因此惹出大麻煩，她的生活跌宕起伏，兼具喜劇與悲劇的色彩。但在馬奇姑婆家受到的訓練正是她所需要的；雖然「喬——瑟芬！」的叫喚聲永無止境，可是只要想到她現在做的事能養活自己，她就覺得很快樂。

貝絲太過內向，不適合上學。她嘗試過，但上學對她來說太痛苦了，她只能放棄，轉而待在家裡由父親替她上課。就算父親離開了，母親也被找去軍人救傷協會竭盡全力付出一己之長，貝絲依舊老老實實地自己念書，盡她最大的努力。她是個擅長持家的小姑娘，平常會協助漢娜維持居家環境的整潔，讓外出工作的人回家能舒舒服服的，她從來不想要任何獎賞，唯一想要的只有家人的愛。她的每一天都漫長而寧靜，但她從不浪費時光，也不覺得孤獨，因為她的小小世界中充滿了幻想的朋友，而且她生性喜歡忙碌。貝絲還是個孩子，她深愛自己的小玩具，每天早上都要抱出六個洋娃娃，替它們穿衣服；每個洋娃娃都不完整也不漂亮，它們都是被拋棄的洋娃娃，是貝絲接納了它們；貝絲的姊姊們長大到不玩洋娃娃之後，洋娃娃就被轉讓給了貝

絲，因為艾咪不喜歡任何老舊的東西。貝絲反而因此更加溫柔地珍惜這些娃娃，她替這些脆弱的洋娃娃設立了醫院。她從來沒有用針戳過它們由棉花組成的身體，從來不對它們惡言惡語，也從來沒有忽略過它們曾被拋棄的心靈，貝絲心懷疼愛地餵它們吃飯、替它們穿衣服、照顧它們、拍撫它們，從未有一刻疏忽。**娃娃家庭**中有一個曾經屬於喬的洋娃娃看起來異常淒涼；它曾經歷風起雲湧的人生，最後被丟棄在破舊的袋子裡，貝絲把它從沉悶的貧民院中解救出來，帶到她的庇護所去。它的頭部上方不見了，貝絲替它綁上了可愛的小帽子，它的雙手雙腳也都消失無蹤了，貝絲用毯子把它包起來，藏起它的缺陷，又讓這位殘疾人士獨佔最好的那張床。貝絲在照顧這個洋娃娃時是那麼盡心盡力，只要有人知道她付出了多少關愛，就算他們可能會笑，但同時也一定會深受感動。她送小小的花束給它；她讀書給它聽，把它藏在大衣底下，帶去外面呼吸新鮮空氣；她唱搖籃曲給它聽，每天睡前都會親親它髒兮兮的臉，溫柔地悄聲說：「我可憐的小可愛，希望你能有個好夢。」從沒有一天例外。

貝絲和其他人一樣，也有她的困擾；她並不是天使，而是一個有血有肉的人類小女孩，她時常像喬說的一樣「哭哭啼啼」的，原因是她不能上音樂課，也不能擁有一架好鋼琴。她深愛音樂，勤奮學習如何彈奏鋼琴，用家裡叮噹作響的老舊樂器來練習，她那麼努力，不禁令人覺得應該要有某個人（並不是在暗示馬奇姑婆）來幫助她。然而沒有人幫助過貝絲，沒有人看到她在獨自一人時把眼淚落在走了音的泛黃琴鍵上再擦掉。她像隻小雲雀一樣唱著與工作有關的歌，在替媽咪與女孩們彈奏時永遠不顯疲憊，她日復一日都滿懷希望地告訴自己：「我知道，只要我當個好小孩，總有一天我會學好音樂的。」

這個世界上有許多像貝絲一樣的人，她們羞怯而安靜地坐在角落等待其他人的叫喚，她們

1 威廉・貝爾夏（William Belsham）的著作《短文，哲學性、歷史性與文學性》（Essays, Philosophical, Historical, and Literary）。

為了他人而活，但依舊歡欣喜悅，以至於沒有人注意到她們犧牲了什麼，直到壁爐前的小蟋蟀不再鳴叫，直到如陽光一般甜美溫暖的存在消失了，人們才會注意到身邊只剩下一片灰暗的寂靜。

如果有任何人問艾咪，她這一生中最大的考驗是什麼，她一定會立刻回答：「我的鼻子。」在她還是個嬰兒的時候，喬曾不小心讓她掉進煤炭桶裡，艾咪堅持這次的意外永遠毀了她的鼻子。她的鼻子不大也不紅，不是可憐的「派翠雅」[2]那種鼻子，只是有些塌，就算全世界的人都來幫她捏一下鼻子，也無法讓鼻子變得堅挺。除了她自己之外其實沒有人介意這件事，鼻子已經盡最大的努力成長了，但艾咪還是無比希望自己能有希臘鼻，她只好在一大疊紙上畫滿俊美的鼻子來安慰自己。

艾咪被姊姊們稱為「小拉斐爾」，她擅長繪畫，最能讓她開心的事就是描摹花朵、繪製小仙子或者描繪稀奇古怪的場景當作故事的插圖。她的老師們抱怨說，她的作業本上沒有算式，反而畫滿各種動物；地圖集的空白頁被她拿來臨摹地圖，總是在不對的時刻往所有課本中畫上令人捧腹的塗鴉。她總是盡最大的努力聽課，由於她儀態表現良好，是眾人的模範，所以時常逃過訓斥。她的脾氣好，能輕而易舉地討人喜歡，因此非常受同儕歡迎。許多人都十分欽佩她優雅的舉止氣度，還有她的成就；因為她不但能畫畫，還會彈奏十二支曲子、勾針編織，在讀法文時能把三分之二以上的字彙都用正確發音唸出來。她會用哀戚的語調說：「我爸爸還是個有錢人時，我們會如何如何。」人人都因此深受觸動；其他女孩認為她渴望的字句聽起來「完美而優雅」。

每個人都溺愛艾咪，所以她有些被寵壞了；她的虛榮心與任性的態度日漸增長。然而，有一件事遏止了她不斷膨脹的虛榮心：她必須穿表姊們的舊衣服。芙羅倫絲的媽媽毫無品味可言，艾咪只好忍痛戴上紅色而非藍色的帽子，穿上不相配的洋裝以及不合身又裝飾過多的圍裙。這些衣服其實很不錯，做工良好，只有些微磨損；但在艾咪這位藝術家的眼中，穿上這些衣物是一種折磨，尤其是她在這個冬天上學時穿的洋裝，竟然是一件沒有鑲邊的暗紫色洋裝，上面布滿黃色圓點。

「我唯一的安慰，」她噙著眼淚對瑪格說，「就是母親不會在我調皮的時候像瑪莉亞．派克斯的母親一樣把洋裝收摺改短。我的天，那真是可怕極了；有時候她實在太調皮，以至於裙襬被改得比膝蓋還要短，她根本就沒辦法來上學。每當我想到這種**居辱**，我就覺得扁塌的鼻子跟黃色流星紫洋裝還算可以忍受了。」

瑪格是艾咪的知己與領頭人，而溫柔的貝絲則覺得個性完全相反的喬具有莫名的吸引力，把喬視為她的知己與引導者。這害羞的孩子只對喬一個人訴說自己的想法；同時貝絲也在不知不覺中帶給這位冒冒失失的姊姊極大的影響，家中無人能及。兩個年長的女孩對彼此來說都舉足輕重，她們各自把一位年幼的妹妹保護在羽翼下，用各自的方法看顧妹妹，她們總是說這是在「扮演母親」，在拋棄了洋娃娃之後，她們以小婦人的母性直覺拿妹妹來填補洋娃娃的位置。

「有誰要說說今天遇到了什麼事嗎？今天實在太令人沮喪了，我需要聽一些能讓人高興起來的事。」瑪格在晚上眾人坐在一起縫紉時說。

「我今天和姑婆一起度過了一段很奇妙的時光，而且我還贏過她了，所以我先來告訴妳們

2 派翠雅（Petrea）是《家，或家庭關懷與家庭喜樂》（The Home, or Family Cares and Family Joys）一書中的其中一個角色，鼻子大而難看。

今天遇到的事。」喬首先開口，她最喜歡講故事了。「當時我正在朗讀永遠也讀不完的貝爾夏，我唸書的音調像平常一樣低沉單調，希望姑婆快點睡著，到時候我就可以拿出一本好看的書，在她醒來之前專心致志地讀一陣子。後來我自己也有點想睡了；在她開始打瞌睡之前，我打了一個好大的呵欠，大到她問我，我把嘴巴張大到能夠吞下一本書是想要做什麼。」

「『我倒是希望我能把書吞掉，之後就再也不用看到這本書了。』我說話時盡力試著不要太粗魯。」

「接著她針對我的罪過發表了長篇大論的演說，然後要我坐下來，好好思考自己的錯處，她則要『閉目養神』一番。她每次閉目養神都要養很久，所以在她的帽子像朵頭重腳輕的大理花不斷上下擺動後，我立刻從口袋裡抽出《威克菲德的牧師》[3]看了起來，我一隻眼睛盯著書，一隻眼睛盯著姑婆。在讀到所有人都滾進水裡的段落時，我太忘乎所以，不小心就大笑出聲。姑婆醒了過來；她在小睡過後心情向來比較好，她要我讀個幾段，讓她聽聽到底是什麼樣的無聊作品，能在我心中勝過價值連城且啟發人心的貝爾夏。我卯足全力地讀了起來，她也喜歡上了這個故事，但她嘴上卻只說：

『我聽不懂這本書在講什麼；孩子，從頭開始讀。』」

「我從頭讀起，竭盡所能地使普林羅斯聽起來極為有趣。在讀到一個精彩的段落時，我壞心眼地停下來，裝作溫順地問：『女士，妳恐怕也聽累了吧。我是不是不要再唸了比較好？』」

「她撿起早就從手上滑下去的編織工具，透過眼鏡瞪了我一眼，直截了當地說：『小姐，把這章唸完，別這麼沒禮貌。』」

「她有沒有承認她喜歡這個故事？」瑪格說。

「噢，老天啊，當然沒有！但她終於放過老貝爾夏了；我下午回去拿忘在她家的手套時，發現她正專注地讀著《牧師》，而且正好讀到高潮迭起的地方，竟然沒有聽到我一邊跳著吉格舞一邊大笑著經過大廳。只要她願意，她能過上開心得不得了的人生！不過，雖然她很有錢，但我並不嫉妒她，因為我覺得有錢人的煩惱就和窮人的煩惱一樣多。」喬說。

「妳這麼一說，我就想起我今天也有事要告訴妳們。」瑪格說。「我要說的事不像喬的這麼有趣，但我回家的時候覺得這是件大事。我今天在金家時，注意到每個人都情緒激動，其中一個小孩子說，她最年長的哥哥做了件可怕的事，所以他們的爸爸要把他送走。我聽見金太太在哭，金先生講話非常大聲，葛蕾斯和艾倫都在經過我旁邊的時候別過臉，不想讓我看到她們的通紅的眼睛。想當然耳，我沒有問他們任何問題；但我替他們感到難過，也很慶幸我們家沒有那種無法無天的哥哥會做出壞事，使得我們家蒙羞。」

「我覺得比起壞男孩做的事，在學校丟臉更令人**狼狽不砍（堪）**。」艾咪搖著頭說，好像她已經歷過深奧的人生。「蘇西．帕金斯今天上學時戴了一個漂亮的紅瑪瑙戒指。我真的非常想要那個戒指，全心全意地希望我能變成她。結果呢，她畫了一張戴維斯老師圖片，把老師畫成了大駝背，鼻子也奇醜無比，嘴巴裡吐出像氣球一樣的東西，上面寫著『年輕小姐，我正盯著妳們！』我們全都因為這張圖笑到不行，**這時**他突然看向我們，命令蘇西把練習簿拿上台。她嚇得**動嘆（彈）不得**，但還是上台了，然後，天啊，妳們知道老師之後做了**什麼事**嗎？他擰蘇西的耳朵，耳朵！你們想像看看那有多可怕！他把蘇西帶到講台上，讓她在那裡罰站半小時，手上拿著作業簿，讓

3 the Vicar of Wakefield，作者為奧利佛．高登史密斯（Oliver Goldsmith）。

每個人都能看到。」

「妳們看到那張圖的時候沒有笑嗎？」喬問，她喜歡聽這種尷尬的糗事。

「笑！根本沒人敢笑了，大家全都像老鼠一樣安靜地坐著，後來蘇西哭了好久——我很確定她哭了很久——那時候我一點也不羨慕她了，就算給我一百萬個紅瑪瑙戒指，我也不會想變成她。我永遠、永遠也不想陷入那種痛不欲生的羞愧窘境。」艾咪說完後繼續做作業，她很自豪自己在這件事中得了啟示，也很驕傲自己能一口氣說完最後那兩個四字詞語。

「我今天早上遇到了一件很棒的事，我本來打算要在晚餐時跟妳們說的，但我忘記了。」貝絲一邊說話一邊把喬亂七八糟的籃子理整齊。「我去幫漢娜買一些生蠔的時候，剛好看到羅倫斯先生在魚店裡，但我站在裝魚的木桶後面，他沒有看到我，他正忙著跟魚販克特先生說話。這時一位拿著水桶和拖把的老女人出現了，她問克特先生能不能讓她用刷地換幾隻魚，因為她家裡的孩子沒有晚飯吃，白天的工作又不盡如人意。克特先生正在忙，他有些惱怒地回答『不行』；老女人只好轉身離開，看起來又累又餓，這時羅倫斯先生用他手杖彎曲的那端勾起了一隻大魚，遞給那位老女人。她又驚又喜，立刻把魚抱在懷裡，一再地向羅倫斯先生道謝。羅倫斯先生要她『回家去煮魚吧』，她立刻匆匆離開，看起來開心極了！羅倫斯先生真是個好人，不是嗎？喔，那位老女人看起來真是有趣極了，她抱著那條滑溜溜的大魚，說她希望羅倫斯先生上天堂後能有個『舒似』的位置。」

眾人都因為貝絲的故事而捧腹大笑，接著她們要母親也講一個故事；她沉思片刻，認真地說：「我今天在協會裁剪藍色法藍絨外套時，一直因為妳們的父親而感到焦慮，我不斷想著，要是他發生了什麼事的話，我們會變得多孤單、多無助。這麼做並不明智，但我還是一直心懷擔憂，直到一位老先

生拿著一張衣服的單子走進來。他坐在我旁邊，看起來貧困、疲倦又焦慮，所以我開口和他聊起天來。

『你的兒子在軍中嗎？』由於他拿來的單子不是給我的，所以我這麼問他。

『是的，女士。我有四個兒子，兩個已經身亡，一個身陷牢獄，我現在要去找另一個兒子，他現在在華盛頓醫院，身染重病。』他平靜地回答。

『先生，你對國家做了很重大的貢獻。』我說，我不再對他感到憐憫，而是感到敬重。

『女士，我不過是做我該做的事而已，分毫也不多。要是我還行有餘力的話，我一定會親上前線的。但我已經太老了，因此我獻出我的孩子，心甘情願地獻出他們。』」

「他說話時心情愉悅，看起來很真誠，好像非常樂於獻出自己的一切，讓我對自己感到羞愧。我只不過獻出了一個男人就覺得犧牲太大，但他獻出了四個孩子卻沒有絲毫不甘；我還有四個女兒在家陪伴我，但他的最後一個孩子卻在千里之外等待他，或許就要向他永別了！一想到我有多幸運，我就覺得富足而快樂，所以我替他準備了一個特別好的包裹，又給了他一些錢，並且衷心謝謝他替我上的這一課。」

「母親，再說一個故事，要像這個一樣，是有道德啟示的故事。只要故事是真的，而且不帶乏味的說教，我就喜歡在聽完之後再去回想這些故事。」喬在眾人沉默了片刻之後開口說。

馬奇太太微微一笑，立刻說起了另一個故事。她已經對這個小聽眾說故事好幾年了，知道什麼故事能讓她們開心。

「從前從前，有四個小女孩，她們有足夠的東西吃、足夠的水喝、足夠的衣服可以穿，過得舒適而愉悅，她們的朋友與家長都待她們親切並且深愛她們，但她們還是不滿足。」（聽眾們聽到這裡時害羞地偷看了彼此一眼，開始更勤奮地縫紉。）「這些小女孩渴望能成為好人、做出好決定，但她們無法總是堅定地維持這個志向，她們常說：『要是我們能擁有這個就好了』

或者『要是我們能那麼做就好了』，她們忘記自己已經擁有許多事物，也忘記自己可以做的事有多少；因此，她們請一個老女人教她們能夠快樂的魔咒，老女人說：『每當妳覺得不滿足時，想想妳的生活有多幸福，心懷感恩。』」（喬聽到這裡時迅速地抬眼，好像想要說些什麼，但她注意到故事還沒說完，因此沒有開口。）

「這四個小女孩都很聰明，她們決定要試試這個建議，很快地，她們就驚訝地發現這個方式非常有效。一個女孩發現財富不能讓有錢人免於羞恥與悲傷；一個女孩發現雖然自己貧窮，但相較於老邁無力、無法享受幸福的老太太，女孩擁有年輕健全的心靈，這讓她感到快樂；第三個女孩雖然不喜歡準備晚餐，但她理解到了乞討晚餐是更加艱困的事；第四個女孩明白了紅瑪瑙戒指的價值比不上規矩的行為。因此，她們決定再也不抱怨，享受自己已經擁有的幸福，試著讓自己的行為配得上這樣的幸福，因為她們擔心如今已擁有的幸福不但不會增長，反而有可能會全部消失；我相信，只要她們願意採納老女人的建議，她們絕對不會感到失望或遺憾的。」

「媽咪，妳用我們自己的故事來對付我們，真是奸詐，而且妳不是在說故事，而是在講道！」瑪格高聲說。

「我喜歡這種講道，父親也常這樣對我們講道呀。」貝絲反省著說，她把幾根針直直戳進喬的針插裡。

「我一向抱怨得沒有其他人那麼頻繁，而且我從現在開始要比以往都還要更加謹慎，因為我已經從蘇西的慘事中得到了警告。」艾咪語重心長地說。

「我們需要這樣的教訓，而且我們將永遠銘記於心。要是我們忘記這些教訓的話，妳就再告訴我們一次，就像《湯姆叔叔》[4]裡的老克洛伊一樣，告訴我們：『想想泥們有多耗運唄，孩子呦！』、『想想泥們有多耗運唄！』」喬

說，她無論如何都忍不住要在這小小的講道中加上一點樂趣，不過，她自然也和她的姊妹們一樣已把這個故事牢記在心中。

4 《湯姆叔叔的小屋》（Uncle Tom's Cabin），台灣初譯《黑奴籲天錄》，作者哈莉特．伊莉莎白．畢切．斯托（Harriet Elisabeth Beecher Stowe）。

5 敦親睦鄰

「喬，妳現在到底想做什麼？」瑪格問。這是一個下雪的午後，她的妹妹腳踩橡膠靴、身穿舊衣服、頭戴兜帽，大步穿越門廳，一手拿著掃把，一手拿著鏟子。

「去外面活動活動呀。」喬回答。她眼中閃爍著調皮的光芒。

「我覺得今天早上那兩次長時間的散步就已經很夠了。外面又冷又陰暗，我建議妳跟我一樣，待在溫暖乾燥的爐火前面。」瑪格邊說邊打了個冷顫。

「我永遠都不會採納這個建議的；整天動也不動不是我的風格，我必須像小貓一樣到處亂跑，而且我不喜歡在火爐前面打瞌睡。我喜歡冒險，我現在就要出門冒險啦。」

瑪格回身去烤熱她的腳，讀她的《撒克遜英雄傳》[1]，喬則熱情如火地開始開路。雪很輕，她很快就用掃把繞著花園掃出一條路，等到太陽出來時，貝絲就可以帶她殘缺的洋娃娃出來透透氣了。馬奇家的房子和羅倫斯家的房子之間只有一座花園之遙；兩家房子位於城市的近郊，這裡的鄉村氣氛濃厚，周遭是小樹林、草坪、大型花園和寧靜的街道。兩棟房屋之間隔著一牆低矮的樹籬。一邊是老舊的棕色房屋，看起來空蕩破落，每到夏天牆上便會爬滿藤蔓，周圍種滿花朵；另一邊則是宏偉的石造豪宅，從寬敞的煤炭房和養護良好的庭院，一直到溫室以及路人可以從華麗窗簾之間瞥見的精美物品，都能看出豪宅中的生活顯然奢華舒適。但這棟房子似乎孤獨而了無生機，草坪上沒有嬉鬧的孩童，窗戶內沒有母

親微笑的面龐，進出的人少之又少，幾乎只有老紳士和他的孫子。

在喬栩栩如生的幻想中，這棟豪華的住宅就像中了魔法的皇宮，裡面充滿能夠讓人開心享受的華美事物，但卻無人使用。她一直很渴望能一窺藏在屋內的榮光，也想認識羅倫斯家的男孩，在她看來，他似乎很想認識其他人，只是不知道該從何開始。自從那次宴會結束後，她就更加想要認識羅倫斯家的男孩了，她規劃了許多方式想和他交朋友；但他最近一直沒有出現，喬差點就以為他離開這裡了，直到有一天她偷看到樓上的窗戶中出現了一張黝黑的臉龐，惆悵地向下看著她們家的花園，那時貝絲和艾咪正在打雪仗。

「那男孩因為缺乏社交與樂趣而深受折磨。」她告訴自己，「他的祖父不知道什麼對他才是最好的，只是一味把他獨自關在家裡。他需要和一群開心的男孩子一起玩，或者某個活潑的年輕人作伴。我真想去他們家告訴那位老紳士該怎麼照顧他才對！」

這個想法讓喬心情愉悅，她喜歡做一些大膽的舉動，總是因為古怪的舉止讓瑪格心生憤慨。喬一直把「去那男孩家」的計畫牢記在心，於是在那個下著雪的午後，喬決定要嘗試看看能做到什麼程度。她看到羅倫斯先生開車離開後，立刻往樹籬的方向開路。抵達樹籬後，她停頓片刻，觀察四周。一切寂靜無聲；下層窗戶後的窗簾都是放下來的；僕人不在附近，視線所及之處一個人也沒有，只有樓上窗戶的後方有一頭黑色鬈髮倚在細瘦的手上。

「他在那裡。」喬想，「可憐的孩子！在這麼悲慘的日子裡孤零零的一個人生著病！真是太淒涼了！我來丟個雪球過去，讓他往下看，然後安慰安慰他。」

手掌大小的鬆軟雪球被丟了上去，男孩馬上轉頭，臉上原本還掛著百無聊賴的神情，但在看過來的瞬間，那雙大眼睛立刻亮了起來，臉上出現了微笑。喬向他點點頭，露出大大的笑容，

1 Ivanhoe，作者華特・斯考特爵士（Sir Walter Scott）。

一邊揮舞掃把一邊高喊：

「你好嗎？你生病了嗎？」

羅瑞打開窗戶，用渡鴉一樣粗嘎的聲音啞聲說：

「已經好多了，謝謝妳。我前陣子得了嚴重的感冒，整個星期都被關在家裡。」

「很遺憾你感冒了。你有做什麼好玩的事嗎？」

「沒有。待在這裡簡直就像待在墳墓裡一樣沉悶。」

「你不能看書嗎？」

「我看得不多，他們不讓我看。」

「不能找人唸書給你聽嗎？」

「祖父有時會唸書給我聽；但他對我的書不感興趣，但我又不喜歡一天到晚麻煩布魯克。」

「那麼，應該有人來探病吧。」

「沒有任何我想要見的人來探病。男孩子都很吵，我的頭又很不舒服。」

「你沒有認識什麼文雅的女孩能替你讀書，和你聊天嗎？女孩子都很安靜，還喜歡扮演護士。」

「我沒有認識的女孩子。」

「你認識我們呀。」喬說完後立刻笑了起來，接著又止住了。

「我的確認識妳們！妳願意上來嗎？拜託？」羅瑞大聲說。

「我既不安靜也不文雅；但我如果我母親同意的話，我就上去找你。我現在就去問她。你先乖乖把窗戶關上，等我過去吧。」

喬說完後就把掃把架在肩膀上，昂首闊步地走回家裡，心中想著其他人會怎麼說。羅瑞一想到有人能來陪伴他，心中便一陣激動，他飛也似地開始做準備；畢竟他正如馬奇太太所說的是個「小紳士」，他為了即將到來的客人梳整鬈曲的頭髮、換了新衣服，又試圖整理他們家五、六位僕人都沒有收拾整齊的房間。樓下傳來了一陣響亮的鈴聲，接著傳來的是一道果斷的聲音說要找「羅瑞先生」，一位滿臉驚愕的僕人跑了上來，說有一位年輕小姐要找他。

「好，帶她上來吧，那是喬小姐。」羅瑞說。他走到小起居室的門口等待喬，喬出現時臉頰紅潤，神態放鬆，她一手拿著蓋了上蓋的盤子，另一手則是貝絲的三隻小貓。

「我來啦，大包小包的。」她聲音爽脆地說。「媽媽要我向你問好，她很高興我能為你效勞。瑪格希望我能帶一點她做的牛奶凍來；她做的非常美味，貝絲覺得她的貓能給你安慰。我知道你可能會取笑這些貓，但我無法拒絕貝絲，她非常希望能為你做點什麼事。」

沒想到貝絲的奇妙託付正是他們所需要的；羅瑞在看見貓時大笑了起來，因此把害羞拋在腦後，馬上就變得隨和得多。

「這盤牛奶凍看起來漂亮到不應該被吃掉。」他在喬打開盤子的上蓋時愉快地笑著說，盤子上的牛奶凍邊緣圍繞著一圈綠葉，上面點綴著幾朵艾咪種的鮮紅色天竺葵。

「這沒什麼，她們只是想對你表示善意。請侍女把牛奶凍先收起來吧，你用下午茶時可以

當點心；牛奶凍很軟，容易入口，可以直接從你腫脹的喉嚨滑下去，一點都不會痛。這間房間真是太舒適了！」

「要是房間能保持得整齊才是真的舒適；但是女傭都很懶惰，我又不知道要怎麼叫她們打理房間。這讓我覺得很煩惱。」

「我只要兩分鐘就能把這裡整理好啦。只要像這樣刷一刷壁爐，然後像這樣把壁爐架上的東西放整齊，還有把書本放在這裡，瓶瓶罐罐放在那裡，把面陽的沙發轉個向，把枕頭拍鬆一點。好啦，房間整理好了。」

房間的確就這麼整理好了；喬在說說笑笑之間俐落地把各種物品歸位，使整個房間的氣氛都不一樣了。羅瑞一臉敬重地靜靜看著喬；在她招手要他到沙發上坐下時，他走過去坐了下來，滿足地嘆了一口氣，感恩地說：

「妳真是太好心了！沒錯，這才是這間房間該有的樣子。現在請妳坐到大椅子上吧，讓我來做點能讓妳開心的事。」

「不行，是我來做點讓你開心的事才對。我們要不要朗讀幾本書呢？」喬熱切地看向周遭不斷散發著吸引力的幾本書。

「謝謝妳，但這些書我全都讀過了，如果妳不介意的話，我比較希望能跟妳聊天。」羅瑞回答。

「我一點也不介意，只要你讓我講話，我能講上一整天。貝絲說我永遠不知道什麼時候該停下來。」

「貝絲是那個時常紅著臉的女孩嗎？就是花很長時間待在家裡，有時候會帶著小籃子出門的那位？」羅瑞興致勃勃地問。

「沒錯，那就是貝絲；她是我最疼愛的妹妹，總是很乖很聽話。」

「漂亮的那位是瑪格，鬈髮的那位是艾咪，對嗎？」

「你是怎麼知道的？」

羅瑞的臉微微變紅了，但他還是坦白地回答：「噢，是這樣的，我常聽見妳們叫對方的名字，每當我一個人待在這裡時，我都會無法克制地看向妳們家的方向，妳們看起來總是過得很愉快。請原諒我的無禮，但有時候妳們會忘記把有花的那扇窗戶上的窗簾拉下來；每當妳們把燈點上的時候，窗內的畫面看起來就像一幅畫一樣，我能看到妳們家的爐火，還有妳們四姊妹與母親圍坐在桌前；妳們的母親正對著窗戶而坐，在花朵的襯托下妳們家看起來好溫馨，我總是忍不住盯著看。妳也知道，我沒有母親。」羅瑞戳了戳爐火，以掩飾他嘴唇無法控制的顫抖。

他眼底孤寂而渴求的情緒落入喬溫暖的心中。她以前受的教育很單純，因此心裡沒有任何雜念，十五歲的喬就像其他孩子一樣單純坦白。羅瑞病了，又很孤獨，這讓喬覺得自己能生活在那麼幸福的家庭裡真是太過富足了，她很樂意和羅瑞一起分享。她的表情友善，說話時向來生氣勃勃的聲音變得異常柔軟：

「我們之後再也不會把那扇窗戶的窗簾拉下來了，你想看多久都可以。但我真希望你可以來我們家看看我們，而不是只能從這裡遠遠地張望。母親是個非常好的人，她會對你很好很好的，貝絲的話，只要**我**懇求她，她就會願意對你唱歌，艾咪則會跳舞；瑪格和我可以用我們滑稽的舞台表演逗得你哈哈大笑，我們可以開心地玩在一起。你的祖父會准你來嗎？」

「我覺得，只要妳的母親願意問他，他就會答應。他是個和藹的人，只是看起來不太像罷了；不管我想做什麼，他幾乎都會答應我，他唯一擔心的就是我會造成別人的困擾。」羅瑞說，表情變得越來越期待。

「我們不是別人呀，我們是鄰居，你不需要覺得自己會造成任何困擾。我們都**想要**認識你，我很久之前就一直想要來這裡找你了。你應該知道我們搬來還不算很久，但我們已經認識所有鄰居了，唯有你們除外。」

「其實事情是這樣的，祖父向來住在書堆之中，他一點也不在意外面發生了什麼事。我的家庭教師布魯克先生不住在這裡，我又沒有認識的人能一起出去玩，所以就待在家裡，盡量適應這樣的生活。」

「真是糟糕。你應該要付出一點努力，只要有人邀請你就去玩，這麼一來你就會認識很多朋友，也會有很多好玩的地方可以去了。不要在意你容易害羞的個性。只要你常常出去玩，你就不會害羞了。」

羅瑞的臉再次轉紅，但他並沒有因為喬說他害羞而覺得被冒犯；他知道喬有多善良，所以他不可能聽不出喬的直白話語中帶有多麼親切的好意。

「妳喜歡妳的學校嗎？」男孩在片刻的停頓後轉移了話題，他盯著爐火，喬則愉快地抬頭看著上方。

「我不去學校，我是要賺錢養家的大丈夫——我是說，賺錢養家的女孩。我平常要去伺候我姑婆，她是一個可愛但暴躁的老太太。」喬回答。

羅瑞張嘴想要再問另一個問題，但他及時想起問太多私人問題是件不禮貌的事，所以他再次闔上嘴，看起來有些不自在。喬喜歡他禮貌的舉止，也不介意講些馬奇姑婆的事讓他笑一笑，因此開始生動地描述起壞脾氣的老太太、胖嘟嘟的貴賓狗、會說西班牙話的鸚鵡，還有讓她沉醉其中的圖書室。羅瑞聽得非常開心，後來她描述起一本正經的老先生跑去向馬奇姑婆求愛的事，老紳士的完美演說才說到一半，鸚鵡阿波竟然啄掉了他的假髮，讓他陷入了悲慘的窘境，男孩笑得整個人倒在椅子裡，眼淚都流了下來，連女傭都探

頭進來想知道發生什麼事了。

「喔！聽這些故事讓我覺得感冒都好多了，請繼續說下去。」他把埋在沙發靠枕上的臉抬起來，因為快樂而顯得面色紅潤。

喬因為成功逗笑對方而有些得意，立刻「繼續說下去」，她敘述了她們的戲劇和計畫、她們因父親而心懷希望與恐懼，還有她與姊妹們一起生活的小世界中發生過的最有趣的事件。接著他們討論起了書籍，喬欣喜地發現羅瑞和她一樣熱愛閱讀，讀過的書甚至比她還要多。

「如果妳這麼喜歡讀書的話，那妳一定要下去看看我們家的書。祖父已經出門了，所以妳無須害怕。」羅瑞站起身說。

「我什麼都不怕。」喬昂首回答。

「我也認為妳的確什麼都不怕！」男孩高聲說。他用欽慕的眼神看著喬，不過他心裡其實覺得，要是喬剛好碰上老紳士發脾氣的話，那她倒是很有理由覺得害怕。

整棟房子裡的溫度都像夏日一樣暖洋洋的，羅瑞在前面領路，經過了一間又一間房間，只要喬注意到什麼有趣的東西，羅瑞就會停下來讓喬看個過癮；就這麼一路前進，他們終於走到了圖書室。喬拍了拍手，跳了起來，她在特別開心時總是會這麼做。圖書室裡放滿了一排又一排的書，旁邊是幾幅圖畫和幾座雕像，以及擺滿了硬幣與珍品、具有莫大吸引力的幾個小木櫃，還有幾張休閒軟墊椅、幾張古怪的桌子、一些銅雕；最棒的是，房間裡有一個開放式的壁爐，周圍砌有別致的老式磁磚。

「真是太富麗堂皇了！」喬嘆息著說，她深深陷入天鵝絨的椅子裡，饜足地仰視周圍的各式書籍。「席奧多．羅倫斯，你應該是這個世界上最快樂的小孩了。」她一臉驚艷地說。

「人可不能只靠書活下去。」羅瑞說。他一邊搖搖頭，一邊在桌子的另一側坐下。

他才正想繼續說下去，就聽見了門鈴聲，喬飛速地站起身，緊張地高聲道：「我的老天啊！

是你祖父！」

「這個嘛，如果是的話，妳要怎麼做？妳說過妳什麼都不怕呀。」男孩壞心地說。

「我覺得我其實有一點怕他，但我不知道我為什麼要怕他。媽咪說我可以來，我不覺得這麼做對你會有什麼壞處。」喬自我安慰著，不過她的視線還是死死盯著門口。

「我現在感覺好多了，真的非常謝謝妳們。我只擔心妳會跟我講話講到厭煩而已；今天過得非常愉快，我簡直希望今天能永遠不要結束。」羅瑞感激地說。

「先生，醫師要見你。」女傭向他們點點頭。

「方便讓我離開一下嗎？我不能不去看醫師。」羅瑞說。

「別在意我。待在這裡讓我像蟋蟀一樣開心。」喬回答。

羅瑞離開了，他的客人便自娛自樂了起來。當門被打開的時候，喬正站在一張精緻的畫像前面，畫裡是一位老紳士，她沒有轉身，只是語氣決然地說：「我現在能確定我不會怕他了，因為他的眼睛看起來很和藹，只是嘴巴的線條看起來比較嚴厲，好像很有自己的主見。他沒有我祖父那麼英俊，但我喜歡他。」

「謝謝妳，女士。」一道粗啞的聲音從喬後方傳來；她驚愕地發現自己身後站著的竟是老羅倫斯先生。

喬的臉立刻紅到不能再紅，她回想剛剛自己說了什麼話，心跳立刻加速到令她不適的程度。有一分鐘的時間，她差點要向轉身逃跑的欲望投降；但逃跑是膽小鬼才會做的事，況且要是那麼做的話，姊妹們會笑她的；所以她下定決心要留下來，設法解決這個窘境。她定睛一看，注意到老先生兩道茂密眉毛下那對生機勃勃的眼睛，比畫像上的眼睛還要更和藹可親；而且那雙眼睛中正閃爍著狡猾的光芒，這大大降低了她的恐懼感。在片刻的死寂之後，老紳士突然用喬聽過最粗啞的聲音說：「所以說，妳不害怕我囉？」

「不太怕，先生。」

「妳覺得我沒有妳祖父那麼英俊？」

「是的，先生。」

「然後我擁有堅定的意志，是嗎？」

「我只是說我覺得看起來像。」

「但儘管如此，妳還是喜歡我？」

「沒錯，先生，我喜歡你。」

這個答案讓老紳士覺得很滿意；他短促地笑了一聲，和喬握了握手，接著伸手支起喬的下巴，讓喬抬起臉，他嚴肅地端詳片刻，接著放下手，點點頭說：「雖然沒有遺傳到妳祖父的長相，但妳遺傳到他的精神。親愛的，妳的祖父**真的是**一位好人；但更值得欽佩的是，他是個兼具勇氣與誠信的好人，我很榮幸交到他這樣的朋友。」

「謝謝你，先生。」喬覺得心情愉快，她喜歡老先生對她的評語。

「妳今天在這裡和我家的男孩做什麼呢？」老先生突然提出了下一個問題。

「先生，我只是想要敦親睦鄰。」接著喬解釋了她為何來訪。

「妳覺得他需要開朗一點，對嗎？」

「是的，先生；他似乎有點寂寞，或許認識一些年輕人當朋友對他有好處。雖然我們只是女孩子，但如果可以的話，我們很樂意幫忙，因為我們不會忘記你在聖誕節時送給我們的豪華禮物。」喬熱切地說。

「嘖嘖嘖，那是這孩子的主意。那位可憐的女人還好嗎？」

「她過得很好，先生。」喬接著語速飛快地講起了胡梅爾一家人的事，她母親已經說動了幾位比較富裕的朋友去提供幫助了。

「她與她父親一樣樂於行善。我應該找時間去拜訪妳母親。請妳轉告她這件事。下午茶的鈴響了，因為我們家那孩子的緣故，這裡的下午茶比較早。既然要敦親睦鄰，就跟我一起下去喝茶吧。」

「只要你同意，我就去，先生。」

「要是我不同意，我就不會邀請妳了。」羅倫斯先生端起老派的紳士作風，伸出手臂給喬扶。

「不知道瑪格**聽到之後**怎麼說？」喬一邊向前走一邊想，她想像著回家之後要怎麼告訴其他人這個故事，眼中充滿興致盎然的光彩。

「啊！你是怎麼回事？」老先生在見到羅瑞正一路跑下樓梯時說，羅瑞這時才突然看到令人敬畏的祖父竟然與喬挽著手臂，嚇了一大跳。

「先生，我不知道你回來了。」羅瑞開口說，這時喬對他使了個得意的眼色。

「從你下樓時的速度看得出來，你的確不知道我回來了。來用下午茶吧，先生，請表現得像個紳士。」羅倫斯先生慈愛地輕輕拉了拉男孩的頭髮，然後繼續向前走，羅瑞在他們兩人身後做出一連串怪表情，差點就讓喬哈哈大笑起來了。

老紳士的話不多，他喝下了四杯茶，看著兩個年輕人，兩人很快就像相熟的老朋友一樣聊了起來，老先生明顯注意到了孫子的改變。男孩的臉龐充滿了光彩明亮的生命力，行為舉止變得朝氣蓬勃，笑聲聽起來真誠而愉悅。

「她是對的，這孩子**的確**太寂寞了。就讓我看看這些小女孩能對他起到什麼樣的幫助吧。」羅倫斯先生看著他們暗忖。喬奇特而直率的態度很討他的喜歡，而且喬似乎很了解男孩子，幾乎好像她自己就是個男孩子一樣。

如果羅倫斯家的人是喬所謂的「老古板」的話，她絕不會在這裡待這麼久，因為那種人總是讓她覺得尷尬又難以應付；但相處過後，喬發現羅倫斯家的人都親切隨和，因此她能表現出自己的天性，進而使羅倫斯家的人對她留下好印象。三人起身時，喬表示她應該離開了，但羅瑞說他還想要帶喬去看另一個地方，接著便將她帶到溫室去。下人早已為他們把溫室的燈都點上了。對喬來說，溫室簡直就像童話世界一樣，她沿著起伏的走道前進，欣賞兩側盛放的花牆、柔和的光線、潮濕甜美的空氣以及頭頂上茂盛的藤蔓與樹冠，而她的新朋友則挑選出最嬌美的花朵一一剪下，直到雙手再也拿不下為止；接著，他把這些花綁成花束起來，用喬樂於看到的喜悅神情說：「請把這束花交給妳母親，告訴她，我很喜歡她送來的感冒藥。」

他們在寬闊的客廳找到了站在火爐前的羅倫斯先生，但喬的注意力全都放在一旁已掀起琴蓋的平台鋼琴上。

「你會彈琴嗎？」她用敬畏的表情看向羅瑞。

「偶爾會彈。」他謙虛地回答。

「拜託你現在彈一彈。我想要聽聽琴聲，回去之後可以告訴貝絲。」

「妳不先彈嗎？」

「我不會彈琴；我太笨拙了，學不會，但我很喜歡音樂。」

因此，羅瑞彈起了鋼琴，喬則在旁一邊聆聽一邊奢侈地把鼻子埋進香水草與茶香玫瑰中。她對「羅倫斯家的男孩」更加敬佩尊重了，因為他的琴彈得非常好，而且從不裝腔作勢。她真希望貝絲也能來聽羅瑞彈琴，但她沒有把這個想法說出來；只是不斷讚美羅瑞，直到他有些羞窘了，他祖父才開口拯救他。「行了、行了，小淑女，過度讚賞對他來說可不是好事。

他的琴彈得是不差，但我更希望他在其他比較重要的事情上能表現得和彈琴一樣好。妳要走了嗎？好的，今天多謝關照了，希望妳之後還會再來我們家。請代我向妳母親致意。晚安了，喬醫師。」

他親切地和喬握手道別，但看起來好像正因為某件事而不高興。走到大廳時，喬問羅瑞她是不是說錯了什麼話，他搖搖頭。

「跟妳無關，是我的關係；他不喜歡聽我彈琴。」

「為什麼？」

「改天我再告訴妳。我沒辦法送妳回家，就請約翰代勞了。」

「沒必要送我回去；我又不是那種年輕淑女，而且我家走幾步就到了。你要保重身體，好嗎？」

「好的，但妳還會再來找我的吧？我希望妳能再來。」

「只要妳答應我，等病好了之後來我們家找我們，我就會再來。」

「我答應你。」

「晚安，羅瑞！」

「晚安，喬，晚安！」

喬把下午的冒險告訴家人之後，全家人都希望能找個時間一起拜訪樹籬對面的那棟大房子，因為每個人都分別受那間房子的不同面向所吸引：馬奇太太想要和老先生聊天，因為老先生還記得他的父親；瑪格渴望能參觀溫室；貝絲為了平台鋼琴而渴望地嘆息；艾咪則熱切地想要欣賞精美的畫像與雕塑。

「母親，為什麼羅倫斯先生不喜歡聽羅瑞彈琴呢？」喬總是喜歡追根究柢。

「我不太確定確切的原因，但我推測應該是因為他的兒子，也就是羅瑞的父親，他娶了一位義大利的音樂家，這讓自尊心強烈的老先生很不高興。那位音樂家小姐才華洋溢，是個善良的好人，但老先生不喜歡她，在兒子結婚後，他們就再也沒有見過面了。他們夫妻在羅瑞還很小的時候就過世了，後來羅瑞的祖父把他帶回家。羅瑞是在義大利出生的，我猜他可能身體狀況不太好，老先生擔心他會一病不起，所以才總是這麼謹慎。羅瑞天生就喜愛音樂，和他母親一樣，我敢說他的祖父應該是在擔心他想要當音樂家；總而言之，他彈琴時會使老先生想起他不喜歡的那個女人，所以老先生才會向喬說的『一臉陰沉』」。

「哎呀，真是太浪漫了！」瑪格高呼。

「真是太愚蠢了，」喬說。「他想當音樂家，就讓他當音樂家嘛，既然他討厭上學，就沒必要送他去大學折磨他呀。」

「我猜這大概就是為什麼他有一雙俊美的黑眼睛，而且總是風度翩翩吧；義大利人總是風姿瀟灑。」向來感性的瑪格說。

「妳哪裡知道他眼睛長怎樣、有沒有風度翩翩？妳幾乎從來沒跟他說過話。」向來不感性的喬高聲道。

「我在宴會上見過他呀，從妳的描述聽起來，他是個舉止合宜的人。他答謝媽媽送藥給他的那幾句話，講得真是好。」

「他講的應該是牛奶凍吧。」

「孩子，妳真是個笨蛋，他說的當然是妳呀。」

「是嗎？」喬雙眼圓睜，似乎從沒想過這個可能性。

「我從沒看過妳這種人！連自己被恭維了都沒有察覺。」瑪格說話時表現得好像自己是無所不知的年輕淑女一樣。

「我覺得妳說的話都是信口胡謅，只要妳能別像個傻瓜一樣毀掉我的樂趣，我就對妳感激萬分了。羅瑞是個好人，我很喜歡他，我不想聽什麼恭維之類的鬼話。我們每個人都會對他很好，因為他沒有母親，他**或許**會過來這裡見我們，可以嗎，媽咪？」

「可以呀，喬，我很歡迎妳的朋友，我希望瑪格能記得，在還能當小孩的時候，不需要急著長大。」

「我不覺得自己是小孩了，但我也還不是青少年。」艾咪說。「貝絲，妳覺得呢？」

「我在想有關於我們的《天路歷程》的事。」貝絲說，她顯然一個字都沒有聽進去。「我們是怎麼靠著立志成為好人掙脫**沼澤**，通過**窄門**，靠著試著變成好人登上陡峭的山頭；或許對面那一棟豪華的房子就是我們的**華美宮殿**。」

「那首先我們必須設法通過獅子這一關。」喬似乎對這樣的未來感到相當滿意。

6 貝絲找到華美宮殿

那棟大房子的確是**華美宮殿**，不過眾人花了好一段時間才理解了這個事實，而貝絲則發現獅子的關卡實在難以通過。老羅倫斯先生就是最巨大的獅子，但自從他造訪過女孩們的家裡，並對每個女孩都說了幾句逗趣或親切的話、與女孩們的母親聊了幾次天之後，她們就再也不害怕老先生了，唯有貝絲除外。另一隻獅子是「她們很貧困而羅瑞很富有」這件事，她們因此而羞於接受無法回報的協助。但過了一陣子之後，她們發現羅瑞認為她們才是施予的一方，馬奇太太慈愛的態度、她們相處時的歡樂氛圍，還有他在她們簡陋的家中感受到的撫慰都讓他感激不盡。因此，她們很快就忘掉了原本的傲氣，抱持著親和的態度，不再去思考誰付出的比較多。

他們之間的友誼如春天的野草般瘋長，在那段時間裡發生了許許多多令人愉快的事。每個人都喜歡羅瑞，羅瑞則私底下告訴他的家庭教師說：「馬奇家的女孩子都非常出色。」她們心懷年輕人獨有的美妙熱忱，將寂寞的男孩納入她們之中，人人都特別照顧他，而羅瑞也很喜歡這些直率的女孩子們單純的陪伴。他不記得母親，也沒有姊妹，很快就發現女孩們帶給他不少影響，她們活力充沛的忙碌生活方式使他對於曾慵懶度日的自己感到羞愧。他厭倦了讀書，喜歡和有趣的人相處，以至於布魯克先生不得不向羅倫斯老先生不滿地表示，最近羅瑞總是蹺課跑去馬奇家。

「沒關係，就當作是讓他放個假吧，之後再把進度補上就是了。」老紳士說。「隔壁家的好心太太說，他學習得太過勤奮了，需要休閒娛樂、和年輕人交流以及運動。我覺得她很有可能是對的，我過去像是這孩子的祖母一樣，太過溺愛他了。就讓他做他想做的事吧，只要他開開心心的就好。他不可能在那個小小的女修道院裡惹出什麼大麻煩的，馬奇太太比我們更知道該怎麼照顧他。」

他們在一起玩的時候確實非常開心。他們演戲又做舞台布景，嬉鬧著滑雪橇和溜冰，在老舊的客廳度過了無比愉快的傍晚時光，偶爾還會在大房子裡舉辦歡樂的小宴會。瑪格可以在任何時候走進溫室，陶醉在各式各樣的花束之中，喬能任意翻閱新圖書室裡的收藏，貪婪地閱讀，她的評論每每都使老紳士撫掌大笑，艾咪心滿意足地描摹畫作並欣賞藝術之美，羅瑞則會無比喜悅地扮演「莊園領主」。

不過，貝絲雖然無比渴望能彈奏那架平台鋼琴，但卻一直鼓不起勇氣造訪瑪格稱之為「幸福豪宅」的大房子。她曾和喬一起去過一次，但老紳士沒有注意到她有多柔弱，用雜亂眉毛下的那雙眼睛死死地盯著她，又在驚呼「啊！」時太過大聲，使得貝絲嚇得「兩腿打顫」，她從來沒有告訴母親這件事，就這麼逃走了，之後她便宣布，再也不會踏進那間大房子一步，就算是為了那架可愛的鋼琴也不可能。無論其他人如何勸說或慫恿，她都無法克服恐懼，直到羅倫斯先生從不可言說的管道聽說了這個消息。他很快就想出了彌補的方法。在某次短暫的拜訪中，他巧妙地將話題帶到音樂上，提起他曾見過的幾位偉大歌唱家與他曾聽過的動聽管風琴，他講了好多令人著迷的奇聞軼事，使得貝絲不由自主地踏出了她的小角落，像是中了魔咒一樣一點點靠了過來。她駐足在老先生所坐的椅子背後聽他說話，因為自己不同尋常的舉動而興奮得雙眼圓睜，臉頰通紅。羅倫斯先生沒有分出任何一絲注意力在她身上，就好像她只是一隻小飛蟲一樣，他接著談論起羅瑞的課程與教師。接著，他好像突然想到了什麼似的對馬奇太太說：

「我家的孩子現在已經疏忽音樂練習了，我對此感到很高興，因為他過去有些太過沉迷音樂。但現在就沒有人去彈奏那架可憐的鋼琴了。女士，不知道妳們家的女孩有沒有人願意過去我們家，偶爾練練鋼琴，別讓鋼琴走調呢？」

貝絲往前跨了一步，雙手緊握，以免自己因為眼前這個令人無法抗拒的誘惑而不自覺拍起手來，只要一想到能夠用那架無與倫比的樂器練習彈奏，她就覺得幾乎無法呼吸。在馬奇太太還沒來得及回答之前，羅倫斯先生就用奇妙的表情輕輕點頭，微笑道：

「她們不需要和任何人見面或說話，任何時候都可以直接進客廳。因為我總是待在房子另一頭的書房，羅瑞則時常出門，僕人從來不會在九點過後靠近客廳。」

接著他站起身，似乎要離開了。貝絲覺得老先生最後那幾句話的安排簡直再適合她不過了，因此她下定決心要開口。「請替我把這些話轉告妳們家的年輕淑女們，要是她們都不想要來的話……唉，那也沒關係。」這時一隻小手抓住了老先生的大手，貝絲抬起頭看向他，露出感激萬分的神色，她以真摯而膽怯的態度開口說：

「喔，先生，她們想要去，非常非常想要去！」

「妳就是喜歡音樂的那個女孩嗎？」他問。這次他的言語間沒有嚇人的「啊！」了，只是非常和藹地垂首望著她。

「我是貝絲。我非常喜愛音樂，如果你確定我過去彈奏不會被其他人聽到並打擾到他們的話，我很樂意過去彈琴。」她說話時十分擔心自己太過無禮，同時因為自己的大膽而微微顫抖著。

「親愛的，我很確定。我們家幾乎有大半天都是空蕩蕩的，所以妳隨時都可以來彈琴，我會非常感謝妳的。」

「先生，你真是太好心了！」

貝絲看著老先生和善的表情，臉頰像是玫瑰一樣紅潤，這次她沒有被嚇到，反而感激地握了握老先生的手，因為她從老先生那裡收到的禮

物實在太過珍貴，她的感激已溢於言表。老紳士輕柔地伸手拂過貝絲前額的劉海，彎下腰親了她一下，用鮮少有人聽過的語調對她說：

「我以前有個小女兒，她的眼睛和妳很像。親愛的，願主保佑妳！再會了，女士。」接著便行色匆匆地離開了。

貝絲和母親歡欣雀躍地講了一陣子話，接著因為姐妹們都不在家，因此她衝上樓，去把這個美好的消息告訴她的殘缺布娃娃家庭。那天晚上她的歌聲充滿千欣萬喜，夜裡又在睡夢中把手放到艾咪的臉上彈琴，把艾咪吵醒了，女孩們因為這件事笑了好久。隔天貝絲看到年長與年輕的兩位紳士都離開了房子，便在經過兩、三次的遲疑後，從側門踏進大房子裡，像小老鼠一樣寂靜無聲地一路走進了客廳，見到了她夢想中的鋼琴。想當然耳，鋼琴上恰好就放著幾本簡單又動聽的樂譜，貝絲手指顫抖，三番兩次地左顧右盼、側耳傾聽，最後終於把手放到美妙的樂器上，她立刻忘記了恐懼、忘記了自己、忘記了一切，只記得音樂帶給她那份無法言說的喜悅，那架鋼琴的聲音就像是一位鍾愛的朋友在對她說話。

她在客廳一直待到漢娜來接她回家吃飯為止，但她一點胃口也沒有，只能坐在飯桌前對眾人微笑，沉浸在至高無上的幸福之中。

在那之後，戴著棕色帽子的小女孩幾乎每天都會穿越樹籬，寬廣的客廳出現了一隻來去無聲又無影無蹤、但會帶來悅耳音樂的鬼魅。她永遠不知道，羅倫斯先生會打開書房的門，傾聽他喜歡的老派音樂。她永遠不知道，羅瑞會守在外面的走道，要僕人別經過這裡。她永遠也不會猜想到，琴架上的那些琴譜和新歌是特別為她放在那裡的，每當她在家裡和羅倫斯先生談論起音樂時，她都只覺得他很好心，願意說一些使她受益良多的事情。因此，她由衷享受彈

琴的時光，並發現她夢寐以求的事全都夢想成真了，這種幸事並不是人人都能遇見的。或許正是因為她對於這份好運心懷無盡感激，她才會接著獲得更大的好運。無論如何，這兩次好運她都受之無愧。

「母親，我想要替羅倫斯先生做一雙拖鞋。他對我真是太好了，我一定要好好感謝他，但我不知道有什麼別的方式能表達謝意了。我可以做拖鞋嗎？」貝絲在羅倫斯先生邀請她去彈琴的數個星期之後詢問母親。

「親愛的，當然可以。他一定會很高興的，這是答謝他的好方法。女孩們都會幫助妳做拖鞋，我會替妳付材料費。」馬奇太太說，她很高興能同意貝絲的請求，因為貝絲實在太少向她提出任何要求了。

貝絲、瑪格與喬一起認真討論過數次後，她們選定了圖樣，買好了材料，開始製作拖鞋。貝絲在深紫色的底布上整整齊齊地繡上了一簇討人喜歡的三色堇，看起來合宜又賞心悅目，她日夜趕工，偶爾遇上太困難的部分時會找其他人幫忙。她精於女紅、心靈手巧，在其他人厭倦幫忙之前就把拖鞋做好了。她寫了一封簡短的信箋，又請羅瑞幫忙，在某天的清晨趁著老紳士還沒起床之前，就把拖鞋和信箋偷偷放到書房的桌上。

興奮地把東西送出去之後，貝絲開始等待之後會發生什麼事。一天過去了，隔天也過去了一大半，但馬奇家沒有收到任何音訊，貝絲開始擔心自己會不會冒犯了那位脾氣古怪的朋友。在第二天的下午，她出門去買一些日用品，順便帶可憐的喬安娜——那個肢體殘缺的娃娃——去散步。她買完東西，快走到家門口時，看到客廳的窗戶冒出了三顆、不，四顆頭，她們一看到她，就有好幾隻手冒了出來不斷揮舞，她們開心地高聲大叫：

「有一封老紳士給妳的信！快來看！」

「喔，貝絲，他送給妳……」艾咪一邊說一邊比出不得體的誇張手勢，但她話還沒說完，喬就用力關上窗戶。

貝絲滿心好奇地快步向家裡走去。她剛走到門口，姊妹們就一把抓住她，像凱旋歸來的隊伍一樣把她拉到客廳，全都一起伸手指著前面，高聲道：「妳看！妳看！」貝絲定睛一看，臉色立刻因為驚喜而轉為蒼白。她面前矗立著一架直立鋼琴，光可鑑人的琴蓋上躺著一封信，信件像是告示牌一樣清楚寫明了要給「伊莉莎白．馬奇小姐」。

「給我的？」貝絲倒抽了一口氣，她覺得自己快暈倒了，所以伸手抓著喬，這件事太讓人震驚了。

「沒錯，親愛的，這是給妳的！他是不是人很好呀？妳難道不覺得他是這個世界上最親切的老先生嗎？鑰匙放在信裡面。我們沒有讀信，但我們都非常想知道他寫了什麼。」喬高聲說著抱了抱妹妹，接著把信遞給她。

「妳讀吧！我沒辦法讀，我覺得頭暈眼花！喔，這真是太棒了！」貝絲把臉埋在喬的圍裙裡，心神慌亂。

喬展開信紙，看到第一個字就笑了出來：

「馬奇小姐：

親愛的女士——」

「聽起來真棒！我真希望也有人能這樣寫信給我！」艾咪說，她覺得老派的寫信方式極為優雅。

「我這輩子擁有過許多雙拖鞋，但從沒有哪一雙像妳送我的這一雙一樣適合我。」喬繼續唸道。

「三色堇是我最喜愛的花，以後只要我看到這雙拖鞋，就會想到溫柔的送禮人。我希望能報答妳，我知道妳一定會接受『老紳士』送給妳的禮物，這份禮物曾屬於他已逝世的小孫女。在此致上由衷的感謝與誠心的祝福，我將永遠是

妳感激的朋友與謙卑的僕人

詹姆斯．羅倫斯」

「好啦，貝絲，我覺得這是一件值得妳自豪的好事！羅瑞跟我說過，羅倫斯先生很寵愛那個已經逝世的孩子，他一直小心翼翼地保存著她的遺物。妳想想看，他把她的鋼琴送給妳了。這都是因為妳有一雙藍色大眼睛還有妳對音樂的熱愛。」喬試著安撫貝絲，因為貝絲一直在發抖，她以前從來沒有這麼激動過。

「妳看看那些用來擺放蠟燭的精緻燭台，那片呈現波浪狀的漂亮綠色絲綢的正中間有一朵金色的玫瑰，還有漂亮的譜架和椅凳，真是完美。」瑪格打開樂器，向眾人展示它有多美。

「『妳謙卑的僕人，詹姆斯．羅倫斯』，妳想想看，他竟然寫下這樣的句子給妳。我一定要把這件事告訴其他女生。她們一定會覺得很棒。」艾咪愛極了那封短信。

「甜心，彈彈看吧。讓我們聽聽這鋼琴的可愛聲音。」漢娜說，她總是與馬奇一家人同享喜樂、共受痛苦。

貝絲從善如流地彈起鋼琴，每個人都認為這是她們聽過最美妙的琴聲。鋼琴顯然剛調過音，每個音符都清楚分明，不過，雖然琴聲很完美，但我覺得真正迷人的是馬奇一家人臉上洋溢著的幸福神情，在貝絲鍾愛地輕撫美麗的黑白琴鍵並踩下光亮的踏板時，每個人都不自覺地靠了過去。

「妳一定要去跟他道謝。」喬用開玩笑的語氣說。她不覺得貝絲真的會去。

「沒錯，我也這麼想。我最好現在去，以免我想東想西之後又怕得不敢去了。」接著，貝絲就在全家人驚異的注視下從容不迫地走進花園，穿越樹籬，踏進羅倫斯家裡。

「啊，我敢發誓這是我這輩子遇見過最奇妙的事！這鋼琴讓她發神經啦！要是她現在神智清醒的話，她是絕不敢去的。」漢娜大聲說。她瞪大眼睛盯著貝絲離開，其他女孩們則因為見證了奇蹟而連話都說不出來了。

要是她們能看到貝絲之後做了什麼事，她們一定會更加驚訝。信不信由你，之後貝絲很快地走到書房門口敲了敲門，不讓自己有時間思考，接著門裡傳出了粗啞的聲音說道：「請進！」她便走了進去，羅倫斯先生就在她面前，他看起來大吃一驚，貝絲握住老先生的手，用顫抖著的微弱聲音說：「先生，我是來道謝的，因為……」但她沒有把話說完，因為老先生看起來實在太和藹了，讓她忘記了言語，只記得他失去了一個深愛的小女孩。貝絲伸出雙手抱住老先生的脖子，親了親他。

就算房子屋頂突然掀了起來，老紳士也不可能比現在還要更震驚了。但他很喜歡讓貝絲抱著他。喔，天啊，是的，他出奇地喜歡貝絲這麼做！貝絲信任的親吻讓他覺得太感動、太開心了，以至於他頑固的性格也逐漸消彌，他把貝絲抱到膝上，用他長滿皺紋的臉頰貼住了貝絲玫瑰般紅潤的臉頰，他覺得自己似乎又找回了他的小孫女。貝絲對老先生的最後一絲恐懼也消失無蹤了，她坐在老先生膝上，安逸地和老先生聊天，就好像她從小就認識老先生一樣，這是因為愛總能戰勝恐懼，感恩總能征服驕傲之心。她要回家時，老先生陪著她走到她們家的門口，溫和地與她握了握手，接著點了點自己的帽子，再次走回家去。老先生的身姿筆挺、儀態莊重，確確實實是一位英俊瀟灑、如軍人一般紀律嚴明的老紳

士。

女孩們都看到了這一幕。喬開始跳起吉格舞，她總是用跳舞來表達自己的心滿意足，艾咪則因為太過驚訝差點從窗戶邊緣跌下來，瑪格則高舉雙手，宣布道：「好吧，我相信世界末日來臨了。」

7 艾咪的羞辱谷

「那個男孩看起來簡直和獨眼巨人一模一樣，對不對？」艾咪說。此時羅瑞坐在馬背上揮舞著馬鞭，咯噠咯噠地經過。

「他明明就有兩隻眼睛，妳怎麼可以這麼說他？而且他的兩隻眼睛都很漂亮啊。」喬高聲喝道。她討厭別人對她的朋友說三道四。

「我又沒有說是因為眼睛，我明明是在稱讚他的騎術，真不懂妳為什麼要生氣。」

「喔，我的天啊！這小呆瓜想說的是人馬，但卻說成了獨眼巨人啦[1]。」喬大笑著說。

「妳沒有必要嘲笑我，我只是像戴維斯老師說的一樣，說話時犯了『無金之過』罷了。」艾咪想要用拉丁文[2]堵上喬的嘴。「羅瑞在騎馬上花了好多錢，要是他能分我一點點就好了。」她像是在對自己說話，但卻又希望姊姊們會聽見。

「為什麼？」瑪格體貼地問她。而喬已經因為艾咪的第二次口誤到一旁捧腹大笑去了。

「我真的很需要一點錢。我現在欠了很多債，但接下來這整個月我都不會再拿到零用錢了。」

「欠債，艾咪？妳在說什麼？」瑪格表情嚴肅。

「哎呀，我欠了至少一打的醃萊姆，但妳知道的，除非我有錢，否則我沒辦法買醃萊姆呀，因為媽咪嚴格禁止我在買東西時賒帳。」

「從頭跟我解釋一遍。現在很流行萊姆嗎？我們以前流行的是把橡膠戳一戳做成球。」瑪格試著保持正經的表情，艾咪則一臉哀傷沉重。

「唉，妳知道的，女孩子都會買醃萊姆，只要妳不想被別人覺得你很小氣，就一定也要買。現在流行的東西就只有醃萊姆了，大家去上學的時候都會坐在位置上含著萊姆慢慢吃，下課時間則用萊姆來交換鉛筆、串珠戒指、紙娃娃什麼的。如果妳喜歡另一個女生，妳就要送萊姆給她。如果你討厭一個女生，妳就在她面前大口吞掉一個萊姆。她們都輪流買醃萊姆給其他人吃，我已經吃了很多醃萊姆了，但是卻一直沒有買過萊姆給她們吃，所以我欠她們很多人情，妳懂吧。」

「妳要多少錢才能還清你欠下的人情，重新建立信用？」瑪格一邊問一邊拿出錢包。

「二十五美分就很夠了，剩下的幾分錢我還能買些吃的給妳。妳喜歡萊姆嗎？」

「不怎麼喜歡。妳可以把我的份吃掉。來，把錢拿好。不要花得太快，妳知道我們家的零用錢不多。」

「喔，謝謝妳！能有零用錢真是太棒了！我這個星期連一片萊姆都沒吃到，這下子我可以大吃一頓了。我每次都不太敢拿別人的萊姆，因為我沒辦法買萊姆回請她們，但我其實真的很想吃萊姆。」

隔天艾咪進學校的時間有些晚，但在她把萊姆放進書桌抽屜的最深處之前，她抗拒不了誘惑，驕傲地把潮濕的棕色紙袋展示給同學看。在接下來的幾分鐘，教室裡開始謠傳艾咪．馬奇

---

1 人馬是 centaur，獨眼巨人是 cyclops，兩者都是 C 開頭，艾咪搞混了。

2 艾咪本來想說的是拉丁文的「口誤」（lapsus linguae），卻說成了「很多石南花的過錯」（lapse of lingy），在此譯為「無金之過」。

帶了二十四片美味可口的萊姆（她在路上吃了一片），打算要分享給「她那一掛」的朋友，這立刻引起朋友們的密切關注。凱蒂．布朗當場邀請艾咪參加她舉辦的下一場宴會。瑪莉．金斯利堅持要把錶借給艾咪直到下課為止，而總是愛譏諷人、曾在艾咪沒有萊姆時尖酸嘲笑她的小女生珍妮．史諾立刻與艾咪握手言和，並告知艾咪她願意提供某一道困難算術題的答案。但艾咪從來沒有忘記史諾小姐曾用刻薄的話語評論「某人的扁鼻子竟然能聞到萊姆的香味呢，總是一副驕傲的樣子，但還不是去跟別人要萊姆吃。」她立刻傳紙條給「那位史諾家的女孩」，紙條上咄咄逼人地寫著：「沒有必要突然變得這麼彬彬有禮，因為妳半片萊姆都不會拿到。」

那天早上正好有一位知名的成功人士造訪學校，艾咪畫的美麗地圖贏得了不少讚賞，這樣的榮耀使得她的宿敵史諾小姐憤恨不已，也使得馬奇小姐表現得像是一隻勤奮又驕傲的小孔雀。但是，唉呀、唉呀！驕者必敗，決心復仇的史諾以災難性的勝利翻盤了。造訪學校的客人用毫無新意的言詞讚賞學校一番之後便離開學校了，接著珍妮立刻假藉要詢問重要問題的名義，告訴她們的老師戴維斯先生說，艾咪．馬奇的抽屜裡有醃萊姆。

戴維斯先生之前就已經宣布過萊姆是違禁品了，他當時嚴肅地保證過，第一個被抓到帶萊姆來學校的人會被當眾懲罰。這位自律甚嚴的男士曾在經歷了冗長且激烈的抗戰之後成功禁止學生嚼口香糖、把沒收的小說與報紙一口氣燒毀、查禁了私人郵局、禁止亂七八糟的鬼臉、取綽號和漫畫塗鴉，他已盡其所能，把這五十位叛逆的女孩管理得井井有條。上天做證，管理男孩子已經是一件非常挑戰耐心的事了，但管理女孩所需要的耐心比管理男孩還要多上無限倍，對於那些教學才華與布林柏博士[3]相差不遠又脾氣專橫的焦慮紳士來說尤其如此。戴維斯先生精通希臘文、拉丁文、代數等各式各樣的學問，因此不少人認為他是一位優秀的教師，這些人認為一個人的態度、道德素養、感受能力還有他是否以身作則都與他是否能成為好教師毫無關連。在這個時候被公開懲罰絕對是一件非常不幸的事，而珍妮也很清楚這一點。戴維斯先生早上顯然喝了太多咖啡，這天又正好吹起了東風，讓他的神經痛更嚴重了，此外，他覺得今天學生們的表現辜負了他的付出。因此，若這樣的語言對女學生來說不算太過不雅的話，我們可以這麼形容他：「他和女巫一樣神經質、和熊一樣惱怒。」「萊姆」這個字眼就像是落在火藥粉上的火花，他蠟黃的臉立刻漲得通紅，用駭人的力道擊打桌面，嚇得珍妮用非比尋常的速度坐回自己的位置。

「小姐們，請妳們注意這裡！」

他的語氣嚴厲，鬧哄哄的教室安靜了下來，五十雙或藍、或黑、或灰、或棕的眼睛順從地盯著他表情難看的臉。

「馬奇小姐，到前面來。」

艾咪站起身打算向前走，她表現上看起來十分平靜，但心中暗暗擔憂，那一袋萊姆沉甸甸地壓在她的良心上。

「把妳放在書桌裡的萊姆也帶到前面。」她還沒離開座位，就因為這個出乎意料之外的命令停住了腳步。

「拿一部分就好了。」鄰座的同學鎮定自若地悄聲告訴艾咪。

艾咪匆忙把一半萊姆片抖出來，把只剩下一半萊姆的紙袋放在戴維斯先生前面，她覺得只要戴維斯先生有一丁點人性，那麼他一定會在聞到萊姆的可口香氣時心生憐憫。不幸的是，戴維斯先生特別討厭如今學生之間流行的醃漬物散發出來的氣味，聞到令他反感的味道使他更加憤怒。

「全部都在這裡嗎？」

3 Dr. Blimber，狄更斯的小說《董貝父子》（Dombey and Son）中的一位老師，教學方式奇差無比。

「不是全部。」艾咪結結巴巴地回答。

「馬上把剩下的萊姆拿到前面。」

她絕望地看了自己的位置一眼，依言把剩下的萊姆都拿到前面。

「妳確定沒有其他萊姆了？」

「先生，我從來不說謊。」

「看得出來。把這些噁心的東西全都丟到窗外去，一次丟兩片。」

最後一絲希望也消失了，所有人都同時嘆了一口氣，創造出了一小股氣流，點心就這麼從她們貪饞的嘴巴前被奪走了。艾咪又羞又怒，面紅耳赤地走到窗前，向外丟了六次萊姆片，每一次都可怕至極，每一次她都只能不甘不願地把在劫難逃的兩片，啊，看起來那麼飽滿又那麼多汁的萊姆片從手中丟出去，街上傳來的喊聲更加深了女孩們的絕望，因為她們知道，這些珍饈全都被她們不共戴天的仇敵——愛爾蘭小孩們開開心心地奪走了。這樣的結果——這樣的結果實在令人無法承受。戴維斯看著女孩們因憤怒而漲紅的臉和哀求的眼神，卻無動於衷，一名熱愛萊姆的女孩哭了起來。

艾咪丟完最後兩片萊姆後走回教室前，戴維斯先生裝腔作勢地「哼！」了一聲，接著用他最令人害怕的語氣說：

「小姐們，妳們應該都記得我在一個星期前是怎麼說的。我很遺憾我們遇上了這種事，但我絕不允許有人違反我的規定，我也絕不會食言。馬奇小姐，把手伸出來。」

艾咪嚇了一跳，立刻把雙手都放在後面，她說不出懇求的話語，只是用通常更加有效的哀求眼神看向戴維斯先生。她向來是學生們口中的「老戴維斯」最喜歡的學生之一，我個人相信，他本來打算食言的，但這時卻正好有一位年輕小姐氣得無法自制地發出了噓聲，被戴維斯先生聽見了。雖然噓聲的音量極小，但卻惹怒了這位暴躁的紳士，決定了犯人的命運。

「伸出手，馬奇小姐！」是艾咪沉默的懇求所收到的唯一回應。艾咪的傲氣不容許她哭泣或求饒，她咬緊牙關，反抗地轉過頭，一動也不動地忍受降臨小手上的數次刺痛擊打。她被打手心的次數不多，力道也不大，但這對她來說沒有任何區別。這是她這輩子第一次被打，但在她看來，這種恥辱之深無異於戴維斯先生直接把她打倒在地。

「站到講台上，等到下課再離開。」戴維斯先生說。他決定既然他已經懲罰了，就要一次做到底。

這真是可怕極了。在眾人憐憫的表情中以及少數敵人滿足的神色中回到位子上就已經夠糟糕了，更不用說如今她必須在剛被羞辱完之後面對整個學校裡的學生，她覺得這簡直是不可能的任務，有那麼一秒，她覺得自己就要跪倒在地上，傷心欲絕地大哭起來。但這種太過無禮的對待讓她感到憤怒，再加上她想到了珍妮．史諾，因此她忍住了，她站上了那個不光彩的位置，下方的一張張面孔就像一片海洋，她瞪著屋頂的暖氣通風管，就這樣站在那裡，一臉蒼白地靜止不動。女孩們都覺得難以在這麼悲慘的人面前認真學習。

在接下來的這十五分鐘裡，這名驕傲又敏感的小女孩深受羞辱所苦，她永遠也不會忘記這種感受。對其他人而言，這或許只是滑稽可笑或微不足道的小事，但對她而言卻非常痛苦，因為從她出生至今的這十二年之中，她一直生活在愛的統御之下，從來沒有經歷過任何類似的待遇。接著，另一個想法帶來的焦灼感受使她忘記了手心的刺痛與心裡的劇痛：「我回家之後必須把這件事告訴她們，她們一定會對我很失望的！」

這十五分鐘感覺就像是一個小時，但最後這堂課終究是結束了，她從來沒有這麼想要聽到「下課！」這兩個字過。

「馬奇小姐，妳可以走了。」戴維斯先生說。他看起來有些不自在，實

際上也的確如此。

他久久無法忘懷艾咪此時眼神中的責怪，而她一句話也沒說，直直地走到前廳，拿齊了自己的東西，離開時激憤地暗忖要「永遠地」離開這裡。回到家時她的心情盪到了谷底。幾位姊姊比她還要晚一點回來，她們一到家就立刻召開了一場憤怒的會議。馬奇太太沒有多說什麼，但看起來心煩意亂，她溫柔和藹地安慰了痛苦難耐的小女兒。瑪格用甘油與眼淚擦洗妹妹被打的手心，貝絲覺得就連她親愛的小貓咪也無法撫慰妹妹的哀傷，喬怒髮衝冠地提議要即刻逮捕戴維斯先生，漢娜則對著「惡棍」揮舞著拳頭，在搗晚餐的馬鈴薯泥時用力得好像搗杵下的馬鈴薯就是戴維斯先生。

除了和艾咪同上一堂課的學生之外，沒人注意到艾咪的缺席，還有幾位觀察力敏銳的少女發現戴維斯先生在下午的時候變得特別溫和又異常緊張。在學校關門之前，喬出現了，她一臉嚴肅，昂首闊步地走到桌前，拿出了她母親寫的一封信，接著把艾咪的物品全都收走，在走出學校之前，她仔仔細細地把靴子上的泥巴全都刮在門口的腳踏墊上，好像她想要把這個地方的灰塵全從腳上抖下來似的。

「是的，妳可以請假不去學校，但我希望妳每天跟著貝絲一起念一點書。」馬奇太太在那天晚上說。「我不贊成體罰，對象是女孩子的時候尤其如此。我不喜歡戴維斯先生的教學態度，也不認為跟妳相處的那些女孩能讓妳學到任何益處，所以我會先詢問你父親的建議，再決定要讓妳轉去哪間學校念書。」

「太好了！我真希望全部的女孩都轉到別的學校，毀掉他的這間老學校。一想到那些美味的萊姆就讓我氣得要命。」艾咪嘆了一口氣，表現出一副殉道者的樣子。

「我並不覺得妳失去那些萊姆是值得遺憾的事，因為妳沒有遵守規定，不服從規定本就應該接受處罰。」母親嚴厲地回應，這讓年輕小姐有些失望，她本來期待的是媽媽的同情。

「妳的意思是妳很高興看到我在全校面前丟臉嗎？」艾咪大喊。

「我不會選擇用這種方式糾正妳的錯誤。」母親回答。「但若換成比較溫和的辦法，我不知道妳會不會受到教訓。妳正變得越來越驕傲，親愛的，是時候該矯正妳這種個性了。雖然妳擁有許多微小但美好的才能與美德，但你沒有必要拿這些事來炫耀，因為自大會毀掉最美好的天賦。真正的才華與良善是不太可能被長久忽視的，就算它們真的被忽視了，知道自己擁有才華與良善並妥善運用它們也能使妳感到滿足。在所有的能力之中，最迷人的能力就是謙虛。」

「一點也沒錯！」羅瑞高喊，他正在房間角落和喬玩西洋棋。「我認識一個女孩子，她具有過人的音樂才能，但她並不自知，她永遠也猜不到她獨自一人時能譜出多麼優美的音樂，就算有人告訴她，她也絕不會相信。」

「我真希望我也能認識那位美好的女孩。說不定她能幫助我呢，我實在太笨拙了。」貝絲說。她站到了羅瑞身邊，專心地聽他說話。

「妳認識她呀，她對妳的幫助比任何人都還要大。」羅瑞看著貝絲，那雙烏黑的眼睛裡閃爍著愉悅與淘氣的光芒，使得貝絲因為突然理解了羅瑞的意思而感到手足無措，馬上面紅耳赤地把臉藏到沙發抱枕後。

喬為了答謝羅瑞對貝絲的讚美而讓他贏了這盤棋，但他們兩人卻無法說動剛剛被稱讚的貝絲繼續彈琴。因此羅瑞便不遺餘力地開始一邊彈琴一邊愉快地唱歌，表現得特別活潑，他鮮少在馬奇一家人面前露出自己陰鬱的一面。艾咪整個晚上好像都忙著在思考某些新想法，羅瑞走了之後，艾咪突然說：「羅瑞算不算是個多才多藝的男孩？」

「是，他受過良好的教育，也精通許多技能。只要不被寵壞，他長大之後會成為一個好男人。」她母親回答。

「而且他不驕傲，對不對？」艾咪問。

「一點也不。這就是為什麼他這麼有魅力，我們也都這麼喜歡他的原因。」

「我懂了。舉止優雅、充滿才華是件好事，但我們不應該拿這件事來炫耀或者因此感到得意。」艾咪深思熟慮地說。

「妳可以從一個人謙虛有禮的行為舉止中看出、感受出他的才華，但我們沒有必要特意展示它們。」馬奇夫人說。

「也就是說，妳不用每次出門都把所有的軟帽、洋裝和緞帶全都穿戴在身上，因為就算妳不這麼做，別人也能知道妳擁有這些東西。」喬補充了一句，使這堂課在笑聲中畫下句點。

8 喬遇上惡魔亞玻倫

「姊姊，妳們要去哪裡？」艾咪問。這天是週六下午，艾咪剛從房間出來就發現兩位姊姊已經準備好要出門了，一副神神祕祕的樣子，引起了她的好奇心。

「跟妳沒有關係。小孩子不要問那麼多問題。」喬不客氣地說。

在我們還小的時候，最讓我們感到難堪的莫過於這句話了，更令人厭煩的則是「小可愛，去別的地方玩」這種命令。喬的冒犯言詞讓艾咪氣急敗壞，她下定決心要弄清楚她們為什麼鬼鬼祟祟，就算要花上一個小時纏著她們也無所謂。她轉向瑪格，因為瑪格就算拒絕她也無法堅持太久，艾咪甜言蜜語地說：「告訴我嘛！妳們說不定也可以讓我去呀，貝絲最近一天到晚繞著鋼琴團團轉，我又沒有其他事好做，好孤單喔。」

「親愛的，不可以，因為妳沒有受到邀請。」瑪格才剛說完這句話，就被不耐煩地喬打斷：「好了，瑪格，別再說了，否則這一切就毀了。艾咪，妳不能去，所以不要像個小嬰兒一樣哭啼啼的。」

「妳們是要跟羅瑞一起出去對吧，一定是。妳們昨天晚上一起坐在沙發上一邊講悄悄話一邊大笑，結果我一走進來妳們就不說了。妳們是不是要跟他出去？」

「是，我們是要跟他出去。請妳保持安靜，別再煩我們了。」

艾咪閉上嘴巴，但眼睛依舊盯著她們，她看到瑪格拿出一把扇子迅速放進口袋。

「我知道了！我知道了！妳們要去戲院看《七座城堡》！」她高聲說完後又堅定地加了一句：「我也要去，因為母親說過我也可以看，而且我拿到零用錢了，妳們是故意不告訴我的。」

「當個乖小孩聽我說，」瑪格安撫她，「母親不希望妳在這個星期去，因為妳的眼睛還沒好，沒辦法承受這齣戲的燈光。下個星期妳就可以跟貝絲和漢娜一起去了，妳們可以開開心心地看戲。」

「不要，我比較想要跟妳們和羅瑞一起去。拜託讓我去嘛。我這次感冒已經好久了，都被關在家裡，真的很想要參加好玩的活動。拜託啦，瑪格！我會很乖很乖。」艾咪擺出最可憐的樣子不斷乞求。

「說不定我們可以帶她去。只要我們讓她穿得夠暖，我覺得母親不會介意的。」瑪格開口。

「要是她去的話，我就不去了，要是我不去，羅瑞一定會不高興，而且他只邀請了我們兩個，如果我們帶上艾咪一起去的話，會是非常沒禮貌的行為。我認為她應該也不會想要出現在沒人希望她出現的地方。」喬惱怒地說。她打算好好享受這場戲劇，可不喜歡去看戲還必須帶上一個會到處亂跑的孩子，還要時時顧著她。

她的語氣和態度讓艾咪怒氣沖沖地開始穿靴子，接著又用她能想到的最惡劣的語氣說：「我就是要去。瑪格說我可以去，反正我是自己付錢去看的，跟羅瑞才沒有關係。」

「那妳不能跟我們一起坐，因為我們事先訂位了，妳只能自己一個人坐，所以羅瑞只好讓出他的位置，到時候會搞到大家都不高興。他也可能會想辦法幫妳訂一個位置，但這麼做很沒禮貌，因為他沒有邀請妳。妳一步都不應該踏出門，所以妳最好坐在那邊別再動了。」喬在匆忙之中不小心刺傷了手指，因此斥罵的語氣更加嚴厲了。

艾咪只穿了一隻靴子，就這麼坐在地板上嚎啕大哭起來，就在瑪格試著跟她講道理時，羅瑞的叫聲從樓下傳來，因此兩個女孩匆匆忙忙地下樓去了，把還在哭泣的妹妹留在原地。她偶爾會因為忘記自己已經長大了而表現得像個被寵壞的孩子。就在樓下三人準備出發時，艾咪靠在樓梯的欄杆上凶惡地大喊：「妳會後悔的，喬．馬奇，妳等著看吧。」

「煩死了！」喬回嘴後摔上了大門。

他們度過了一段美妙的時光，《鑽石湖的七座城堡》是一齣精彩絕倫、令人歎為觀止的戲劇。雖然喬的眼睛正看著滑稽的紅惡魔、閃閃發光的小精靈、英俊的王子與美麗的公主，但她愉快的心情還是打了一點折扣。仙子女王的黃色鬈髮讓她想起了艾咪，在幕與幕之間她自娛自樂地猜想著她的妹妹會做什麼讓她「後悔」。過去她和艾咪之間爆發過許多小衝突，因為她們兩人的個性都很急躁，在生起氣來的時候容易變得做出激烈的舉動。艾咪會譏笑喬，喬會惹怒艾咪，兩人之間時常發生衝突，但在吵完架之後，兩人都會覺得很羞愧。雖然喬比較年長，但卻容易失去控制，總是難以抑制滿腔怒火，時常因此惹上麻煩。不過她的怒氣向來無法持久，也願意低姿態地承認錯誤，並對過去的所作所為真心懺悔，一直在試著變成更好的人。她的姊妹們曾說過她們其實滿喜歡喬生氣的，因為在氣過之後她就像是天使一樣。可憐的喬殫精竭慮地想要變好，但存在於她內心的敵人卻總是準備要爆發怒火並擊敗她，她必須耐心地花上數年的時間努力付出，才能征服這個敵人。

她們回到家時，艾咪在客廳讀書。她在姊姊們進家門時裝出一副受傷的樣子，雙眼盯著書本，沒有抬頭看也沒有打招呼。好奇心差點就要征服怨恨了，但這時貝絲剛好向兩位姊姊提問，她們立刻描述了這齣無與倫比的戲劇。喬上樓把自己最好的帽子放回衣櫃時先查看了一番，因為上一次吵架時，艾咪把喬最上層的抽屜拉出來，倒放在地板上，藉此平息自己的怒火。不過目前看來衣物都還在原位，喬匆匆檢視了她的每個衣櫃、包包和盒子，認定艾咪應該是原諒也忘記她的錯誤了。

她這麼想就錯了。喬到了隔天才發現的事引起了一場大風暴。那天下午，瑪格、貝絲和艾咪坐在一起，喬衝進房間，看起來受了很大的刺激，她氣喘吁吁地喝問：「有誰把我的本子拿走了嗎？」

瑪格與貝絲立刻回答：「沒有。」兩人都一臉驚訝。艾咪戳了戳爐火，一語不發。喬看到艾咪的臉色逐漸漲紅，立刻對她大發雷霆。

「艾咪，本子在妳那裡吧！」

「不是，不在我這裡。」

「那妳一定知道本子現在在哪裡！」

「沒有，我不知道。」

「妳說謊！」喬高聲喊著。抓住艾咪的肩膀，看起來凶暴狠戾，連艾咪這麼勇敢的孩子也嚇壞了。

「我沒有。本子不在我這裡，我不知道本子現在在哪裡，我才不在乎。」

「妳一定知道本子怎麼了，妳最好立刻主動告訴我，否則我會想辦法逼妳不得不說。」喬晃了晃艾咪的肩膀。

「妳儘管罵啊，反正妳永遠也看不到妳那愚蠢的舊本子了。」艾咪越來越激動地高聲喊道。

「為什麼？」

「我把本子燒了。」

「妳說什麼！妳燒了我那麼喜歡、在上面花了那麼多時間、打算在父親回來前寫完的小本子？妳真的把本子燒了？」喬頓失血色，眼中燃

燒著熊熊怒火，焦慮地用雙手緊緊抓著艾咪的肩膀。

「對，我燒了！我早就跟妳說過了，妳昨天態度那麼壞一定要付出代價，我也做到了，所以……」

艾咪再也說不下去了，因為喬已經被心中的怒氣所控制，她用力前後搖晃艾咪的肩膀，直到她的牙齒打顫。喬傷心又憤怒地哭了起來：

「妳這個小鬼太惡毒、太惡毒了！我再也沒辦法寫出一樣的東西了，我這輩子都不會原諒妳。」

瑪格飛奔過去救下艾咪，貝絲跑過去安撫喬，但喬已經無法控制自己了，她臨走前一掌打向妹妹的耳朵，接著衝出房間，跑到閣樓的老沙發上獨自發洩怒氣。

由於馬奇太太沒多久就回到家裡，所以樓下的風暴很快就平息下來。她聽完事件經過後，很快就讓艾咪明白這麼對待姊姊是錯的。喬的本子是她的心頭至寶，全家人都認為本子裡的內容是前途無量的文學幼苗。雖然裡面只有六篇童話故事，但都是喬耐著性子寫下來的，她全心全意地寫下了這幾則故事，希望能寫出好到足以出版的內容。她前陣子才小心翼翼地把故事全都抄寫到本子上，並把舊的草稿丟了，因此艾咪這把火等於燒毀她過去好幾年來的心血。這對其他人來說似乎只是個小小的損失，但對喬來說簡直是滅頂之災，她覺得任何事都無法彌補她受到的傷害。貝絲表現得像是小貓咪死了一樣難過，瑪格則拒絕替向來寵愛的妹妹辯護。馬奇太太看起來嚴肅而悲傷，艾咪則覺得除非她得到了喬的寬恕，否則再也沒有人會愛她了，如今她比任何人都還要後悔她把本子給燒掉。

下午茶的鈴聲響起時，喬出現了，她的表情嚴肅，態度冷淡，因此艾咪鼓足了勇氣才終於屈從地說：

「喬，請妳原諒我。我真的、真的很抱歉。」

「我永遠都不會原諒妳。」喬厲聲回答，之後她便當作看不見艾咪這個人。

沒有人提起這場大災難，就連馬奇太太也沒提，因為她從過往的經驗中發現，在喬生氣的時候和她說什麼都沒有用，最明智的做法就是等到某件小事或者喬自己寬容的天性讓她心中的憤怒逐漸軟化，使衝突帶來的傷害逐漸恢復。這天晚上馬奇家的氣氛一點也不歡樂，雖然孩子們一如往常地縫紉，而她們的母親則高聲閱讀布雷默、史考特或艾吉沃斯[1]的作品，但卻好像少了些什麼，甜美平靜的家庭氣氛不復以往。到了唱歌的時間時，這樣的感覺最為明顯，貝絲只能彈琴，喬像石頭一樣木訥地站在一旁，艾咪哭了起來，因此只剩下瑪格和母親在唱歌。雖然她們努力想要像雲雀一樣開心歌唱，但她們高亢的歌聲似乎沒有往常那麼和諧動聽了，好像一切都走了調。

馬奇太太在給予喬晚安吻時溫柔地低語：「親愛的，不要把怒氣保留到日落之後。原諒彼此、幫助彼此，明天就讓一切重新開始吧。」

喬想要把頭靠在母親的溫暖的胸膛上，哭著發洩自己的悲傷與憤怒，但流眼淚是沒有男子氣概的懦弱行為，而且她真的還沒有辦法原諒艾咪，這讓她覺得很受傷。她用力眨眨眼，搖搖頭，又因為艾咪也聽得到，所以她粗聲說：「這件事可惡至極，她不值得被原諒。」

說完她就大步走回去上床睡覺了，這天晚上她們沒有開心地談天說地或偷偷談論八卦。

艾咪主動和談的舉動被拒絕了，這讓她覺得很不高興，她開始希望自己一開始沒有讓步了，因為現在她比之前還要更難過。她覺得自己品德高尚、值得引以為傲，也因此更加惱火，而喬看起來依舊像一朵雷雨雲。這天每件事都不太順利。早上天寒地凍，她不小心把珍貴的餡餅掉到了水溝裡，馬奇姑婆顯得煩躁不安，瑪格特別敏感，貝絲回家時看起來心中有千愁萬緒，艾咪則一直在說某個人總說自己要當個好人，但在別人立下美德的典範時，那個某人卻又不去試著當好人。

「妳們每個人都惹人討厭，我要找羅瑞去溜冰。他總是開開心心又態度親切，一定能讓我心情變好。」喬暗忖著走出門。

艾咪聽到溜冰鞋發出的撞擊聲，她從窗戶往外看時忍不住高喊：

「啊！她答應下次要帶我去的，因為冰要融化了，這是最後一次溜冰的機會。但她的脾氣那麼壞，就算我要她帶我去也沒有用。」

「別這麼說。妳昨天做的事太壞了，害她失去了小本子。她很難原諒妳，但我覺得去溜冰時她有可能改變想法，我猜只要妳在正確的時機懇求她，她應該會原諒妳的。」瑪格說。「跟在他們後面吧。在羅瑞讓喬心情變好之前都別說話，等她心情好了妳再找個安靜的時候親她一下，或者做點讓她開心的事，我很確定到時候她就會願意跟妳和好了。」

「我試試看吧。」艾咪說。瑪格的建議很適合她，她手忙腳亂地做好準備，這時那一對朋友已經消失在山丘上了，她一路跑著追了過去。

河流離家並不遠，但艾咪趕到河邊時，喬和羅瑞都已經換好鞋子了。喬注意到艾咪來了，刻意轉了個身背對她。羅瑞正小心翼翼地沿著岸邊溜冰，所以沒有看到艾咪，他知道雖然這幾天天氣嚴寒，但前陣子氣溫曾短暫回暖。

「我先溜到第一個彎道去，確認一切河上的狀況是不是都還好。」艾咪聽見羅瑞在出發時這麼說，他的大衣邊緣鑲了一圈毛，又戴著帽子，看起來像是個年輕的俄羅斯人。

喬聽到艾咪一路跑來之後發出的喘息聲、跺腳聲，還有一邊呵氣溫暖手指一邊穿上溜冰鞋的聲音，但她沒有回頭，就這麼沿著河流一路緩慢而迂迴地向前溜去，妹妹遇上的困境讓她有

1 英國兒童文學作家佛得列卡．布雷默（Frederika Bremer）、華特．史考特爵士（Sir Walter Scott）與瑪麗亞．艾吉沃斯（Maria Edgeworth）。

種酸澀又不悅的滿足感。她心中的怒氣越來越旺盛，佔據了她的所有思緒，這種怒氣就像是邪惡的思想與感覺，要是沒有一次消除掉的話，就會一點一點侵蝕你的理智。這時羅瑞已經溜到彎道了，他回頭喊道：

「沿著岸邊溜。中間不安全。」

喬聽見了，但艾咪太過專心於腳下，一個字都沒有聽見。喬扭頭瞥了艾咪一眼，心中的小惡魔對著她的耳朵說：

「別管她有沒有聽到，讓她自己照顧自己就好了。」

羅瑞消失在河口的轉彎處，喬停在靠近彎道的地方，艾咪則遠遠落在後頭，正沿著河中央比較平坦的冰層溜。有那麼一分鐘的時間，喬靜靜地站著不動，心中有一種奇異的感受，接著她下定了決心繼續往前進，但出於無法言說的原因，她轉過身，正好看到艾咪腳下的脆弱冰層倏然破裂，艾咪雙手向上一揚，掉了下去，水花四濺，她發出了一聲尖叫，讓喬的心臟因恐懼而不再跳動。她想要大喊羅瑞，但她發不出聲音。她想要衝向前去，但她的雙腳好像失去了力氣，那瞬間她只能無法動彈地站在原地，一臉驚恐地盯著黑色河水中的那頂藍色小帽子。有什麼東西從她身邊飛速地衝過去，她聽到羅瑞的聲音正高聲喊著：

「找一根木棍給我。快點、快點！」

她不知道自己是怎麼做到的，但接下來的幾分鐘她像著了魔似的，盲目地遵從羅瑞的指揮，羅瑞則沉著冷靜地平趴在冰層上，用手臂與曲棍球桿撐住艾咪，直到喬從旁邊的柵欄上拿了一支木棍來，兩人才一起把艾咪救出來，她沒有受傷，但卻受了很大的驚嚇。

「好了，我們一定要用最快的速度把她帶回家。妳先把衣服全都蓋在

她身上，讓我把這該死的溜冰鞋脫下來。」羅瑞高聲說道。他用自己的外套裹住艾咪，接著開始解鞋帶，他覺得自己腳上的鞋帶從來沒有這麼複雜難解過。

艾咪渾身顫抖，全身都溼透了，一路都痛哭流涕。他們把艾咪帶回家，艾咪在這場意外中受到過度刺激，很快就裹著毯子在火爐前睡著了。在這一陣忙亂之中，喬幾乎一句話也沒說，但動作很迅速，她的臉色蒼白、衣著凌亂，路上掉了許多東西，洋裝也撕破了，雙手被冰、木棍和溜冰鞋上解不開的扣子給割得布滿傷痕、處處瘀青。艾咪舒適地陷入沉睡後，房子裡靜悄悄的，馬奇太太坐在床邊，把喬叫了過來，開始替她包紮受傷的雙手。

「妳確定她現在沒事了嗎？」喬悄聲說。她懊悔地看著妹妹的一頭金髮，艾咪原本很有可能會永遠被淹沒在暗藏危機的冰層之下，消失在她的視線之中。

「親愛的，她沒事了。她沒有受傷，我覺得她說不定根本連感冒也不會有，你們兩個很聰明，知道要用衣服把她裹住，盡快帶回家裡。」她的母親爽朗地回答。

「這都是羅瑞的功勞。我只是讓她一路繼續溜冰而已。母親，要是她真的死了，那就都是我的錯。」喬跪坐在床邊，激動地流下懺悔的眼淚，一五一十地把今天發生的事告訴母親，她嚴厲地責罵了自己的心腸太硬，哭著說感激上天讓她自己免於承受本來很可能發生的嚴重懲罰。

「都是我這爛脾氣惹的禍！我一直試著想要改善自己的脾氣，我也以為我有改善了，沒想到這次我的脾氣卻變得比以前都還要糟糕。喔，母親，我該怎麼辦呢？我該怎麼辦？」可憐的喬絕望地哭著。

「親愛的，妳要時時留意、天天禱告，永遠也不要放棄，永遠也不要覺得自己不可能征服缺點。」馬奇太太說。她把喬哭得亂七八糟的小臉拉到肩上，無比溫柔地親了親她沾滿淚水的臉頰，讓喬哭得更兇了。

「妳不懂，妳不知道這件事有可能會變得多可怕！我覺得自己在生氣的時候，好像什麼事都出來。我變得很殘忍，我可以在傷害其他人的時候還覺得很享受。我好害怕我終有一天會做出非常可怕的事，最後毀掉我的人生，讓每個人都恨我。喔，母親，幫幫我，拜託妳幫幫我！」

「我會幫妳的，我的孩子，我會幫妳的。妳不需要哭得這麼難過，但妳千萬要記得今天的教訓，妳要打從心底下定決心，永遠不會再犯同樣的錯誤。喬，親愛的，我們每個人都有發脾氣的時候，有些時候我們的壞脾氣甚至會比妳還嚴重，我們多數人要花上一輩子的時間才能克服壞脾氣。妳覺得妳的脾氣是天底下最差的，但其實我的脾氣也曾經跟妳一樣壞。」

「妳是說妳的脾氣嗎，母親？可是，妳從來都不生氣的！」喬在這一刻驚訝到忘記了自責。

「我在過去這四十年來都一直試著要克服壞脾氣，但我目前也只能成功控制它而已。我這輩子幾乎每天都在生氣，但我已經學會了不要表現出來，直到現在我還是希望能學著不要感到憤怒，但我可能要再花上四十年才能成功。」

喬所鍾愛的那張臉上布滿了耐心與謙遜，對喬來說，這段話比世上充滿最有智慧的課程和最尖刻的責備都還要有效。她立刻就因為母親給予的同理心與信心而感到安慰。如今她得知了母親跟她一樣也有缺點、也試著補正，這使得她更堅定地下定決心要忍受並治癒壞脾氣，不過對於一名十五歲的女孩來說，要花上四十年的時間時時留意、天天禱告似乎真的很久。

「母親，在馬奇姑婆罵人的時候，或者有些人惹惱妳的時候，妳有時會緊抿著嘴巴走出房間，那就是在生氣嗎？」喬問。她覺得現在她比過去任何時候都還要更親近母親。

「是的，我已經學會了如何克制從嘴巴裡冒出太過輕率的話語，每當我覺得自己要控制不住時，我會走出房間，花一分鐘的時間警告自己不要這麼軟弱、這麼壞心。」馬奇太太嘆了一口氣，笑著回答，她把喬蓬亂的頭髮捋順並綁起來。

「妳是怎麼學會別說出那些話的呢？我總是在自己還沒發現的時候就脫口說出那些難聽的

字眼了，讓我覺得非常困擾，而且我說得越多就越生氣，到了最後，我會生氣到開始享受傷害別人的感受和說難聽的話。親愛的媽咪，請告訴我妳是怎麼做到的。」

「以前我好心的母親時常幫助我——」

「妳也時常幫助我們——」喬用一個感謝的親吻打斷了母親。

「但我比妳們再大一些的時候就失去了她，之後的許多年都只能獨自奮鬥。因為我太驕傲了，不願意對任何人坦承我的弱點。那時我過得很辛苦，喬，無論我再怎麼努力，我似乎都沒辦法戰勝壞脾氣，屢戰屢敗讓我流了很多傷心的眼淚。後來，妳們的父親出現了，我那時過得實在太幸福了，幸福到不發脾氣也變成了一件容易的事。但又過了沒多久，我生了四個女兒，變得比以前窮困，過往的煩惱又再次出現，因為我天生就沒有耐心，每當看到我的孩子缺乏任何東西時，我就再次開始經歷試煉。」

「可憐的母親！後來妳是怎麼變好的呢？」

「是妳的父親幫助了我，喬。他從來不會不耐煩，永遠都不會質疑或抱怨，總是懷抱希望，他工作和等待的態度非常愉悅，讓人覺得好像在他面前表現出其他情緒是一件難為情的事。他幫助我、安慰我，讓我知道若我希望小女兒們擁有哪些美德，我就一定要試著實踐那些美德，因為我就是她們的典範。相較於為了自己，為了妳們而不發脾氣就比較容易了。在我說出不好聽的話時，妳們嚇一跳或吃驚的表情就是對我最嚴重的指責，遠比任何口語上責罵都還要奏效，在我努力試著成為我希望小女兒們能成為的女人時，她們對我的愛、敬重與信心就是我所能收到的最甜美的獎賞。」

「喔，母親，要是我的個性能有妳的一半那麼好，那我就心滿意足了。」喬感動萬分地說。

「親愛的，我希望妳能變成更好、更好的人，但妳一定要時時留意父親所說的『內心的敵人』，否則它必定會毀了妳的人生或者帶來傷痛。妳今天已經得到一個警告了。記得這個教訓，妳要打從心底試著控制妳的壞脾氣，別讓它帶來比今天更可怕的悲痛或悔恨。」

「我會努力的，母親，我會好好努力。但妳一定要幫助我、提醒我、別讓我超出界線。我曾看過父親把一隻手指放在嘴唇上，用非常和善但又認真的表情看著妳，這種時候妳總是會抿住嘴唇離開。他是在提醒妳嗎？」喬語音輕柔地問。

「是的。我請他用這種方式幫助我，他從來沒有忘記過這件事，有許多次他都用這個小動作與和善的表情避免我說出刻薄的話。」

喬注意到母親在說話時眼睛裡閃爍著淚光，嘴唇顫抖，她擔心自己說得太多了，緊張地悄聲說道：「我注意到你們的動作還提起這件事，這樣是不是不好？我不是故意這麼無禮的，只是覺得能夠把心中的話全都告訴妳使我感到很自在，而且待在這裡讓我覺得好安全、好快樂。」

「我親愛的喬，妳想對妳的母親說什麼都可以，因為我最大的幸福和驕傲就是能夠聽到我的女兒對我吐露心事，並讓她們知道我有多愛她們。」

「我以為我惹妳傷心了。」

「不是的，親愛的，只是談起父親讓我想起我有多麼想念他、感激他，我應該為了他努力工作、照顧妳們，讓他的小女兒們活得安全又健康。」

「母親，但是妳卻要他到前線去，他走的時候妳沒有哭，也從來不抱怨，好像從來都不需要任何幫助的樣子。」喬一邊思索一邊說。

「我將最好的貢獻給我所愛的國家，直到他走了之後才流下眼淚。我為什麼要抱怨呢？我們兩人都只是盡了我們的責任而已，我們都知道我們最終將會為此感到更加快樂。如果妳覺得我看起來似乎不需要幫助，那是因為我有比父親更好的朋友在安慰我、支持我。孩子，妳生活中的苦惱與誘惑才剛開始冒頭而已，未來還會有更多難關，但只要妳學著感受在天上的父帶給妳的力量與溫柔，正如妳感受親生父親帶給你的力量與溫柔，妳就可以在未來克服難關，度過危難。妳越是愛祂、信賴祂，妳就越不需要仰賴人類的力量與智慧。祂的愛與關懷永遠不會消退也不會改變，永遠存在於妳之中，不會被他人奪走，祂能成為妳一生平靜、幸福與力量的泉源。妳要衷心地這麼相信，妳要像是投入母親的懷抱一樣，用率直與信任的態度、懷抱著妳小小的關愛、希望、罪過與悲傷走向天父。」

喬的回答是緊緊抱住母親，接著以前所未有的虔誠態度默默在心中祈禱。在這憂喜參半的一刻，她不但理解了懊悔與絕望帶來的苦痛，也理解了克己與自制帶來的甜美，在母親的帶領之下，她更加靠近那位歡迎每一個孩子的朋友，祂能給予的愛比任何父親更強大、比任何母親更溫柔。

艾咪在夢中翻身嘆息，喬看著她，似乎很渴望能馬上開始彌補自己的錯誤，臉上掛著她從來沒有表露過的表情。

「我直到日落之後還在生氣。我當時不願意原諒她，所以今天才會發生這種事，要不是有羅瑞在，一切都有可能會太遲！我怎麼可以這麼壞心呢？」喬的聲音有些大，她向自己的妹妹傾身，溫柔地撫摸她散亂在枕頭上的溼髮。

艾咪好像聽見了她說的話一樣，突然睜開了雙眼，伸出雙手，臉上掛著讓喬內心觸動的微笑。兩人都沒有說話，只是隔著一條毛毯緊緊擁抱彼此，用一個衷心的吻原諒一切、放下一切。

9 瑪格前往浮華世界

「那幾個小孩正好在這個時候得了痲疹，我真是全世界最幸運的人了。」瑪格說。如今是四月，她在妹妹們的包圍下在房間裡打包「出遠門」的行李。

「安妮．莫法特人很好，她沒有忘記她的承諾。整整兩個星期的玩樂，一定會精彩萬分。」喬回答。她正舉起兩隻長長的手臂摺疊裙子，看起來像是一座風車。

「而且天氣這麼棒，真讓人開心。」貝絲補了一句。她為了這個重大場合出借貼頸緞帶與綁髮緞帶給瑪格，正在整理它們。

「我真希望我也能穿上這些漂亮的衣服去玩。」艾咪嘴裡啣著大頭針，以有如藝術家的手法替姊姊縫補襯墊。

「雖然我希望妳們每個人都能一起去，但這是不可能的，不過我會記住這趟冒險遇到的事，回來之後再告訴妳們。至少我可以這樣麼做來報答妳們這麼慷慨地把東西借給我，還幫我整理行李。」瑪格說。她看向她們四姊妹都認為簡樸但完美的樸素外衣。

「母親從她的寶箱裡拿了什麼給妳？」艾咪問。馬奇太太打開那口檜木小箱子的時候她不在場，那口箱子裡裝了過去家裡有錢時留下來的幾件首飾，馬奇太太打算在適當的時機把首飾當作禮物送給女孩們。

「一雙絲襪、那把做工精美的扇子，還有一條可愛的藍色腰帶。我想要紫色絲綢洋裝，但

來不及修改了，所以我只能知足於舊塔勒坦紗洋裝。」

「塔勒坦紗洋裝配上我新買的麥斯林棉布裙看起來很美，再搭上腰帶更是漂亮極了。我真希望我沒有摔破那隻珊瑚手環，這麼一來妳現在就可以戴了。」喬說。她很喜歡把自己的東西送人或借人，但她擁有的財物通常都殘破不堪，無法使用。

「寶箱裡還有一套可愛的老派珍珠首飾，但母親說對年輕女孩來說，真花才是最美的飾品，羅瑞答應會把我想要的花送過來。」瑪格回答。「好啦，讓我看看，我要帶新的灰色散步套裝，貝絲，幫我把羽毛捲進帽子裡，然後還有我要在週日和小型宴會上穿的府綢洋裝，在春天穿這件有些太沉重了，是不是？要是能有紫色的絲綢洋裝就好了。喔，天啊！」

「別在意嘛，妳已經有塔勒坦紗洋裝能參加大型宴會啦，而且妳每次穿白洋裝時看起來都像是天使一樣。」艾咪說。她正心馳神往地盯著眼前的幾件精美服飾，心情非常愉悅。

「這件洋裝不是低領口的，裙襬也不夠飄逸，不過還算勉強可以吧。我的藍色騎馬洋裝才剛改過又鑲了邊，看起來好美，就像買了一件新的一樣。不過我的絲綢短上衣好過時，軟帽看起來沒有莎莉的漂亮。我不想抱怨這件事，但我的傘讓我好難過、好失望。我告訴母親我想要白手柄的黑傘，但她忘了，後來買了一把黃手柄的綠傘給我。不過傘既牢固又漂亮，所以我不該抱怨，但我知道等到看見安妮的金頂絲綢傘時我一定會覺得難為情。」瑪格嘆了一口氣，一點也不高興地檢視她的小傘。

「那就換一把。」喬建議。

「我才沒那麼傻，媽咪替我準備這些東西的時候那麼用心，那麼做會讓她覺得很受傷的。不喜歡傘是我自己的問題，我不會丟下這把傘的。我的絲襪和兩雙新手套已經足夠安慰我了。喬，妳願意把妳的手套借我真是太貼心了。我現在有了兩雙新手套，還有一雙洗乾淨的舊手套能平常用，我覺得自己很富有、很優雅。」瑪格瞥了手套箱一眼，覺得精神抖擻。

「安妮．莫法特睡帽上面有藍色和粉色的蝴蝶結。妳能在我的睡帽也縫上蝴蝶結嗎？」她看到貝絲拿出漢娜剛幫忙整理好的一疊雪白色麥斯林棉布時問。

「不可以，是我就不會這麼做，因為太花稍的帽子和沒有鑲邊的簡樸洋裝是不搭的。窮人家不應該打扮得太華麗。」喬果斷地說。

「要是我的衣服上能有真正的蕾絲、帽子上也有蝴蝶結的話，我不知道會有多高興。」瑪格焦躁地說。

「妳前幾天還說只要妳能去安妮．莫法特的宴會，妳就會心滿意足了。」貝絲靜靜說。

「我的確心滿意足了呀！好吧，雖然我現在很高興，之後也不會煩惱，但我總覺得一個人得到的越多，就會想要越多東西，不是嗎？好啦，下午茶好了，除了我的禮服之外，行李也都打包好了，禮服應該留給母親處理。」瑪格打起精神，先看向半滿的行李箱，再轉而看向熨燙整齊又修改好了的白色塔勒坦紗洋裝，她向來珍而重之地把它稱之為「禮服」。

隔天天氣晴朗，瑪格打扮得美麗優雅，出發探索充滿新奇體驗與歡樂宴會的兩個星期。馬奇太太在同意讓瑪格去住兩週的時候有些不情願，她擔心瑪格回來之後會比以往更加不滿意現況。但瑪格苦苦哀求，莎莉也保證會好好照顧她，在花了一整個冬天進行厭煩的工作之後，這樣的小小享受似乎實在太吸引人了，所以最後母親屈服了，這是瑪格第一次有機會能體驗上流的生活。

莫法特家十分氣派，一開始，來自簡樸家庭的瑪格在看到房子裡的豪華裝潢和他們一家人的高雅作風時，覺得有些卻步。但他們一家人都很親切，雖然生活態度有些漫不經心，不過很快就讓他們的客人放鬆了下來。瑪格在不明就裡的狀況下，隱約察覺到他們其實並不是特別有文化涵養，也不是特別聰明，就算他們在食衣住行上都鍍了金，也無法消弭他們的平庸氣息。她現在每天享用豐盛大餐、乘坐精緻馬車、穿上最好的洋裝，除了享受之外什麼事都不做，這令她覺得心曠神怡。這種生活方式實在太適合她了，她很快就開始模仿周遭人的行止坐臥以及對話方式，表現出優雅的氣勢，說法國話，把頭髮燙捲，盡她所能地和其他人一起談論現在在流行什麼。她看到越多安妮．莫法特擁有的精緻美麗物品，她就越是感到嫉妒，也越是嚮往有錢人的生活。她現在一想起自己的家，就覺得家裡陰沉而空蕩，工作似乎變得前所未有的艱難。雖然她擁有兩雙新手套和絲襪，但她依然覺得自己是個貧困又悲慘的女孩。

儘管如此，她並沒有太多時間自怨自艾，因為其他三名年輕的女孩都忙著「享受生活」。她們去購物和散步，整天都在差遣僕人，到了傍晚就去看戲或聽歌劇，不然就是在家玩樂，因為安妮認識很多朋友，個個都知道要怎麼討她們開心。她的姊姊們是非常高雅的年輕淑女，其中一位已經訂婚了，瑪格覺得這真是太吸引人、太浪漫了。莫法特先生是個身材肥胖、總是開開心心的老先生，他認識瑪格的父親，而莫法特太太則是個身材肥胖、總是開開心心的老太太，她和她的女兒一樣都非常喜歡瑪格。每個人都寵愛她，稱她為「小雛菊」，把她寵得忘乎所以。

在舉辦小型宴會的那天傍晚，她發現其他女孩都穿上了薄洋裝，看起來美極了，她覺得府綢洋裝上不了檯面，因此她拿出了塔勒坦紗洋裝。然而在莎莉那件嶄新洋裝的對比之下，塔勒坦紗洋裝顯得老舊、鬆垮又過時。瑪格看到其他女孩都盯著洋裝看，接著又看了彼此一眼。瑪格雖然個性溫柔，但同樣也非常驕傲，這一幕讓她的臉頰立刻像火燒一樣熱了起來。沒有任何人批評洋裝，但莎莉說她可以幫瑪格整理頭髮，安妮則幫忙綁上腰帶，已經訂了婚的姊姊貝兒則稱讚她的手臂白皙美麗。雖然她們態度和藹，但瑪格只看見了她們對貧困的憐憫，使她覺得心情沉重，只好獨自站在一旁，看著其他人談天說笑，像輕盈的蝴蝶一樣跳著舞。就在瑪格覺得自己陷入了極大的痛苦之中時，一位女傭拿著一盒花走了進來。女傭還沒說話，安妮就打開了盒蓋，所有人都在看見漂亮的玫瑰、石南花與蕨葉時發出了驚嘆。

「這一定是給貝兒的，喬治常常送她花，但這次送來的這些花實在太迷人了。」安妮說完後深深嗅聞了一下花香。

「送花來的男士說這是給馬奇小姐的。這裡有一封短信。」女傭說完後便把東西交給瑪格。

「太有趣了！這些花是誰送的？我還不知道妳有戀人呢。」其他女孩們吵吵嚷嚷地圍繞在瑪格身邊，又是好奇，又是驚喜。

「短信是我母親寫的，花是羅瑞送的。」瑪格簡明扼要地說。她非常感謝羅瑞沒有忘記她。

「喔，真的呀！」安妮用逗趣的表情說。瑪格把短信迅速放進口袋，好像那是能夠對抗嫉妒、浮華與虛榮的護身符，信上簡短但充滿愛意的話語使她感到安慰，花朵的美麗則使她打起精神。

她幾乎覺得有些高興了，她把幾片蕨葉和幾朵玫瑰留給自己，俐落地把剩下的花草紮成一束束小巧精緻的花束，送給朋友別在胸前、髮間和裙子上，這些花束實在太美了，安妮的姊姊克萊拉因此告訴瑪格她是「她這輩子見過最討人歡的小東西」。別上了瑪格送的花束後，每個人看起來都更加迷人。克萊拉友好的舉動莫名地使瑪格沮喪的情緒消失無蹤，在她們一起去給莫法特太太欣賞她們的花束時，她在鏡子裡看見了一雙明亮的眼睛和一張表情愉悅的臉龐，她的蕨葉別在鬈髮間，玫瑰則綁在洋裝上，連洋裝看起來都沒有那麼過時了。

那天晚上她過得很開心，一直跳舞直到心滿意足為止。每個人都對她和藹可親，她總共被讚美了三次。安妮要她唱歌，其中有個女孩說她的歌聲十分美妙動聽。林肯少校問說「那位有著一雙美麗眼睛、新來的小女孩是誰」，莫法特先生堅持要與她跳舞，他優雅地解釋這是因為她「不會磨磨蹭蹭，充滿活力」。總的來說，她度過了一段非常愉快的時光，直到她湊巧聽到一小段對話，讓她又開始感到異常困擾。當時她坐在溫室裡，等著她的同伴拿冰淇淋過來，這時她聽到花牆的另一邊傳來了問句：

「他幾歲？」

「我猜應該是十六或十七。」另一個聲音回答。

「這對其中一位女孩子來說是一件大事，對不對？莎莉說他們現在很親近，那位老先生很寵愛她們。」

「我敢說，馬奇太太已經計畫好了，現在為時尚早，她一定會好好執行這個計畫。那個女孩顯然什麼都還不知道呢。」莫法特太太說。

「她撒了個小謊，說那封信是她媽媽的，我覺得她好像知道，而且拿到花的時候她臉紅得很可愛。真是可憐的小東西！要是她能穿上一身漂亮的衣服，看起來一定很美。妳覺得，要是我們告訴她說我們可以在星期四借她一件洋裝的話，她會不會生氣呢？」另一個聲音問。

「她很驕傲，但我覺得她不會介意的，畢竟她也只有那件邋遢的老塔勒坦紗洋裝了。她說不定會在今天晚上把洋裝弄破，這麼一來我們就有藉口借她一件得體的洋裝了。」

「等著看吧。我就以尊重她為由把小勞倫斯給邀來，看看接下來會發生什麼好玩的事。」

這時瑪格的同伴出現了，她發現瑪格的臉漲得通紅，看起來情緒激動。瑪格是個驕傲的女孩，這樣的個性在這種時候派上了用場，驕傲協助她藏起剛剛聽見的話引起的屈辱、憤怒和噁心感。她雖然純真又從不懷疑他人，但她依然聽得懂她的朋友們說長道短的內容是什麼。她試著想忘記那些話，但腦中卻一直重複著「馬奇太太已經計畫好了」、「她撒了個小謊，說那封信是她媽媽的」和「邋遢的老塔勒坦紗洋裝」，她很想放聲大哭，衝回家中訴說她的煩惱並尋求建議。但那是不可能的事，因此她盡她所能地表現出開心又有些興奮的樣子，她裝得太過成功，沒有任何人能想像得到她是多麼努力才能表現

出這樣的表象。在一切結束後，她很高興自己終於能安靜地躺在床上了。她開始思考、推敲、發怒，直到她頭痛，有幾滴冰涼的淚水不可避免地從滾燙的臉頰上滑落。那些愚蠢但出於好心的言語替瑪格打開了一扇通往新世界的大門，深深擾亂了她從小到大快樂居住的平靜舊世界。她和羅瑞之間的單純友誼，也因為她湊巧聽到的這席話而毀了。莫法特太太說的那個世故計畫使她對母親的信任有了輕微的動搖，但莫法特太太其實是以己度人。瑪格原本明智地認為自己身為窮人家的女兒，應該滿足於一件簡單的衣服，但這裡的女孩們都覺得穿上一件破舊的洋裝是天底下最可怕的災難，她們對瑪格投以毫無必要的憐憫，使瑪格的想法不再堅定。

可憐的瑪格一夜無眠，起床時眼皮沉重，心情不佳，又是對朋友感到怨恨，又是對自己沒有把話說開並糾正這件事而感到羞恥。那天早上每個人都拖拖拉拉，直到中午女孩們才找回了精力，繼續織毛線。瑪格覺得她的朋友們更加彬彬有禮了，這些朋友的態度使瑪格感到很訝異。無論她說什麼她們都會表現出體貼而感興趣的樣子，看向她的眼神充滿了顯而易見的好奇。雖然她不知道這是怎麼回事，但這樣的態度讓她感到很驚奇，又有些榮幸，直到後來正在寫字的貝兒抬起頭，一臉深情地說：

「小雛菊，親愛的，我寄了一封邀請函給妳的朋友羅倫斯先生，請他週四來賞光。因為妳的關係，我們都很想要認識他。」

瑪格臉色轉紅，但她這時想要壞心眼地作弄一下這些女孩，因此故作認真地回答：「謝謝妳的好意，但他恐怕沒辦法來。」

「為什麼呢，chérie（親愛的）？」貝兒小姐問。

「他太老了。」

「孩子，妳在說什麼？他到底幾歲呀，我真想知道！」克萊拉高聲說。

「我覺得他應該將近七十了。」瑪格一邊回答一邊數著針腳，掩藏住眼裡的笑意。

「妳這個狡猾的小傢伙！我們說的當然是年輕的那位羅倫斯先生呀。」貝兒小姐笑著喊道。

「沒有什麼羅倫斯先生，羅瑞只是個小男生罷了。」瑪格也笑了，因為她看到幾位女孩聽見她如此描述她們假想中的情人時，交換了奇怪的表情。

「他跟妳差不多年紀吧。」南恩說。

「是跟我妹妹喬差不多年紀；我八月就要滿十七了。」瑪格昂著頭說。

「他送妳花呢，真好，不是嗎？」安妮表現出一副什麼也不懂的樣子。

「是的，他常送花給我們家的人，因為他們家的花太多了，我們又很喜歡花。我母親和羅倫斯先生是朋友，所以我們這些小孩玩在一起也是自然而然的事。」瑪格希望她們不要再繼續談論這個話題了。

「顯然我們的小雛菊很少出來交際呢。」克萊拉小姐對貝兒點點頭。

「就像是生活在田園一樣天真無邪。」貝兒小姐聳聳肩回答。

「我等等要出去替我的女兒買一些小東西。小姐們，需不需要幫妳們捎帶點什麼？」莫法特太太問。她走進來時邁著笨重的步伐，就像穿著絲綢與蕾絲的大象一樣。

「不需要，謝謝妳，女士。」莎莉回答。「我已經為週四買好新的粉色絲綢洋裝了，沒有其他想要的東西。」

「我也沒有……」瑪格才剛開口就打住了，因為她突然想到她的確想要不少東西，但卻不能買。

「那妳要穿什麼呢？」莎莉問。

「我會穿舊的那件白色洋裝，我昨晚不小心弄破了，但我會盡量把它補好。」瑪格試著在說話時語調輕快，但卻覺得非常不自在。

「妳為什麼不叫家裡替妳送另一件來呢？」莎莉說。她並不是一位觀察力敏銳的小姐。

「我沒有別件洋裝了。」瑪格勉強說出這句話，但莎莉沒有注意到，她用親切而訝異的態度高聲說：「只有一件？多麼奇怪的……」她沒有把這句話說完，因為貝兒朝她搖了搖頭，打斷她的話，和藹地說：

「一點也不奇怪。如果她很少出來交際的話，要那麼多洋裝有什麼用呢？沒有必要請家裡送洋裝來，甜心，就算妳家還有十幾件也沒必要，因為我有一件穿不到的漂亮藍色絲綢洋裝，我現在已經長高穿不下了，如果妳願意穿的話我會很開心的，妳願意嗎，親愛的？」

「妳真是太好心了，但如果妳們不介意的話，我還是穿舊洋裝比較好，對我這樣的小女孩來說，那件洋裝就夠好了。」瑪格說。

「還是讓我替妳打扮吧，就當作逗我開心呀。我最喜歡替別人打扮了，而且只要替妳稍微打理一下，一定會是個小美人。在我替妳打扮好之前，我絕不會讓其他人看到妳，到時候我們可以像灰姑娘和她的仙女教母前往舞會一樣，突然出現在大家面前。」貝兒巧舌如簧地說。

她請求的態度親切，讓瑪格無法拒絕，因為她也很想看看自己在經過打扮之後會變成什麼樣的「小美人」，所以她接受了請求，把先前莫法特一家人帶給她的不適感全都拋在腦後。

週日傍晚，貝兒和她的女傭把門關上，兩人一起把瑪格打扮成一位漂亮的淑女。她們把她的頭髮燙捲，用香粉打亮她的脖子與手臂，用珊瑚色的唇膏替她將嘴唇抹得更紅，若不是瑪格不願意的話，霍頓絲本來還打算再多加上「一些些胭脂」。她們讓她穿上天藍色的洋裝，洋裝緊到她幾乎無法呼吸，過低的領口讓保守的瑪格在照鏡子的時候滿臉通紅。她們還替瑪格戴上一套掐絲銀飾，有手鐲、項鍊和胸針，霍頓絲甚至還用粉色緞帶用綁好後看不出來的方式替瑪格綁上一對耳環。瑪格的胸前別了一簇紅色月季花苞和一條褶飾，襯托出她漂亮雪白的肩頭，腳下一雙絲質藍色高跟靴滿足了瑪格心中的最後一個願望。一條蕾絲手帕、一把羽毛扇與灑在肩上的香水替瑪格做好了最後準備，貝兒小姐上下打量她，像是剛得到一隻可以換裝的新洋娃娃一樣滿意。

「小姐真是太迷人了，tres jolie（真漂亮），不是嗎？」霍頓絲高聲喊著，用一種做作的欣喜姿態拍起手來。

「走吧，讓大家看看妳。」貝兒小姐說。她領著瑪格走向其他等待她們的人所在的房間。

瑪格匆忙跟在後面，長裙襬拖曳在後，耳環叮噹作響，頭上的鬈髮左右搖曳，她的心怦怦直跳，因為她剛剛照過鏡子，覺得自己的確是個「小美人」，她覺得自己終於可以開始享受了。她的朋友不斷重複熱切的讚美，有那麼幾分鐘，她就像寓言故事中的烏鴉一樣站在那裡，享受著借來的羽毛，其他人則像一群喜鵲一樣吱吱喳喳地聊著天。

「南恩，我換衣服的時候請妳訓練她在穿這種裙子和法式高跟鞋的時候要怎麼走路，不然她會把自己絆倒的。克萊拉，拿妳的銀蝴蝶髮夾把她臉左側的那綹長鬈髮紮起來，妳們任何人都不准弄亂我親手打造出來的迷人大作。」貝兒說完之後便匆匆離去，看起來很滿意自己成功替瑪格做好了打扮。

「我不敢下樓，我覺得好奇怪，渾身僵硬，好像衣服沒穿好一樣。」瑪格對莎莉說。這時鈴響了，莫法特太太叫僕人來請小姐們盡快下樓。

「妳看起來一點也不像原本的妳，但很好看。貝兒的品味高雅極了，我根本比不上妳，我向妳保證，妳看起來就像個法國美人。就讓花朵掛在那裡吧，不用這麼小心翼翼地，千萬別絆倒了。」莎莉回答時，一直試著不去在意瑪格看起來比她自己還要漂亮得多。

瑪格麗特把這句警告牢記在心，安全地走下了樓梯，姿態優雅地

走進了客廳，莫法特一家人與幾位早到的客人都聚在這裡。她很快就發現精美的衣服具有一種特殊的魅力，能吸引一群特定人士聚集過來，並獲得他們的尊敬。之前從來沒注意過她的幾位年輕小姐突然變得非常熱情。之前在宴會上只從遠處看了她幾眼的幾位年輕紳士現在不但盯著她看，還找人來替他們引薦瑪格，對瑪格說了好多愚蠢但動聽的話，而另外幾位坐在沙發上批評宴會的老太太則興致盎然地詢問旁人她是誰。她聽到莫法特太太對其中一人回答：

「她是小雛菊．馬奇——父親是軍中的上校——是這裡很有名望的家族，但後來走了點霉運，妳知道的。他們是羅倫斯家的親密好友。我向妳保證，她是個小甜心；我家的奈德對她很著迷呢。」

「天啊！」老太太說。她戴上眼鏡，想要仔細看看瑪格。瑪格對莫法特太太的信口胡謅感到很震驚，正試圖假裝自己什麼都沒有聽見。「奇怪的感覺」沒有消失，但她開始想像自己現在正演戲假扮上流社會的女子，表現得很好，但過窄的洋裝讓她的胸側隱隱作痛，又一直踩到裙襬，她一直非常害怕耳環會在飛出去之後不見或者壞掉。幾位年輕紳士為了表現自己的機智，開始說一些無謂的笑話。瑪格一邊搖動扇子一邊笑著，接著她的笑聲突然打住，露出疑惑的表情，因為她在客廳的對面看到了羅瑞。他盯著她看，臉上露出不加掩飾的訝異，她覺得羅瑞的臉上大概還有幾絲不贊同的意思，因為他雖然向她鞠躬微笑，但他那雙眼睛裡誠實表達出的某種情緒卻讓她雙頰緋紅，只希望自己穿著的是那件舊洋裝。這時她看到貝兒用手肘頂了頂安妮，使她更是慌亂，那兩人看看她又看看羅瑞。瑪格很開心能在這裡見到羅瑞，他看起來比平常還要稚氣、還要害羞。

「那些笨蛋竟然把那種想法放進我的腦袋裡。我才不在乎，也不會讓那種想法改變我的態度。」瑪格一邊想一邊匆匆走到客廳的另一頭，握住朋友的手。

「真高興你來了，我本來還擔心你不會來。」她用成熟的態度說。

「喬希望我過來看看妳打扮得如何，再回去告訴她，所以我來了。」羅瑞回答。但他沒有抬眼看向瑪格，只是在聽見瑪格慈愛的語調時微微一笑。

「你要怎麼跟她說呢？」瑪格問。她十分好奇羅瑞是如何看待她的，但又首次因為羅瑞而感到緊張不安。

「我會告訴她我認不出妳來，因為妳看起來像個大人，不像妳自己，我很害怕妳。」他一邊說一邊擺弄自己手套上的扣子。

「你真荒謬！那些女孩子只是為了好玩所以替我打扮而已，我還滿喜歡這副裝扮的。你覺得要是喬看到我的話，她會盯著我看嗎？」瑪格說。她決心要叫羅瑞說出他覺得這樣的打扮好不好看。

「對，我覺得她會盯著妳看。」羅瑞認真地回答。

「你不喜歡我穿成這樣？」瑪格問。

「不喜歡。」羅瑞耿直地回答。

「為什麼？」瑪格焦慮地問。

他看著她捲曲的頭髮、裸露的肩膀和綴滿摺飾的洋裝，他先前回答問題時已經比平常還要無禮許多了，如今他臉上的表情更是使瑪格比聽到回答還要羞窘。

「我不喜歡虛浮誇大的打扮。」

瑪格無法忍受這位年紀比自己還要小的男孩竟然做出這種回應，她轉身就走，一邊氣憤地說：「你真是我這輩子見過最沒禮貌的男孩子了。」

她覺得忿忿不平，走到一扇無人的窗邊讓雙頰吹吹風，過緊的洋裝使她的臉頰染上了不適的嫣紅。她站在那裡的時候，林肯少校從旁邊走過，沒多久後她就聽到林肯少校對他母親說：

「她們在捉弄那個小女孩。我原本想讓妳看看她的，但她們把她打扮得亂七八糟。她今晚看起來像是個任人擺弄的洋娃娃。」

「喔，天啊！」瑪格嘆息。「我真希望我今天保持了理智，穿上自己的洋裝，這麼一來我就不會被人討厭了，也不會覺得這麼不舒服又這麼羞愧。」

她將前額靠在冰涼的窗玻璃上，半藏在窗簾後面，就連她最喜歡的華爾滋舞曲開始了也毫不在意，直到有人拍了拍她。她轉過身，看到羅瑞一臉後悔地用最漂亮的姿勢鞠躬，並伸出手說：

「請原諒我的無禮，我一起跳一支舞吧。」

「和我跳舞恐怕會讓你覺得心情不快。」瑪格說。她試著擺出受到冒犯的神情，但卻完全失敗了。

「一點也不會，我真的很想跟妳跳舞。來吧，我會好好表現的。我不喜歡妳的洋裝，但我覺得妳很美。」他一邊說一邊揮動雙手，好像擔心光用話語無法表達他的讚美。

瑪格微笑著軟化了態度，兩人站在旁邊等待適合開始跳舞的時機到來，這時瑪格悄聲說：「小心我的裙子，別被絆倒了。這件衣服簡直就是我這輩子最大的煩惱，我當時真是太傻了才會穿上它。」

「妳可以把裙子掛在脖子上，再用別針別起來，它就會變得比較實用。」羅瑞說。他低頭看向那雙小巧的藍靴子，一臉讚賞。

他們輕快優雅地加入了跳舞的群眾，由於在家裡練過，所以兩人配合得很好，這對無憂無慮的年輕人看起來賞心悅目，他們愉快地轉了一圈又一圈，在經過了這次的小口角之後，友誼變得更加深厚了。

「羅瑞，我希望你能幫我一個忙，你願意嗎？」瑪格說。她因為喘不過氣而到一旁休息，羅瑞則站在旁邊替她搧風。他們才跳沒多久，但瑪格不會承認她為什麼這麼快就覺得喘。

「怎麼可能不願意！」羅瑞欣然回答。

「請你不要告訴家裡的人我今天晚上穿什麼。她們不會理解這個玩笑的，而且母親會很擔心。」

「那妳為什麼要這麼做？」羅瑞的眼神直率地傳達了這句話，因此瑪格匆匆補充道：

「我會自己告訴她們這些事，還會向母親『認罪』，告訴她我有多愚蠢。但我想要親口跟她們說。所以你先不要告訴她們，好嗎？」

「我答應妳我不會說，可是這樣的話，她們問的時候我要說什麼呢？」

「你只要說我看起來很漂亮，也過得很開心就好了。」

「我可以由衷地說出前半句話，但後半句怎麼辦？妳看起來一點也不像過得很開心。妳開心嗎？」羅瑞看向她。他的表情讓瑪格只能低聲回答：

「在我們一起跳舞之前我都不開心。請你不要覺得我是個糟糕的人。我只是想要享受一下，但我發現這種享受一點好處也沒有，而且我也厭煩了。」

「奈德．莫法特過來了。他想要幹嘛？」羅瑞說著皺起黑色的眉毛，好像認為這位年輕的東道主加入宴會也不會增添任何愉悅的氣氛。

「他先前說過要跟我跳三支舞，我猜他是為了要跳舞才過來的。真是無聊透頂！」瑪格做出一副垂頭喪氣的樣子，逗得羅瑞忍俊不住。

直到用餐時間他都沒有再和瑪格說上話，他注意到的時候，瑪格正在和奈德與他的一位朋友費雪一起喝香檳。羅瑞暗忖，他們兩個的行為舉止就像「一對傻瓜」，他覺得自己就像馬奇家的哥哥一樣，應該要看顧她們，只要她們需要保護者，他就應該為她們奮戰到底。

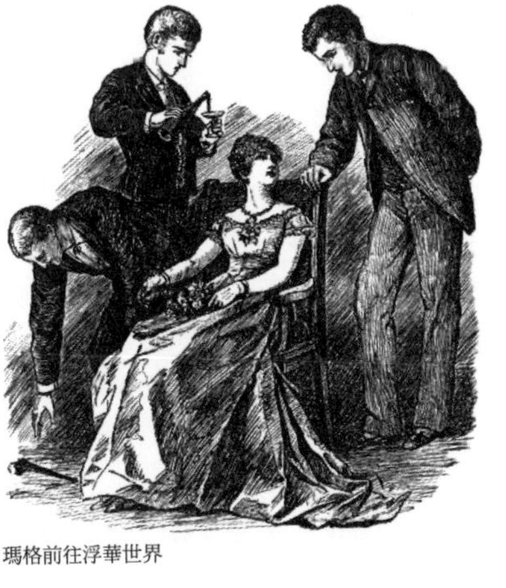

「喝太多酒會讓妳明天頭痛欲裂。瑪格，我可不會那麼做，妳母親也不會希望妳那麼做。」趁著奈德轉身替瑪格倒酒、費雪彎腰去撿瑪格的扇子時，羅瑞朝著瑪格坐的椅子彎下腰悄聲說。

「今天晚上我不是瑪格，我是『洋娃娃』，我要做出各式各樣瘋狂的事。明天我就會擺脫『虛浮誇大的打扮』，再次竭盡全力地當一個好女孩。」她回答後又做作地輕笑了一聲。

「那麼，我只好希望明天盡快降臨了。」羅瑞嘟囔著說完便邁步離開，瑪格身上的改變讓他心中不快。

瑪格像其他女孩一樣，跳舞又調情，聊天又嘻笑。用餐後她跳起了德國舞，從頭到尾都踩著錯誤的步伐，差點就讓她的舞伴被長裙子絆倒了，接著又高聲喧鬧，令一直注意著她的羅瑞大驚失色，腹誹著要如何好好說她一頓。但他沒有機會向瑪格說教，因為瑪格一直避著他，直到最後他要道別時才說上話。

「記得！」她一邊說一邊試著勾起微笑，已經開始感覺到可怕的頭痛了。

「Silence a la mort.（守密至死）」羅瑞回答時做出了戲劇性的誇張動作，接著便離開了。

這個小插曲引起了安妮的好奇心，但瑪格已經疲憊到無法聊是非了，她直接躺上床，覺得自己好像參加了一場假面化裝舞會，根本沒有像原本預期的那樣玩得很開心。她隔天一整天都病懨懨的，週六啟程回家時，她只覺得這兩週的玩樂讓她筋疲力竭，享受榮華富貴已經夠久了。

「能夠待在清靜的地方，又不需要時時遵守客人的禮儀，讓我覺得愜意多了。雖然我們家並不豪華，但家真是個好地方。」瑪格說。現在是週日傍晚，母親、喬和瑪格坐在一起，瑪格正用悠閒的表情環顧四周。

「我很高興能聽到妳這麼說，親愛的，因為我本來有點擔心妳住過了奢華的房子之後，會覺得我們家黯然失色又家徒四壁。」她的母親回答。自瑪格回來之後，母親已經焦慮地觀察她好幾次了。因為母親的眼睛總是能很迅速地看出孩子的臉龐出現了什麼改變。

瑪格歡欣鼓舞地描述了自己的冒險，一遍又一遍地訴說自己經歷的迷人時光，但她的心中依然覺得沉甸甸的，在兩個妹妹上床睡覺後，她坐在椅子上，一臉深思熟慮地看著壁爐，不太說話，看起來有些擔憂。九點的鐘響了，喬提議該上床睡覺時，瑪格突然從椅子上站起來，搬過貝絲的小凳子，將手肘靠在母親的膝蓋上，鼓起勇氣說：

「媽咪，我想要『認罪』。」

「我猜到了。親愛的，發生什麼事了？」

「我要不要先離開？」喬謹慎地問。

「當然不用。我總是把所有事情都告訴妳，不是嗎？我覺得在兩個年紀小的妹妹面前講這件事很羞愧，但我希望讓妳知道我在莫法特家做的每件可怕的事。」

「我們準備好了。」馬奇太太說。她臉上掛著微笑，但看起來有些緊張。

「我告訴過妳們那些女孩都盛裝打扮，但我沒有說的是，她們還替我撲粉、讓我穿緊身洋裝，又把我的頭髮燙捲，讓我看起來像是個時髦淑女。羅瑞覺得我的打扮並不適當。雖然他沒有明講，但我知道他是這麼想的，還有另一個男的說我是『洋娃娃』。我知道我這麼做很笨，但當時他們全都一直誇獎我，說我是個美人，又說了很多其實根本不合理的溢美之詞，所以我就被她們捉弄了。」

「就這樣嗎？」喬問。這時馬奇太太靜靜地看著她美麗的女兒難過的臉，發現自己根本無法怪罪她做的這些小蠢事。

「不只，我喝了香檳，和他們嬉鬧，還試圖和他們打情罵俏，這一切都讓我覺得很厭惡。」瑪格自責地說。

「我想，應該還有別的事吧。」馬奇太太摸了摸瑪格柔軟的臉頰，瑪格突然漲紅了臉，語速緩慢地回答：

「是的。是一件很傻的事，但我想要把這件事說出來，因為我討厭那些人把我們和羅瑞想成那樣、說成那樣。」

接著她把自己在莫法特家聽到的各種謠言都說了出來，在她說話的途中，喬注意到母親緊緊抿住嘴唇，好像非常生氣那些人把這種想法放進了瑪格純真的腦海中。

「哈，這可真是我這輩子聽過最沒有根據的胡說八道了。」喬憤慨地說。「妳為什麼不直接跳出來，當場告訴他們這句話？」

「我做不到，我覺得很尷尬。我一開始是不小心聽到的，後來我實在太生氣、太羞愧了，根本記不得我應該離開現場。」

「等我哪天遇到安妮·莫法特，我就示範給妳看我們應該怎麼遏止這種荒謬的謠言。什麼有計畫、什麼對羅瑞好是因為他有錢而且可能會娶我們！等我告訴他那些笨蛋是怎麼說我們這些可憐的孩子之後，他一定會破口大罵！」喬說完之後又想了想，突然覺得這麼做實在太有趣了，立刻又笑了出來。

「妳要是告訴羅瑞這件事，我就永遠不原諒妳！母親，她絕不能告訴羅瑞，對不對？」瑪格表情不安地說。

「沒錯，永遠別再告訴別人這個愚蠢的謠言了，最好馬上就把這件事忘掉。」馬奇太太嚴肅地說。「我當初真是太不明智了，竟然讓妳和一群我不知底細的人住在一起，我敢說他們的確很善良，但也熱愛追名逐利又沒有教養，想到年輕人時滿腦子只有這種粗俗想法。瑪格，我真的很抱歉讓妳因為這次的經驗而受到傷害。」

「別這麼說，我不會讓這些話傷害我的。我會忘記所有壞事，只把好事記在心裡，畢竟我這幾天的確也有享受到呀，我還是很謝謝妳讓我去這一趟。我不會變得感情用事或者不知足，母親。我知道我是個愚笨的小女孩，我會一直待在妳身邊，直到我有能力照顧自己為止。但是受人讚美與仰慕的感覺真好，我不得不說我很喜歡這種感覺。」瑪格似乎因為這樣的自白而感到有些羞愧。

「這是十分正常的感覺，只要妳對這種感覺的喜愛不至於使妳做出傻事或不符身分的事，其實是無傷大雅的。瑪格，妳要學著去理解、去衡量哪些讚美是值得擁有的，妳可以用謙虛的舉動贏得不亞於美麗外表帶來的仰慕。」

在瑪格麗特坐著沉思的同時，喬雙手負後地站在旁邊，好奇的表情中又帶了一點困惑，因為她從沒看過瑪格雙頰緋紅地談論仰慕和愛人等等的事情。喬覺得她的姊姊在這十四天裡以不可思議的速度變得更成熟，正逐漸走向一個她無法進入的新世界。

「母親，妳真的像莫法特太太說的一樣，對我有『計畫』嗎？」瑪格面紅耳赤地問。

「沒錯，親愛的，我有很多計畫，每位母親都是如此，但我認為我的計畫和莫法特太太的並不一樣。我會告訴妳其中一些計畫，因為現在是時候了。這是一件非常重要的事，妳們要略知一二，才能用妳們的小腦袋與小心靈以正確的方式思考浪漫的事。妳年紀還小，瑪格，但已經成熟到足以理解我的想法了。母親是最適合妳這樣的小女孩談論這種重要話題的人選。喬，妳可能很快也會進入這個階段，所以妳可以和瑪格一起聽我解釋這些『計畫』，跟我一起確認這些計畫好不好。」

喬走了過去，坐在另一邊的扶手上，似乎認為現在她們三人即將要進行一場非常嚴肅的討論。馬奇太太握住兩個女孩的手，感傷地望著這兩張年輕的臉龐，用認真但愉悅的語調說：

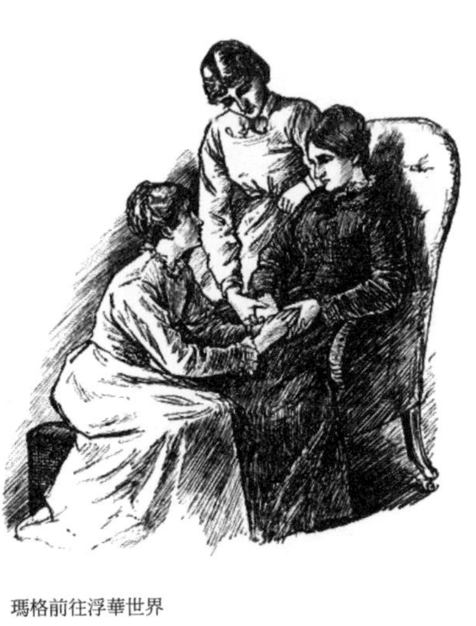

「我希望我的女兒能漂亮、有才華又善良。我希望將來能有人愛慕她們、愛她們並尊重她們。我希望她們年輕時快快樂樂，結婚後幸福美滿，人生過得充實愉悅，克服上帝認為她們需要面對的憂慮與悲傷。對女人來說，能夠被好男人所愛、所選擇，是最棒也最甜蜜的一件事，我由衷希望我的女兒們未來能有這樣的經驗。思考這種事是人之常情，瑪格，對此懷抱希望並靜靜等待是正確的舉動，做好準備是明智的選擇，如此一來，等到幸福降臨的那一刻，妳將會覺得自己已經準備好承擔責任，也值得擁有這樣的喜樂。我親愛的小姑娘們，我對妳們的未來充滿規劃，但我並不希望妳們橫衝直撞地闖進這個世界，只因為某個男人很有錢或有一棟華美的房子就嫁給他，因為那樣的房子缺乏愛，不能被稱為家。金錢是很重要、很寶貴的東西，若使用得宜，金錢也能是高貴的東西，但我永遠也不希望妳們認為在付出努力之後，最重要的或者唯一的回報就是金錢。我寧願妳們在嫁給窮人之後感到幸福、被愛、滿足，也不願妳們成為寶座上的皇后卻覺得失去了自尊與平靜。」

「貝兒說窮人家的女兒除非自己推銷自己，否則不會有什麼好機會。」瑪格嘆了一口氣。

「那我們可以當未婚老小姐啊。」喬倔強地說。

「喬，妳說得沒錯。寧願當個幸福的未婚老小姐，也不要當個不幸福的妻子，或者到處跑來跑去找丈夫的未婚女孩。」馬奇太太態度堅決地說。「毋須煩惱，瑪格，窮困鮮少會把由衷愛妳的人嚇跑。在我的朋友中，有不少品德最高尚、最值得尊敬的女性都曾是窮困的少女，但她們值得被愛，不可能成為未婚老小姐。把一切都交給時間吧。妳在這個家裡活得幸福快樂，才能在機會來臨時打造屬於自己的家，若機會尚未來臨，妳可以先安心地待在這裡。但要記住一件事，我的女兒們，母親永遠願意傾聽妳們的祕密，父親永遠都願意當妳們的朋友，無論我們的女兒是已婚還是單身，我們都希望也相信我們的女兒會是我們生命中的驕傲與安慰。」

「我們會記得的，媽咪，我們會的！」兩人在馬奇太太道晚安時由衷地高聲回應。

10 匹克威克社與郵箱

春日降臨，新興的娛樂方法逐漸蔚為流行，白日更長了，下午能夠用來工作與玩樂的時間也隨之增加。花園被整理得次序井然，每個女孩都有一小塊方形土地讓她們隨心所欲地使用。漢娜曾說過：「只要往那幾塊地一看，我就能分出來哪一塊地是屬於誰的。」的確，因為每個女孩的種植品味正如她們的性格，彼此之間大相逕庭。瑪格的土地上有玫瑰、香水草與桃金孃，裡面還種了一小株橘子樹。喬的花床季季不同，因為她總是在嘗試新實驗。今年她種的是一排排生機盎然的向日葵，種子正好可以拿來餵雞媽媽和她生的那窩小雞。貝絲的花園裡種的是典型的會發出香味的花，有香豌豆和木樨，還有飛燕草、石竹花、三色堇和南方苦艾，另外也替小鳥種了繁縷、替貓咪種了貓薄荷。艾咪的地裡面有一個小小的爬藤架，建造得歪七扭八，但看起來很漂亮，因為上面掛滿了忍冬和牽牛五顏六色的鐘型花朵，看起來就像好幾個優雅的花環似的，爬藤架下面則種了修長的白百合與脆弱的蕨葉，還有各式各樣開花後能讓這一小塊田地顯得繽紛絢爛的植物。

天氣晴朗時，她們蒔花弄草、散步、在河上划船、四處尋找野花，遇到下雨的時候，她們會待在房子裡玩遊戲，有時是老遊戲、有時是新遊戲，多少都帶有一部分原創性。其中一個遊戲是「P. C.」，由於當時很流行祕密結社，她們便決定要自己建立一個，有鑑於四姊妹都很喜愛狄更斯，她們決定把這個祕密結社命名為匹克威克社[1]。她們結社已經持續了一年，鮮少中斷，每週週六傍晚她們都會在寬大的閣樓召開會議，儀式的程序如下：三張椅子擺成一排，前面是一張桌子，桌子上放一盞燈，還有四條白色窄布條，每條布條上面都用不同的顏色寫上了「P. C.」。匹克威克社每週發行的刊物名為「匹克威克選集」，四名成員對此各有貢獻，特別熱衷筆墨的喬是主編。每到七點鐘，四名成員會一一進入社團會議室，將布條綁在頭上，莊重地上座。最年長的瑪格是山謬．匹克威克，善於舞文弄墨的喬則是奧古斯都．斯諾格拉，貝絲身材圓潤又臉色緋紅，所以是崔西．塔普曼，至於艾咪則總是喜歡做一些自己做不到的事，因此她是納撒尼爾．溫克爾。主席匹克威克負責朗誦每週選集，選集裡面有原創的故事、詩作、當地新聞、有趣的廣告和建議，建議的用途是讓她們用友善的方式提醒彼此的缺點與短處。

在這一次集會上，匹克威克先生先戴上一副沒有鏡片的眼鏡，敲了敲桌子，清了清喉嚨，接著狠狠瞪著歪歪斜斜靠在椅背上的斯諾格拉先生，直到她用端正的姿勢坐好，匹克威克先生才開始朗讀：

《匹克威克選集》

一八××年五月二十日

詩人角

〈週年頌歌〉

我們再次相聚慶祝，

頭繫布條且儀式嚴肅，
我們的五十二期週年紀念，
就在匹克威克大廳，就在今夜。

我們全都健康無虞地出席，
沒有人脫離這個小團體；
又一次見到彼此熟悉的臉，
友善地握住彼此手心。

我們的匹克威克總是堅守崗位，
我們崇敬地對他致上敬意，
他鼻上架著眼鏡閱讀
我們每週發行的刊物。

雖然他正受感冒所苦，
但我們依舊享受他的朗讀，
因為雖然他的聲音有時沙啞有時尖銳，

1 Pickwick Club，開頭字母縮寫為 P.C.。匹克威克俱樂部是狄更斯的成名作《匹克威克外傳》（The Pickwick Papers）的主角山謬・匹克威克（Samuel Pickwick）所建立，俱樂部中除他之外還有另外三個成員：奧古斯都・斯諾格拉（Augustus Snodgrass）、崔西・塔普曼（Tracy Tupman）與納撒尼爾・溫克爾（Nathaniel Winkle），四姊妹一人擔任一個角色。

但他說出的話語依舊充滿智慧。

六呎的老斯諾格拉昂然出現，
他的姿態優雅無比，
見到每個人都微笑以對，
棕色的臉龐上充滿喜悅。

詩意的火焰點燃他的雙眼，
面對命運時他掙扎努力，
請看他眉間充滿多少抱負，
鼻子上還有一個墨水汙點！

我們平靜的塔普曼接著進門，
他臉頰緋紅、身型圓潤，是個甜心，
在聽見雙關語時他笑到不能自已，
最後從座位上跌了下去。

古板的小溫克爾也在這裡，
他的每根頭髮都整齊，
這位最得體的典範，
其實最討厭清洗臉蛋。

一年就要過去，我們還是在一起
開玩笑、大笑與朗讀，
依循著文學的小路
我們終將走上光榮的正途。

願我們的刊物永遠興盛，
我們的結社永不止息，
願未來年年的祝福都傾注於
我們美好愉悅的匹克威克社裡。

斯諾格拉

* * *

〈假面婚禮——威尼斯的故事〉

平底船一艘接著一艘搖曳著停泊至大理石階上，可愛的乘客紛紛離船，摩肩擦踵地踏入艾德隆伯爵宏偉壯觀又擠滿了人的大廳。騎士與淑女，精靈與男侍，修女與賣花女，全都歡欣鼓舞地一起跳起了舞。空氣中充滿甜蜜的聲音與豐美的樂聲，眾人在歡笑與音樂中跳著假面舞。「殿下，妳今晚有見到薇歐拉小姐嗎？」一名穿著考究的吟遊詩人在仙子女王輕飄飄地穿越大廳、勾起他的手臂時問。

「見到了，她看起來甜美可愛，但又傷心透頂！她的禮服是精挑細選過的，因為她這個星期就要嫁給她最痛恨的安東尼奧伯爵了。」

「坦白說，我覺得有點嫉妒他。他正從那邊走過來呢，盛裝打扮得就像新郎一樣，不過臉上卻戴著黑色面具。等他把面具摘下來之後，我們就可以好好欣賞他要怎麼問候那位美麗的少女了。雖然她嚴厲的父親把她許配給了安東尼奧伯爵，但他是不可能贏得她的芳心的。」吟遊詩人回答。

「大家都在謠傳她愛上了一位英國的年輕藝術家，兩人形影不離，但後來那位藝術家被老伯爵給傲慢地拒絕了。」仙子女王一邊跳舞一邊說。在眾人狂歡到最高潮的時候，一名神父走了出來，他領著已許了婚配的那對男女走到壁龕前，掛起紫色絲絨布幕，要兩人屈膝跪下。原本歡欣鼓舞的人群在一瞬間陷入了寂靜，沒有任何人發生出任何聲音，整個大廳裡只聽得見噴泉的水聲，以及在月光下沉睡的橘子樹叢在簌簌作響。艾德隆伯爵打破了沉默，說道：

「我親愛的先生與女士，請原諒我的算計，我請你們聚集到此是為了見證我女兒的婚姻。神父，煩請舉行儀式。」每一雙眼睛都轉向那對即將結婚的男女身上，但新郎與新娘都沒有摘下面具，這使得人群中響起了驚異的竊竊私語。每個人都滿心好奇，但對婚禮的尊重使眾人遏制住了自己的舌頭，等到神聖的儀式結束後，熱切的觀眾全都聚集到伯爵身旁，要求他解釋清楚。

「若我知道答案的話，我一定會很樂意替你們解答，但我只知道這是我們膽小的薇歐拉一時興起的念頭，我也同意了。好了，我的孩子，這件事該結束了。拿下你們的面具，接受我的祝福吧。」

但兩人並沒有屈膝跪下，年輕的新郎說話的聲音使每個人都大吃一驚，他摘下面具，露出薇歐拉所愛的藝術家費迪南．德佛洛的高貴面孔，甜美動人的歐薇拉欣喜地倚靠在他的胸前，只見他胸前竟有一枚晶亮的英國公爵勳章。

「大人，你曾輕蔑地命令我，要我等到擁有與安東尼奧伯爵同樣高度的名譽以及同樣多的財富時，才能與你的女兒結婚。但我所擁有的遠不止於此，即使像你這樣貪婪的人也無法拒絕德佛洛與德維爾爵士，因為他願意把他古老的名字與無限的財富全都交與這位親愛的小姐，也就是我如今的妻子。」

伯爵呆若木雞地站在原地，費迪南轉身面向不知所措的群眾，面帶勝利的微笑說道：「至於你們，我勇敢的朋友們，我只能祝福你們能如我一樣勇敢地求婚，如我透過這場假面婚禮贏得新娘一樣，贏得屬於你的美麗新娘。」

匹克威克

* * *

為什麼P. C.像是巴別塔？

因為社裡的成員都自說自話。

〈一顆南瓜的歷史〉

從前從前，有一個農夫在田地裡種了一個小種子，過了一陣子，種子發芽變成藤蔓，然後長出了許多南瓜。十月的某一天，南瓜成熟了，他拔起一顆帶去市場。一位雜貨店老闆買下了南瓜，把南瓜放在店裡。那天早上，一位頭戴棕色帽子、身穿藍色洋裝、臉蛋圓滾滾、鼻子扁塌塌的小女孩走到雜貨店，把南瓜買回去給她母親。她吃力地把南瓜搬回家，切開來，在大鍋子裡把南瓜煮熟，把一部分的南瓜拿來添加鹽和奶油，輾壓成泥狀。至於剩下的南瓜，她加入一品脫牛奶、兩顆蛋、四湯匙糖、豆蔻和一些脆餅，再把這些東西全都放進一個深盤中，送進烤箱烤，烤到這盤南瓜變成漂亮的棕色，隔天，南瓜就被馬奇一家人給吃掉了。

塔普曼

＊＊＊

匹克威克先生，閣下：

我要寫信給你坦白一個罪人的罪那個罪人是一位名叫溫克爾的男子他在社中哈哈大笑製造麻煩有時甚至不寫他應該寫的稿件我希望你能原諒他的缺點同意讓他繳交一篇沒辦法從腦袋轉為實體的法文寓言因為他有好多課要上沒有多餘的腦容量可以寫未來我會試著巴（把）握時機準備一些很 commy la fo[2] 的作品也就是很得體的作品我現在很趕要來不及上學了。

溫克爾 敬上

〔此信件的作者英勇地承認過去的錯誤。要是我們這位年輕的朋友能夠好好研讀標點符號，那就更棒了。〕

＊＊＊

〈一件悲慘的意外〉

上週五，我們被地下室的一聲巨響以及隨之而來的一聲痛苦慘嚎給嚇了一跳。我們一起衝到了地下室，發現我們親愛的主席四腳朝天地倒在地板上，原來他在搬家裡要用的木頭時絆了一跤，跌倒了。我們眼前看到的是一副完美的災難景象，匹克威克先生在跌倒時把頭與肩膀塞進了一個水盆裡，一桶軟肥皂被打翻在他充滿男子氣概的身體上，衣服也毀損得很嚴重。在我們將他攙扶起來時，我們發現他沒有外傷，只是多了幾個瘀青，我們很高興能告訴大家，瘀青現在已經痊癒了。

編輯

＊＊＊

〈訃告〉

我們必須盡責地在此沉痛寫下這篇紀錄，我們最珍愛的朋友雪球小爪女士突然神祕消失了。這隻可愛又討人喜愛的貓咪是一群和藹高尚的朋友的愛寵；她的美麗外表吸引了所有目光，她的優雅舉止與美德使所有人都真心疼愛她，失去她令所有人深感悲痛。

最後一次看到她的芳蹤時，她坐在門口盯著屠夫的推車，我們擔心有可能是某個壞人被她的魅力所吸引，所以卑劣地把她給偷走了。好幾個星期過去了，但我們依然沒有發現

2 艾咪把法文 comme il faut（得體）誤寫成 commy la fo。

她的蹤影，最後我們放棄了所有希望，在她的籃子上繫一條黑色緞帶，將她的碟子收起來，為她永遠離我們遠去而流淚。

一位同情的朋友致上以下佳作：

〈輓歌（致雪球小爪）〉

我們為失去愛寵而悼念，
為她不幸的命運嘆息，
因為她再也不會坐在火邊，
也無法遊玩於老舊的綠門前。

她的幼兒長眠於一方小墳墓
就位於栗樹正下方；
但我們卻無法在她的墳上流淚，
因為我們不知道她身在何處。

她閒置的球，空蕩的床鋪，
我們永遠也無法再見她一面；
再也沒有溫柔的小爪、深情的呼嚕
會在起居室的門口響起讓我們聽見。

另一隻貓追逐起了她的老鼠，
那隻貓的臉蛋滿是髒汙，
但她捕獵的手法比不上我們的甜心，
玩耍時也沒有雪球的優雅大氣。

她輕巧走過的這座大廳
曾是雪球遊玩的基地，
面對我們的愛寵曾英勇打退的狗群
她只敢嘶嘶哈氣。

她能幹又溫柔，已盡了她的努力，
但她的外表卻不美麗；
親愛的我們無法讓給她妳的地位，
也無法鍾愛她一如鍾愛妳。

* * *

奧古斯都．斯諾格拉

〈廣告〉

- 在下週六晚間的例會結束後，才華洋溢、心志堅定的講師奧倫丁．布拉蓋區小姐[3]將於匹克威克大廳發表她的知名演講「女性及其地位」。
- 本週的每週會議將於廚房廳堂舉辦，主題是教導年輕小姐如何烹飪。會議主席是漢娜．布朗，本社全員皆受邀參加。
- 畚箕協會將於下週四碰頭，在結社之家的樓上舉辦遊行。所有成員都必須準時於九點穿著制服、肩扛掃把出席。
- 貝絲．鮑斯爾女士將於下週開始舉辦新洋娃娃製帽展覽。最新的巴黎時尚帽款已經送達，靜候您的訂購。
- 倉庫劇院即將上演新戲，時間長達數週，這齣戲將超越所有曾於美國舞台上演的任何戲劇。此齣引人入勝的戲劇名為「希臘奴隸，或者復仇者康斯坦丁」！！！

* * *

〈建議〉

只要山謬．匹克威克別在洗手時用那麼多肥皂，她就不會每次吃早餐都晚到。奧古斯都．斯諾格拉必須停止在街上吹口哨這一行為。崔西．塔普曼請不要忘記艾咪的餐巾。納撒尼爾．溫克爾不該因為他的洋裝上沒有九個摺飾而發愁。

〈每週總結〉

瑪格——良好。
喬——不佳。
貝絲——優良。
艾咪——中等。

主席讀完這份刊物後（我向讀者保證，這份刊物是從一群真實存在的女孩過去寫的真實副本延伸而來），眾人熱烈鼓掌，接著斯諾格拉先生站起身提案。

「主席先生與各位紳士，」她開口說話時的態度與語氣都十分符合會議標準，「在此我要提議諸位允許一位新成員加入本社——他必定值得這份榮耀，也將對此心懷感激，此外他將能替本社的精神與刊物的文學價值做出貢獻，並帶來無窮盡的喜樂與益處。我提議允許席奧多・羅倫斯先生成為P. C.的榮譽成員。拜託啦，就讓他進社團嘛。」

喬突然改變語氣的行為讓女孩們都笑了出來，但她們表情緊張，在斯諾格拉坐回位置上時也無人說話。

「我們將透過投票表決。」主席說。「贊成此提議的成員請高聲說『好』來表明意見。」

斯諾格拉立刻高聲答好，接著，讓眾人意外的是貝絲也膽怯地說了好。

「持反對意見的請說『不』。」

瑪格和艾咪抱持反對意見，溫克爾先生儒雅地站起身說：「我們不希望有男孩子加入，他

3 Oranthy Bluggage，是本書作者的其中一個筆名。

們只會開玩笑和亂跑。這是屬於淑女的社團，我希望我們能保持隱私與適當的禮儀。」

「我擔心他會嘲笑我們的刊物，之後用這件事來捉弄我們。」匹克威克說著拉了拉她額頭上的一小撮鬈髮，每當心存疑慮時她都會做這個動作。

斯諾格拉鄭重其事地站起身。「閣下！我以紳士的身分向你做出保證，羅瑞絕對不會做出這種事的。他喜歡寫作，會替我們的創作帶來新氣象，使我們不致沉浸於多愁善感之中，你們懂嗎？我們能帶給他好處那麼少，而他能帶給我們的好處卻那麼多，我覺得讓他在結社中有一席之地並在他參與的時候表示歡迎是少數我們能為他做的事了。」

這番詳盡解釋了益處的巧妙說法使塔普曼站起身，他看起來似乎下定了決心。

「對，雖然我們覺得擔心，但我們還是應該這麼做。我認為他可以入社，還有，如果他祖父願意的話也可以入社。」

貝絲突如其來的熱情言論使結社中每個人的心情都激動了起來，喬離開座位，贊同地握了握貝絲的手。「好啦，那麼我們再投票一次吧。請諸位記得，我們要准許入社的是我們的羅瑞，請說『好！』」斯諾格拉激情地高喊。

「好！好！好！」三個聲音立刻回應。

「太棒了！願主保佑你們！好啦，正如溫克爾充滿個人風格的話語，我們要『巴握時機』，現在就讓我們的新成員入場。」接著結社的其他三個成員震驚地看著喬飛快地打開壁櫥門，羅瑞竟然就這麼坐在衣櫃裡的一個破布袋上，他因為強忍住笑意而臉色通紅、眼神閃閃發亮。

「妳這個流氓！妳這個叛徒！喬，妳怎麼可以做出這種

事？」另外三名女孩高喊，斯諾格拉則得意洋洋地領著她的朋友走出來，又迅速拉來了一張椅子、拿出布條，瞬間就將羅瑞安置好了。

「你們這兩個淘氣鬼真是太會假裝了。」匹克威克先生說，他試著皺眉裝出憤怒的表情，但最後卻只能勾起一抹友善的微笑。新社員隨機應變，立刻站起身，向主席感激地行禮，接著用他最討人喜歡的態度說：「主席與各位女士——請原諒我，是各位紳士——請讓我自我介紹一番，我是山姆．維勒[4]，本社最謙卑的僕人。」

「太棒啦！太棒啦！」喬大喊。她抓著一個老舊暖床爐的把柄擊打自己的椅子。

「我忠誠的朋友與高貴的支持者剛剛介紹我時用了太多溢美之詞，」羅瑞揮了揮手繼續說，「今晚這個狡詐的詐騙事件並不能怪在她身上。這個事件是我所策畫，她只是在嘲笑多時之後協助執行罷了。」

「好了啦，別把錯全都攬在自己身上。你明知道藏在壁櫥裡這個主意是我提出來的。」斯諾格拉打斷他的話，顯然對這個詭計感到非常滿意。

「別在意她說的話。閣下，我才是計畫這件事的壞人。」新成員用維勒的風格向匹克威克先生點點頭。「但我敢以名譽保證，我再也不會這麼做了，從今以後，我將全心全意捍衛此一不朽社團的利益。」

「妳們聽！妳們聽！」喬高喝著把暖床爐的蓋子當作鈸一樣來回敲擊。

「繼續、繼續！」溫克爾與塔普曼說，同時主席親切地向他欠身。

「我只想說，諸位允許我入社帶給我極大的榮耀，為了聊表謝意，並促進鄰舍雙方之間的友誼，我已在花園矮角的樹籬旁設了一個郵箱，做工精緻，容量也大，門上附有鎖扣，對所有

4 Sam Weller，是《匹克威克外傳》裡匹克威克的僕人。

郵件來說都十分方便——若諸位允許我使用此表達方式的話，我認為，這對女性來說也同樣方便[5]。郵箱原本是燕子的居所，但我把門封死了，又把屋頂改成可以打開的蓋子，所以我們可以把各式各樣的東西放在裡面，節省我們寶貴的時間。我們可以用郵箱傳遞信件、手稿、書籍和包裹，兩家人各持一把鑰匙，我覺得這一定會很棒。請允許我呈上社團鑰匙，感謝諸位贊成我入社，請容我就此入坐。」

眾人熱烈鼓掌，維勒先生拿出一把小鑰匙放在桌上，接著坐到椅子上，喬瘋狂地把暖床爐拿來敲擊與揮動，過了好一陣子社團成員才恢復原本的秩序。接下來他們進行了漫長的討論，令人驚訝的是這次每個人的表現都非常好，因為每個人都盡了全力。因此，這儀式的會議異常活潑，直到時間很晚了會議才終於結束，最後眾人用三聲雀躍的歡呼來歡迎新成員。

在往後的日子裡，沒有任何人後悔她們接納了山姆．維勒，因為再也找不到比他還忠誠、還有禮、還歡樂的成員了。他的確使會議更加充滿「活力」，使刊物有了「新氣象」，因為他的演說總是能震撼聽眾，他的文章極為出色，主題包括了愛國、古典文學、搞笑短篇和戲劇劇本，但他從來不寫多愁善感的文章。喬認為這些文章足以媲美培根、彌爾頓與莎士比亞，也對她自己的作品產生了正向的影響。

郵箱變成了一個正式的小機構，發揮了極佳的效用，他們就像使用真正的郵箱一樣，傳遞了許多奇異的物品。悲劇劇本與領巾，詩作與醃黃瓜，花園的種子與長信，樂譜與薑餅，橡皮、邀請函、責罵短信與小狗。老紳士很欣賞這個有趣的設施，他會自娛自樂地寄一些奇怪的包裹、神祕的訊息和惹人發笑的短信，而他們家那位對迷人的漢娜一見鍾情的園丁，則利用郵箱寄了一封情書委託喬轉交。眾人發現這個祕密時大笑不止，他們做夢也沒想到這個小郵箱會在未來傳遞多少封情書。

5 郵件的英文mail讀音近似於男性（male），羅瑞在此以諧音雙關表達對男性（mail／male）方便，對女性（female）也方便。

11 試驗

「六月一號到了！金家的人明天都會去海邊度假，我終於自由了。三個月的假期——我一定要好好享受這三個月！」瑪格在回家時高呼。這天氣候炎熱，喬躺在沙發上，看起來異常疲累，貝絲正替喬脫下沾滿塵土的靴子，艾咪則替全家人搾清爽的檸檬汁。

「馬奇姑婆今天走了，啊，真是太讓我高興了！」喬說。「我一直心驚膽顫，很害怕她會叫我跟她一起去。要是她真的叫我去，我會覺得我應該答應她，但是妳們也知道，梅園簡直跟墓園一樣沉悶，我寧願待在家裡。老夫人要走的時候我們全都手忙腳亂地做準備，她每次對著我開口我都驚恐萬分。我今天太想趕快離開了，所以表現得特別有效率，說話也特別好聽，最後我反而開始擔心她會因此覺得離不開我。我擔驚受怕地看著她終於上了馬車，最後又嚇了好大一跳，因為在馬車開動的時候，她探出頭來說：『喬瑟芬，妳要不要——？』我沒有把這句話聽完，馬上就狡詐地轉身飛也似地逃跑了。我真的是一路狂奔，到了轉角覺得安全了才慢下腳步。」

「可憐的喬！她走進來的時候看起來像是後面有隻熊在追她。」貝絲慈愛地晃了晃姊姊的腳。

「馬奇姑婆簡直就像德苦辣一樣，對不對？」艾咪一邊說一邊挑剔地品嘗她調配的檸檬汁。

「她要說的是吸血鬼德古拉，不是什麼苦啊辣的調味料，但這不重要。現在天氣實在太熱了，不適合挑剔錯字。」喬喃喃自語。

「妳在放假的這幾個月要做什麼？」艾咪機靈地轉移了話題。

「我要在床上睡到很晚，什麼都不做。」瑪格深深陷在搖椅裡回答道。「我去年整個冬天都要清早起床，整天都替別人工作，所以現在我要好好休息、玩樂直到心滿意足為止。」

「我可不要，」喬說，「那種怠惰的生活不適合我。我要躺在一大疊書裡，把珍貴的時間花在閱讀上，棲息在我的老蘋果樹上，不然就是和羅瑞一起像雲——」

「不准說『雲雀』！」艾咪迫切地說，作為剛剛「德苦辣」被糾正的回報。

「那我改成像『夜鶯』一樣到處玩吧。改成夜鶯也很恰當，因為羅瑞的聲音很動聽。」

「貝絲，我們先暫時不要上課嘛，像兩個姊姊一樣整天都在玩樂和休息就好了。」艾咪提議。

「這個嘛，如果母親答應的話，我就願意。我想要學幾首新歌，我的孩子們也需要夏天的新衣服。她們現在亂七八糟的，深受冬天的服裝所苦。」

「母親，妳答應嗎？」瑪格轉向馬奇太太問。馬奇太太一直坐在她們稱之為「媽咪角」的地方縫紉。

「妳們可以花一個星期試驗，看看妳們喜不喜歡這麼做。我覺得到了週六晚上，妳們就會發現整天玩樂不工作就像整天工作不玩樂一樣糟糕。」

「喔，天啊，才不會！我很確定整天玩樂一定會很開心。」瑪格自信滿滿地說。

「現在我要舉杯向妳們致敬，正如我的『朋友兼夥伴薩瑞．甘普[1]』所說的：一輩子玩樂，

[1] Sairy Gamp，狄更斯的小說《馬丁．朱述爾維特傳》（Martin Chuzzlewit）中一位邋遢又凶悍的護士。

永遠別工作！」喬高聲說著站起身，手上拿著玻璃杯，此時眾人正好拿到了檸檬汁。

她們開心地喝下檸檬汁，開始試驗新生活方式。當天餘下的時間都在打混摸魚。第二天早上，瑪格一直到十點才出現。她覺得獨自享用的早餐吃起來一點也不美味，房間看起來孤獨又凌亂，因為今天喬沒有在花瓶裡插花，貝絲沒有撢灰塵，艾咪的書丟得到處都是。除了「媽咪角」看起來一如往常，房間裡沒有一個地方是整齊或讓人開心的。瑪格坐了下來，開始「休息和閱讀」，事實上也就是打呵欠和想像著她拿到薪水後要買什麼樣的漂亮夏日洋裝而已。喬整個早上都和羅瑞在河上划船，下午在蘋果樹上邊讀《廣大世界》[2]邊哭。貝絲從娃娃家庭所住的大櫃子裡把全部東西都翻出來，但還沒整理到一半就累極了，把這些翻出來的東西亂七八糟地丟在一旁，跑去彈鋼琴了，她非常開心自己不需要洗盤子。艾咪整理了爬藤架，穿上最漂亮的白色洋裝，把鬈髮梳順，坐在忍冬花下開始作畫，希望有人會看到她，並詢問這位年輕藝術家的大名。不過沒有任何人出現，只有一隻好奇的長腿蜘蛛興致盎然地跑來觀察她的作品，於是她去散步一趟，卻恰巧遇到驟雨，回家時渾身都溼透了。

在下午茶時間，她們描述了自己的遭遇，每個人都覺得這天過得很愉悅，不過卻意外的漫長。瑪格下午去逛街時買了一條「甜美的藍色麥斯林棉布洋裝」，但卻在裁剪邊緣之後才發現這件洋裝穿起來不好看，這個小失誤讓她覺得有點惱怒。喬在划船時曬傷了鼻子，又因為讀太多書嚴重頭痛。貝絲為了櫃子裡的一片混亂以及難以同時學會三、四首曲子而感到煩惱，艾咪則深深後悔自己淋雨時毀了身上的洋裝，因為凱蒂・布朗隔天就要辦宴會了，她卻像佛蘿拉・麥克佛林希[3]一樣「沒有衣服可穿」。但這些都是無關緊要的瑣事，她們紛紛向母親保證這個試驗一定會讓她們覺得很開心。馬奇太太微微一笑，什麼話也沒說，在漢娜的

幫忙下完成了女孩們忽略的工作，把家裡收拾得整整齊齊，維持家庭的良好運作。令人訝異的是，「休息與玩樂」竟然會對人造成十分怪異又令人不適的影響。每天都變得越來越漫長，女孩們的脾氣像天氣一樣出現了異常的變化；每個人的心情都很不穩定，撒旦在遊手好閒的人身上找到了施展詭計的機會。瑪格目前最奢侈的舉動就是把縫紉的工作都丟在一旁，但她很快就發現時間移動得異常緩慢，接著她想要把衣服修改成曾在莫法特家看過的款式，卻把衣服都裁壞了。喬大量閱讀直到眼睛再也無法承受並對書籍感到厭倦為止，心情煩躁到就連好好先生羅瑞都和她大吵一架，最後她情緒低落，竟深深覺得還不如一開始就跟馬奇姑婆一起離開得好。貝絲倒是適應得很好，因為她時常會忘記這幾天應該只玩樂不工作，時不時會回去做該做的事。但家裡的氣氛對她造成了影響，她寧靜的心態被干擾了數次，以至於她某天竟然甩動可憐的洋娃娃喬安娜，說她「醜得嚇人」。艾咪的狀況最糟，因為她的娛樂活動最少，在姊姊們到外頭去玩之後，她很快就發現自己才華洋溢又自命不凡的個性是很沉重的負擔。她不喜歡洋娃娃，童話故事太孩子氣了，但她又沒辦法一整天都畫圖。下午茶宴會和野餐都需要非常費心的籌備，否則根本辦不好。「要是我能擁有一間豪華的房子，裡面住滿了善良的女孩，這個夏天一定會很開心，又或者能夠出門旅遊也很棒，但現在我只能和三個自私的姊姊和一個已經長大的男孩子一起待在家裡，這真是無聊到足以測試波阿斯[4]的耐心。」錯別字小姐抱怨。她已經沉靜於享樂中好幾天，如今覺得煩躁而厭倦。

沒人願意坦承她們已經厭倦這次的試驗了，但到了週五晚上，每個人都在心裡承認，週末

2 The Wide, Wide World，作者為蘇珊・華納（Susan Warner）。
3 Flora McFlimsey，威廉・艾倫・布特勒（William Allen Butler）的詩作《沒有衣服可穿》（Nothing to Wear）的主角。
4 Boaz，他是舊約《路得記》中路得的丈夫。事實上艾咪想說的是《約伯記》裡通過了撒旦種種測試約伯（Job）。

的到來令人欣喜。馬奇太太希望這次的試驗能帶給她們更深刻的教訓，又深具幽默感，因此決定要用最合適的方式結束這個週六，她讓漢娜放了一天假，讓女孩們享受只玩樂不工作帶來的所有影響。

週六早上，她們起床的時候廚房沒有生火，餐廳沒有早餐，到處都找不到母親的身影。

「老天垂憐我們！到底發生什麼事了？」喬環顧四周，絕望地大叫。

瑪格跑上樓，很快又跑了下來，臉上的表情似乎鬆了一口氣但又十分困惑，還參雜了一點羞愧。

「母親沒有生病，只是很累，她說她要安安靜靜地在房間裡待上一整天，叫我們盡我們自己的力量打理好一切。這真是太奇怪了，她表現得一點也不像平常的樣子。但她說這個星期她很累，所以我們不能抱怨，要好好照顧自己。」

「這很簡單嘛，我喜歡這個主意，我現在實在很想找點事情做，妳知道的，這也算是另一種娛樂。」喬馬上接話。

她們每個人其實都因為終於能有事做而鬆了一大口氣，堅定地接下這個任務，但沒多久就理解了漢娜說的那句話：「做家事可不是開玩笑的。」食品儲藏室裡的食物存量豐富，在貝絲與艾咪擺餐具時，瑪格和喬負責準備早餐，四人一邊做事一邊覺得奇怪，為什麼傭人總是在抱怨工作很辛苦。

「母親剛剛說她會自己照顧自己，要我們別擔心她，但我還是應該拿一些早餐上去給她。」瑪格說。她負責主持大局，覺得自己站在茶壺後方時就像是位家庭主婦一樣。

因此她們在開動前裝了滿滿一托盤的食物，把充滿主廚心意的食物送到樓上去。茶煮得非常苦，煎蛋燒焦了，餅乾上還有小蘇打的碎粉，不過馬奇太太在拿到早餐時衷心向喬道謝，接著在喬離開之後對著這盤早餐哈哈大笑。

「這群可憐的孩子，她們今天恐怕會過得很辛苦，不過她們不會因此難過太久的，這件事會對她們帶來好處。」她說著拿出了她替自己準備的可口食物，又把糟糕的早餐處理掉，如此一來才不會傷害到孩子們的感受，這是出於母愛的小詭計，孩子們會感謝她的。

樓下怨聲載道，眾人都對主廚的失敗感到很失望。「算了，我會負責在午餐時當主廚兼助手，妳就好好當個女主人，不要弄髒手，只要負責陪伴客人跟下命令就好。」喬說。然而在廚藝這方面，她懂的其實比瑪格還要少。

瑪格麗特愉快地接受了這個慷慨的提議，她退回客廳，匆匆把垃圾掃到沙發下面，把百葉窗全都拉起來，以避免灰塵飛進來，迅速把客廳整理整齊。喬則對自己的能力信心滿滿，又急於想要彌補之前與朋友吵架的過失，因此立刻在郵箱裡放了一封短信，邀請羅瑞來用晚餐。

「妳最好在想著請客之前先弄清楚家裡有什麼可吃的。」瑪格在聽說喬熱情卻匆促的邀約後這麼說。

「喔，家裡有醃牛肉和一堆馬鈴薯，我會再去買一些蘆筍和一隻龍蝦，像漢娜說的一樣『增添風味』。我們還可以拿生菜來做沙拉。我不知道怎麼煮，但書上都有寫。我會做牛奶凍和草莓當作點心，如果妳希望能優雅一點的話，我可以再煮一些咖啡。」

「喬，妳什麼都不會煮，只會做薑餅和蜜糖來吃，不要一口氣就做這麼多雜七雜八的東西。我是不會管這場餐會的，既然邀請羅瑞的人是妳，就由妳來招待他。」

「我又沒有叫妳做事，妳只要和羅瑞聊聊天，然後在我做牛奶凍的時候幫忙就好了。要是我弄錯了什麼事，妳會給我建議的，對不對？」喬有些不高興。

「對，但我知道的也不多，只會做麵包和幾道簡單的菜而已。妳最好在買東西之前先問問母親。」瑪格謹慎地回答。

「我當然會去問啊。我又不是笨蛋。」喬因為能力備受質疑而氣惱地離開了。

「妳想買什麼就買吧，別來打擾我。我要出門吃晚餐了，沒辦法處理家裡的事。」馬奇太太在喬來詢問時這麼回答。「我向來不喜歡打理家務，今天我要放個假，去讀書、寫作、拜訪朋友，好好享受一下。」

眼前的畫面很奇妙，平素忙碌的母親竟一大清早就舒適地坐在搖椅上閱讀，喬覺得好像親眼目睹了某種詭譎的天災，就算見到日蝕、碰上地震或火山爆發都沒有眼前的景象怪異。

「每件事都脫離常軌了。」她在走下樓梯時暗忖，「貝絲在哭，這代表家裡一定有某些事不對勁。要是艾咪也開始煩人的話，我會抓住她的肩膀把她搖到安靜下來。」

喬覺得自己好像也脫離常軌了，她迅速跑下樓進到客廳，發現貝絲正對著金絲雀皮普哭泣。皮普躺在籠子裡，已經死了，兩隻悲慘的小爪子僵直地伸著，好像在哀求主人餵牠一點食物，牠是餓死的。

「這都是我的錯，我把牠忘了，鳥籠裡沒有半顆飼料，也沒有半滴水。喔，皮普！喔，皮普！我怎麼能對你這麼壞？」貝絲哭著把可憐的小鳥放在手上，想要把牠救活。

喬看了看皮普半睜的眼睛，又摸了摸他的心臟，發現皮普已經變得僵硬又冰冷，她搖搖頭，拿出一個多米諾骨牌的盒子當作皮普的棺木。

「把牠放進烤箱裡好了，說不定夠溫暖之後牠就會活過來了。」艾咪滿懷希望地說。

「牠已經被餓死了，死了之後不該再被拿去燒烤。我會替牠做一條裹屍布，把牠埋葬在花園裡，以後我永遠也不會再養鳥了，永遠，我的皮普！因為我太壞了，不值得養鳥。」貝絲自言自語著，手中捧著她的寵物坐在地板上。

「葬禮在下午舉行，我們每個人都會參與。好了，小貝絲，別哭了。這件事的確很糟，但這個星期也沒發生過半件好事，皮普是這次試驗中最糟糕的一

環。替牠做一條裹屍布，把牠放進我的盒子裡，午宴過後我們再好好舉辦一場小型喪禮。」喬說。她開始覺得自己肩負的責任重大。

她把其他人留下來安撫貝絲，自己則走向不討人喜歡、一片亂糟糟的廚房。穿上大圍裙之後，她埋首工作，把盤子全都疊起來方便清洗，這時卻發現廚房的火熄了。

「前景真是美好得不得了！」喬咕噥著把爐火的門甩開，猛力戳了戳煤炭渣。

重新生好火之後，她決定要趁著燒水的時間去買菜。她在走向市場的路上恢復了精神，又因為用划算的價格買了菜而讚賞自己，她買了一隻非常年輕的龍蝦、幾支非常老的蘆筍和兩盒酸溜溜的草莓，吃力地把東西全都扛回家。等到她把買回來的東西都洗好時，午餐時間已經到了，爐火也燙得發紅。漢娜在廚房裡留了一個正在發酵的麵團，瑪格早上把麵團處理好之後放在爐子上二次發酵，之後就把這件事給忘了。就在瑪格待在客廳和莎莉．加德納聊天時，門突然被甩開，一個滿身是麵粉和煤炭、臉色通紅且服儀不整的人出現在門口，語氣尖銳地質問：

「我說啊，麵團已經變得比鍋子還大了，這樣應該『發』好了吧？」

莎莉笑了起來，但瑪格只是點點頭，把眉毛挑得很高，高到外表怪異的主廚馬上消失在門內，毫不遲疑地把酸麵團放進烤爐。馬奇太太四處看了看狀況如何之後，安慰了貝絲幾句便出門了。貝絲坐在一旁做裹屍布，而已逝世的可憐小鳥則被放在多米諾骨牌盒裡。灰色的軟帽消失在街角的時候，四個女孩心中充滿了一股奇異的無助感，沒幾分鐘之後克魯科小姐就出現在她們家，說要來吃午餐，這使得她們陷入了絕望之中。這位小姐身材消瘦、皮膚蠟黃，是位未婚的老小姐，她的鼻子尖削，喜歡到處打量，任何事都逃不過她的法眼，看到什麼事都喜歡說閒話。她們不喜歡她，但家裡教導她們要以禮對待克魯科小姐，原因很簡單，因為她又老又窮，還沒幾位朋友。因此，瑪格只好讓出她的休閒椅給克魯科小姐舒舒服服地坐著，聽她問東問西、挑剔每樣物品，又說起她認識的人遇到了什麼事。

喬那天早上的焦慮、經歷與努力已超越了語言能形容的範圍，她端上桌的午餐在之後的很長一段時間裡都被眾人拿來當笑話說。她不敢再尋求任何建議了，盡其所能地做到最好，卻發現只有精力與意志力這兩樣特質並不足以讓她成為一個好廚師。她把蘆筍丟進水裡煮了一個鐘頭，最後卻悲傷地發現蘆筍的頭斷了，莖則硬邦邦的。沙拉醬則異常棘手，她在調配沙拉醬時把其他事情都拋在腦後，直到她終於對自己承認她無法調出好吃的沙拉醬之後，又發現麵包已經烤得焦黑。龍蝦在她眼裡是一團猩紅色的謎團，但她又是捶打又是戳刺，終於把殼撥開了，最後取出來的龍蝦肉只有一小撮，瞬間就被生菜的葉片給淹沒了。在蘆筍煮好之後喬趕著把馬鈴薯處理好，結果還沒煮熟就撈出來了。牛奶凍做得太軟爛，草莓沒有外表看起來的那麼熟，她必須略施巧技，好好「包裝」一番。

「好吧，要是他們餓了還可以吃牛肉、麵包和奶油，只不過，這麼一來妳整個早上的辛苦就都白費了。」喬一邊搖著比平常晚了半個小時的午餐鈴一邊想。她站在餐桌旁，又熱又累，心情沮喪地端詳著餐桌上的這份大餐，她的客人有食衣住行素來高雅的羅瑞，還有無論看見什麼事都能長舌地四處傳播的克魯科小姐。

眾人一一品嘗桌上的菜餚，可憐的喬很想要躲到桌子下，只見艾咪嘻嘻笑了起來，瑪格一臉痛苦，克魯科小姐噘起嘴唇，羅瑞則用盡所有意志力笑著說話，想要在面對這頓盛宴時保持愉悅的表情。喬準備的餐點的重頭戲是水果，她用糖好好調味過，又放了一罐濃郁的鮮奶油在旁邊讓大家配著吃。她滾燙的臉頰稍微降溫，深吸了一口氣，看著眾人傳遞漂亮的盤子，盤子裡有一顆顆紅潤的小島漂浮在白色的鮮奶油大海中，每個人都流露出欣賞的神色。克魯科小姐首先嘗了一口，接著露出了扭曲的表情，急忙拿水喝了起來。喬在準備水果時，經過了一番挑挑揀揀後發現份量不夠，因此沒有準備自己的份，只好盯著羅瑞的反應，羅瑞在勇敢地吃下水果後，嘴角微微扭曲了一下，眼神直直盯著自己的盤子。艾咪喜歡這種外觀漂亮的食物，她舀了滿滿一湯匙放進嘴裡，嗆了一下，接著把臉埋進手帕中倉促離席。

「喔，到底怎麼了？」喬顫抖著高聲問。

「妳加的是鹽不是糖，鮮奶油也酸掉了。」瑪格一臉悲慘地回答。

喬發出了一陣呻吟，向後倒在椅子裡，想起了她最後拿了廚房桌子上那兩個盒子中的其中一個，急急忙忙地把裡面的白色結晶撒在草莓上，又忘記把鮮奶油放進冰箱裡。她臉色漲得通紅，幾乎快要哭出來了，但這時她對上了羅瑞的眼睛，雖然他剛剛慷慨赴義，不過眼中依然閃爍著愉快的光芒。喬突然領悟到了這件事的好笑之處，大笑起來，最後連眼淚都流了出來。其他人也跟著哄堂大笑，連被女孩們私底下稱為「愛抱怨」[5]的老小姐也跟著笑了，這頓不幸的午餐就這樣伴隨著麵包、奶油、橄欖油和趣事畫下了愉快的句點。

「我現在沒有足夠的意志力能清理這些杯盤，我們先舉辦喪禮，冷靜一下吧。」喬說。眾人站起身，克魯科小姐馬上就準備要離開了，她帶著一肚子的新故事想要盡快在別張餐桌上告訴其他朋友。

為了貝絲，人人都靜下心來，態度肅穆。羅瑞在樹叢間的蕨葉下挖了一個墓，把小皮普埋在裡面，牠溫柔文靜的女主人在墳墓上流下了許多淚水，接著他們在上面蓋上鬆軟的青苔，立了一塊刻有墓誌銘的石頭，又把紫羅蘭與繁縷編成的花環掛在石頭上。皮普的墓誌銘是喬在努力做午餐時想出來的。

皮普．馬奇在此長眠，

5 克魯科（Crocker）被女孩們私底下稱為發音相似的「Croaker」，意為愛抱怨的人。

牠在六月七日溘然長逝；
我們深愛牠，為牠哀慟萬分，
不會讓牠在記憶中輕易消逝。

喪禮結束後，貝絲因為情緒激動與剛剛吃的龍蝦有些不適，回到房間裡想要休息，但房裡卻沒有位置，因為沒有人鋪床。她把枕頭拍鬆又把房間整理回井井有條的樣子，然後發現自己難過的情緒減輕了不少。瑪格協助喬把午宴造成的杯盤狼藉清理乾淨，整整花了半個下午的時間才整理好，兩人都累極了，一致同意晚餐只要喝茶吃吐司就足夠了。

艾咪因為中午吃到發酸的鮮奶油而脾氣暴躁，羅瑞非常善良地帶著艾咪坐馬車出遊。馬奇太太回到家的時間是下午，她發現三位較年長的女兒正在忙著收拾整理，這時她正好一眼瞥見了櫃子，想到了一個主意能讓這場試驗更加成功。

這幾位家庭主婦還沒來得及休息，就聽見門口有客人來了，為了招待客人她們又有許多事要忙。要準備好熱茶，把雜物處理完，還有一、兩件今天一定要做完的縫紉工作拖到了最後一刻才完成。夕陽逐漸低沉，露水漸生，萬物歸於寂靜，她們一個接著一個聚集到門廊上，旁邊一株美麗的六月玫瑰含苞待放，女孩們則在坐下時又是呻吟又是嘆息，好像累極了也煩惱極了。

「今天真是嚇死人了！」總是首先開口的喬今天也同樣第一個發言。

「今天好像比平常都還要短暫，但非常不舒服。」瑪格說。

「一點也不像我們家該有的樣子。」艾咪說。

「沒有了媽咪和小皮普，這裡當然不會像我們家。」貝絲嘆息著說。她眼中噙著淚水，抬眼看著頭上空蕩蕩的籠子。

「親愛的，妳們的母親就在這裡，如果妳願意的話，明天就能再養一隻小鳥。」馬奇太太一邊說話一邊走過來，坐在女孩們之間。從她的表情看來，她的假期並沒有比她們開心多少。

「妳們對這次的試驗滿意了嗎，女孩們？或者妳們還想要再多試驗一個星期呢？」她問。此時貝絲依偎在她的懷裡，其他三姊妹則像是面向太陽的花朵一樣滿臉歡欣地看向她。

「我才不要！」喬堅定地說。

「我也不要。」其他人也跟著說。

「那麼妳們是不是覺得，每天負起一點責任、為他人付出一點會比較好呢？」

「閒散度日、終日玩樂不會讓人得到益處。」喬搖著頭說。「我已經厭倦只玩樂不做事了，我想要馬上就開始工作。」

「妳可以學學簡單的烹飪。烹飪是很實用的技巧，每個女人都應該學會。」馬奇太太輕笑著說。她已經在遇見克魯科小姐時聽她描述了喬主辦的午餐宴會中發生了什麼事。

「母親，妳是不是特意離開家裡，放任一切不管，想要看看我們會處理得怎麼樣？」瑪格問道。她已經懷疑一整天了。

「沒錯，我希望妳們能理解，每個人都要做好份內的工作才能使我們的生活過得舒適。平常漢娜跟我都做了我們應做的事，所以妳們過得很好，不過我不覺得妳們曾因此感到很幸福，或者因此覺得自己該盡責。所以我決定要用這個小小的教訓，讓妳們知道人人都只顧自己時會發生什麼事。我們互相幫助、每天做自己應盡的職責並讓休閒時間變得更加甜美、學會克制與忍耐，將我們家打造得更加舒適美好，妳們不覺得這樣很棒嗎？」

「是的，母親，我們覺得這樣很棒！」女孩們高呼。

「那麼我要建議妳們再次肩負起妳們的小小重擔，雖然妳們偶爾會覺得非常沉重，可是重擔對妳們有益，而且在我們學著肩負起重擔時，它們會變得越來越輕。工作是有益的，每個人都有許多工作要做。工作能避免我們變得無聊、與人爭執，對身心健康都有益處，能帶給我們的力量與獨立，工作帶來的好處比金錢和物質享受帶來的還要更多。」

「我們會像蜜蜂一樣認真工作，也會像蜜蜂一樣熱愛工作，一定會的。」喬說。「我會在假日學習簡單的烹飪，下次我主辦的午宴一定會一舉成功。」

「媽咪，之後由我來替妳做父親的襯衫吧。雖然我不喜歡縫紉，但我有能力做，也願意做。把時間花在做襯衫上，好過我一天到晚專注在已經夠好了的衣服首飾上。」瑪格說。

「我會每天念書，不會再把那麼多時間都花在音樂和洋娃娃上。我這麼笨，應該要好好讀書，而不是玩樂。」貝絲堅定地說。接著艾咪也學習姊姊們的典範，用充滿英雄氣概的口氣宣布：「我會學著怎麼做鈕扣的洞，說話時用正確的字詞。」

「太棒了！那麼這次試驗的結果讓我覺得很滿意，我很高興我們不用再次重複這個試驗，不過妳們要注意，不要走到另一個極端，像奴隸一樣只知工作。適當的工作與適當的玩樂才能讓每一天都充實又愉快，正確的支配時間才能證明妳們真的理解了時間的價值。如此一來，妳們在年輕時會過得很快樂，老了也不會感到懊悔，即使家庭貧窮，妳們的生活也會成功而美滿。」

「母親，我們會記住妳的話的！」她們說。

12 羅倫斯營

貝絲是郵政小姐，因為她在家的時間最長，可以定時去郵箱拿信，而且她也由衷喜愛能夠每天拿鑰匙打開郵箱的小門收集郵件。如今是七月了，這天她回到家裡時拿著厚厚一疊信，在家裡繞了一圈，到處遞送信件和包裹，像是便士郵政[1]一樣。

「母親，這是妳的花束！羅瑞從來都不會忘記這件事。」她說著把一小把新鮮的花束放進「媽咪角」的花瓶裡，裡面的花一直都是親切的男孩提供的。

「瑪格．馬奇小姐，妳有一封信和一隻手套。」貝絲把東西拿給姊姊，瑪格坐在母親身旁繡著腕帶。

「啊，我明明在那裡掉了一雙手套，這裡卻只有一隻。」瑪格看著灰色的棉質手套說。「妳有沒有把另一隻掉在花園裡？」

「沒有，我很確定，因為我打開郵箱時裡面就只有一隻。」

「我討厭只剩一隻的手套！算了，另一隻可能改天就會被找到了。我的信是我之前就一直想要的德國詩歌翻譯。我覺得這應該是布魯克先生幫我翻譯的，因為這不是羅瑞的筆跡。」

1 英國的廉價郵政服務，包裹重量低於限制時，寄送郵資只要一便士。

馬奇太太看向瑪格，她穿著格紋晨袍，前額掛著一小綹鬈髮，看起來非常漂亮又充滿女人味，她正靠著自己的小工作桌前縫紉，桌上擺滿潔白的布卷，不知道她的母親正在思考什麼，只是繼續縫紉、歌唱，手指翻飛，腦海裡充滿了少女的幻想，思緒內容和腰帶上的三色堇一樣純淨清新，馬奇太太微微一笑，覺得很滿足。

「兩封信是給喬醫師的，還有一本書和一頂好笑的舊帽子，這頂帽子把郵箱都塞滿了，還凸出到外面來。」貝絲笑著走到了喬正在寫作的書桌前。

「羅瑞真是個狡猾的傢伙！我之前說過我希望能有一頂款式時尚的大帽子，因為每次天氣一熱起來我的臉就會曬傷。他說：『為什麼要在意時尚呢？只要戴一頂大帽子，就可以舒舒服服的了。』我說如果我有一頂大帽子，我就會戴，結果今天就送了這頂帽子來給我，他這是想要測試我。就算只是為了好玩我也一定要戴上這頂帽子，而且我也要向他證明我不在意時尚。」喬把寬簷的老帽子掛在柏拉圖半身像上，看起了她的信。

母親寫給她的那封信讓她的臉閃閃發光，眼裡充滿淚水，因為信中寫著：

親愛的：

我寫下這封簡短的信是要告訴妳，我看到了妳為了控制脾氣所做的努力，我覺得很開心。妳對於自己經歷的測試、失敗與成功都一字不提，或許妳會覺得沒有人會看到妳的努力，然而從妳的指引之書磨損的外皮看來，妳每日都會尋求朋友的協助，妳或許覺得只有祂會幫助妳。但其實我也看到妳的所有努力，我由衷相信妳的決心是真摯的，因為努力已結出果實。親愛的，耐心且勇敢地繼續走下去，要永遠記得，這世上最溫柔地支持妳的，一定是妳親愛的——

母親

「這封信對我大有益處！這比數以百萬計的金錢和讚美都有用。喔，媽咪，我的確在努力！我會繼續努力的，有了妳的幫助，我一定不會疲倦。」

喬把頭靠在手臂上，為了這有些傷感的一刻流下了幾滴幸福的眼淚，她一直以為沒人會看見、也沒人會注意到她為了變好做了多少努力。由於她沒有預料到自己會收到這封信，而且她向來最重視母親的表揚，所以這封信帶來的撫慰對她來說無比珍貴、使她受到無限鼓舞。她覺得自己現在的力量前所未有的強大，就算遇見惡魔亞玻倫她也能打倒它。她把短信別在外套裡側，用來守護並提醒自己，別在不經意的時候被打敗了。接著她拆開另一封信，靜靜閱讀裡面不知是好是壞的消息。羅瑞用大氣華麗的字體寫著：

親愛的喬，妳好不！

明天有幾位來自英國的男孩和女孩會過來看我，我希望我們能一起度過愉快的時光。如果家裡同意的話，我會在朗梅多搭帳篷，帶大家一起吃午餐和玩槌球——我們會生火，用吉普賽的風格玩樂一番，還會進行各式各樣的活動。他們人都很好，也很喜歡一起玩。布魯克會去看顧我們這群小男生，凱特．沃恩會照顧所有女孩。我希望妳們全都能一起來，無論如何都別把貝絲留在家裡，沒有任何人會去打擾她的。妳們別擔心食物的問題，我會負責注意我們的食物和一切事物，請妳們務必只要人到就好了，他們都是好人！

妳十萬火急的好友，羅瑞

「這真是太棒啦！」喬高聲喊著飛奔過去，把這個消息告訴瑪格。

「我們當然可以去啊，對吧，母親？我們可以幫上羅瑞的忙，因為我會划船，瑪格可以料理午餐，兩個妹妹也總有幫得上忙的地方。」

「希望沃恩一家人不是那種從小就愛炫耀的人。喬，妳知道他們家的人怎麼樣嗎？」瑪格問。

「我只知道他們家有四個小孩。凱特比妳年長，佛烈德和法蘭克（雙胞胎）跟我差不多大，還有一個小女生（葛蕾斯）大概九歲還是十歲。羅瑞是在國外認識他們的，他很喜歡那對雙胞胎。從他之前提到凱特時撇嘴的態度看來，我覺得他應該不太喜歡凱特。」

「太好了，我的法式印花洋裝剛洗過，正好適合這一次穿去！」瑪格滿意地說。「喬，妳有適合的洋裝可以穿嗎？」

「紅灰相間的那件划船套裝吧，那套就夠好了。我到時候要划船到處跑，不想花費心思去注意上了漿的洋裝。貝絲，妳會來吧？」

「只要妳們不讓男生跟我講話，我就去。」

「我絕對不會讓男生跟妳講話的！」

「我希望能讓羅瑞覺得開心，而且我也不怕布魯克先生，他很親切。但是我不想要玩、不想要唱歌也不想要說話。我會幫忙大家，不會麻煩到任何人的，而且妳們會照顧我呀，喬，所以我會去。」

「妳真是我們的小甜心。妳一直在試著克服自己害羞的個性，我因此更加愛妳了。對抗缺點不是件容易的事，我覺得鼓勵的話能讓人更有勇氣。母親，謝謝妳。」喬親了親馬奇太太消瘦的臉頰。對馬奇太太而言，這一個吻比恢復年輕時紅潤的雙頰還要更加珍貴。

「我拿到了一箱巧克力豆，還有幾幅我想要臨摹的畫。」艾咪把她收到的包裹拿給眾人看。

「我收到了羅倫斯先生的一封短信，他請我在上燈之前過去彈琴給他聽，我等一下會過去。」貝絲說。她與老紳士的友誼逐漸深厚。

「好了，現在我們各自去忙各自的事吧，今天要做兩倍的工作，這樣明天才能自由自在地玩樂。」喬說著放下手上的筆，抓起一隻掃把。

隔天一大清早，陽光悄悄溜進女孩們的房間，想向她們保證今天會是個好天氣，沒有想到卻照亮了一幅滑稽的景象。她們每個人都為了今天的出遊做了一些看似必要且適當的準備。瑪格在前額多放了一個小小的鬈髮紙，喬在她被曬傷的臉上塗了厚厚一層冰乳霜，貝絲為了即將到來的分離而把喬安娜帶上床睡覺當作贖罪，而艾咪做的準備則最是逗趣，她為了讓扁塌的鼻子變得尖挺，用一個曬衣夾夾住了自己的鼻子。許多與艾咪同為藝術家的人都會用曬衣夾把紙張固定在繪圖板上，如今艾咪拿它來夾在鼻子上大概也算是既有效率又合宜的舉動。這幅趣味橫生的景象似乎連太陽都感到好笑，它散發出了炙熱的高溫，使喬醒了過來，她因為看到艾咪鼻子上的裝飾而大笑出聲，把姊妹們都吵醒了。

陽光與笑聲是愉快宴會的好兆頭，兩棟房子裡的人很快就精力充沛地忙碌了起來。貝絲最先準備好，她負責站在窗邊往外看，時不時向眾人報告隔壁的狀況，使女孩們的動作更迅速了。

「有個男人拿著帳篷走過去了！我看到巴克太太正把午餐裝進野餐籃和一個巨大的籃子裡。羅倫斯先生正在抬頭看著天空和風信雞。真希望他也能一起去。羅瑞出現了，看起來像個水手一樣呢，真棒！喔，老天啊！有一輛馬車載著一堆人來了，一位高高的小姐，一個小女孩，和兩個可怕的男孩。其中一個可憐的男孩跛著一隻腳，拄著拐杖。羅瑞沒有跟我們說過這件事。姊妹們，快點！要遲到了。啊，我跟妳們說，奈德．莫法特出現了。瑪格，他不就是那天我們去買東西的時候向妳鞠躬的人嗎？」

「就是他。他竟然會來，真奇怪。我以為他去山上了。莎莉來了。真開心她能及時回來，趕上這次露營。喬，我看起來怎麼樣？」瑪格激動地叫著。

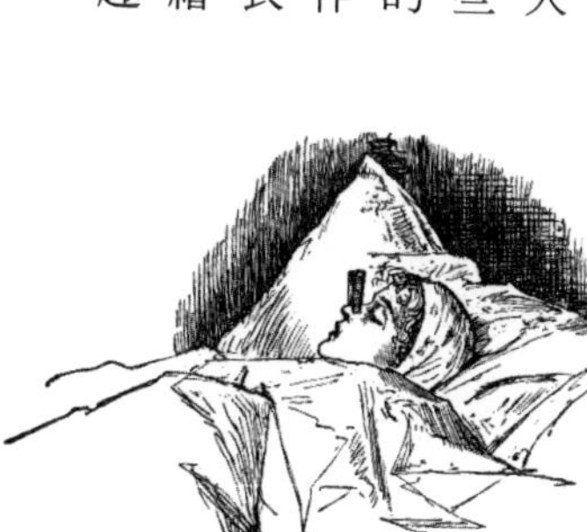

「妳看起來是個美麗的小甜心。把洋裝拉好、帽子戴正，戴歪的看起來太矯情了，到時候風一吹就飛走了。好了，走吧！」

「喔，喬，妳不會要戴著這頂嚇人的帽子去吧？太荒謬了！別打扮得像個男孩子一樣。」瑪格看到喬把羅瑞開玩笑送來的那頂老派寬簷帽子用紅緞帶綁在脖子上，便反對地說。

「我就是要戴，這頂帽子棒極了，能夠遮陽，又輕又大。而且很有趣，只要我戴得舒服，我不介意當個男生。」喬說完之後就昂首闊步地走在最前面，三個女孩跟在她身後。這四位亮眼的女孩都穿上了夏季服裝，表情愉悅，戴著令人悠然自得的帽子，看起來容光煥發。

羅瑞跑過來接她們，接著興奮地向她們介紹他的朋友。草地就是他們的會客室，他們在這裡停留了幾分鐘，場面活潑熱鬧。瑪格見到凱特小姐時很開心，她大約二十歲，衣著樸素，美國的女孩若能向她學習必定大有益處。奈德向瑪格保證，他是特別來見她的，這讓瑪格心情更加愉悅。喬和凱特說過話之後就知道為什麼羅瑞要「撇嘴」了，這位年輕的小姐不斷散發出拒人於千里之外的氣息，與其他女孩無拘無束的活潑舉止形成了強烈的對比。貝絲仔細看了看那兩位新來的男孩，認定了那位跛腳的孩子並不「嚇人」，反而文雅虛弱，因此她決定要對他親切一點。艾咪發現葛蕾斯是個有禮貌又快樂的小孩，在沉默地盯著彼此看了幾分鐘後，她們在轉瞬間變成了好朋友。

帳篷、午餐和槌球工具都已經事先送過去了，一群人很快就登上了船，兩艘船一起離岸，羅倫斯先生則站在岸上向他們揮帽道別。羅瑞和喬負責划一艘船，布魯克先生和奈德划另一艘，而雙胞胎中較喧鬧的佛烈德．沃恩則自己划著一艘小舟，盡他所能地像一條煩人的落水狗一樣在兩艘船之間不斷划著槳。眾人都應該感謝喬有趣的帽子，因為它發揮了很大的功用。一開始大家就因為帽子紛紛大笑出聲，緩和了氣氛，在喬划船的時候，不斷前後搖動的帽簷會帶出清爽的微風，此外，喬說如果突然下了大雨的話，可以把帽子當作巨大的傘讓每個人都在帽簷下躲雨。凱特對喬的行徑大感驚奇，尤其是她在弄掉了槳的時候大喊的那聲「克里斯多弗．哥倫布啊！」而最使她訝異的是羅瑞在入座時不小心踩了喬的腳後，竟對她說：「我的兄弟，我沒踩痛妳吧？」但凱特小姐在戴上眼鏡仔細檢視了喬幾遍之後，認為喬「雖然很奇怪，但十分聰明」，還自座位上向喬笑了笑。

瑪格在另外一艘船上的位置令她感到愜意，她和兩位划船的人面對面，兩人都十分欽慕眼前的女子，用「既有技術又靈巧」的方式敏捷地划著槳。布魯克先生是一位認真寡言的年輕男子，有一雙俊美的棕色眼睛，說話的聲音很討人喜歡。瑪格喜歡他沉靜的態度，認為他是腦中充滿實用知識的「會走動的百科全書」。他從來不會和她說太多話，但總是花很長的時間凝視她，她很確定布魯克先生絕不可能討厭她。奈德現在是大學生，因此他自然和所有大學新鮮人一樣，時常擺出身上肩負重責大任的態度。他並不是很聰明，但個性善良，整體而言是非常適合一起野餐的同伴。莎莉．加德納一直專注於保持白色針織洋裝的乾淨，同時和靜不下來的佛烈德聊天，貝絲則因為佛烈德的胡鬧而一直覺得有些害怕。

朗梅多的位置並不遠，但他們抵達時，帳篷已經搭好，槌球的球門也釘下去了。眼前是一片令人心曠神怡的綠野，中央長著三株枝葉繁密的橡樹，草坪上還有一條槌球能用的平滑路徑。

「歡迎來到羅倫斯營！」年輕的東道主在眾人又驚又喜地踏上岸時對他們說。

「布魯克是指揮官，我是軍需官，其他兄弟是參謀，而妳們幾位小姐則是貴客。這一個帳篷是妳們專用的，橡樹下則是妳們的繪圖室，這

一個帳篷是食堂，第三個帳篷則是廚房。好啦，在天氣變熱之前先來玩個遊戲吧，玩完之後我們再看看午餐要吃什麼。」

法蘭克、貝絲、艾咪和葛蕾斯坐在一旁看其他八個人玩擊球遊戲。布魯克先生選擇的隊友是瑪格、凱特和佛烈德。羅瑞找的則是莎莉、喬和奈德。英國人玩得很不錯，但美國人玩得更好，兩隊像是受到一七七六年美國獨立宣言的激勵似的，激烈競爭每一寸土地。喬和佛烈德發生了好幾次小爭執，其中一次差點就憤而對罵起來。喬已經接近最後一個球門了，但揮桿後球卻沒有進球門，這一桿失誤讓她心中懊惱。佛烈德的球緊跟在後，下一輪他比喬還要先擊球。他一揮桿，球打中了球門，最後停在球門前方一英寸的地方。附近沒有人，他跑到球旁邊細看時偷偷摸摸地用腳趾推了一下，把球推進了球門後方一英寸處。

「我通過球門了！好啦，喬小姐，我要超越妳，成為第一個得標的人啦。」年輕的紳士高聲說完後揮了揮球槌，打算開始下一輪擊打。

「你剛剛是用腳踢進去的。我看到了。現在輪到我了。」喬尖銳地說。

「我發誓我沒碰那顆球。球可能往前滾了一點，但沒有犯規呀。所以說，請站到一邊去，我要揮桿直擊終點柱啦。」

「我們在美國是不作弊的，但如果你選擇作弊的話，隨便你。」喬怒氣沖沖地說。

「洋基人[2]才是最愛耍詭計的人，每個人都知道這件事。妳要打我就幫妳打！」佛烈德回嘴後一甩木槌，把喬的球打到遠處。

喬張開嘴想要臭罵對方一頓，但她及時制止了自己，整張臉都漲紅了，她在原地站了一分鐘，用盡全身的力氣把一個球門槌倒，同時佛烈德揮桿擊球，擊中了終點桿，得意洋洋地宣布自己結束了這一局。喬走到旁邊去

撿她的球，在樹叢裡花了很長的時間才找到，她回來的時候看起來冷靜多了，耐心地站在一旁等著輪到她。她又多用了好幾桿才重新追回分數，分數打平時，另一隊已經快要贏了，凱特是喬的前一個擊球者，她的球停在終點桿的旁邊。

「我看我們馬上就要贏啦！再見了，凱特。喬小姐輸我一桿，所以你們輸定了。」佛烈德興奮地大吼大叫，眾人都圍過來想看最後一球。

「洋基人的詭計，就是寬待敵人，」喬說，她臉上的表情讓某個小夥子面紅耳赤，「尤其是在他們打敗敵人的時候。」她說著用靈巧的一桿把球擊出，碰都沒有碰到凱特的球便打中了終點桿，贏得遊戲。

羅瑞把帽子往天上一丟，但又突然記起打敗客人時不該表現得那麼開心，立刻停下了歡慶的動作，對他的朋友悄聲道：「喬，妳做得真棒！他的確作弊了，我有看見。我們沒辦法直接指證他，但我保證他以後一定不會再那麼做了。」

瑪格把喬拉到一旁，一邊假裝幫她把鬆掉的髮辮整理好，一邊贊同地說：「剛剛的狀況實在很讓人生氣，但妳卻沒有發脾氣，喬，我真替妳感到開心。」

「瑪格，別讚美我，因為我現在還是很想要狠狠打他的耳朵。幸好我剛剛在樹叢間待得夠久，控制住了怒氣，讓自己不致於管不住舌頭，否則我回來時一定會大發雷霆。我現在只是有些生氣而已，希望他不會再惹毛我。」喬回答。她咬著嘴唇，從大帽子下方怒瞪了佛烈德一眼。

「該吃午餐了。」布魯克先生看著錶說。「軍需官，可以請你負責生火跟汲水嗎？馬奇小姐、莎莉小姐和我則負責擺餐具。有誰能替大家泡一壺好喝的咖啡？」

「喬可以泡咖啡。」瑪格欣喜地推薦自己的妹妹。喬覺得在經過了最近的訓練後，有所進

2 洋基人（Yankees）是對美國人，尤其是住在北美的美國人的譏諷稱呼。

步的廚藝應該能替自己贏得美名，因此她走到咖啡壺旁負責煮咖啡，其他孩子則在周圍蒐集乾燥的樹枝，男孩們負責生火，並到不遠處的一條小溪汲水。凱特小姐在一旁寫生，貝絲正在把草桿編織成可以當盤子用的草墊，法蘭克則和貝絲講話。

指揮官和副官們迅速在桌巾上擺滿了一排排誘人的食物與飲料，旁邊裝飾著優美的綠葉。喬宣布咖啡煮好了，眾人紛紛入座，每個人都食指大動，畢竟年輕人通常消化得快，運動更是使人胃口大開。這頓午餐進行得有滋有味，一切都新鮮又有趣，席間時不時傳出的哄堂大笑驚動了在附近吃草的老馬。他們吃飯的餐桌有些歪斜，杯盤都只能放得歪歪扭扭，但人人都覺得這種歪斜很討人喜歡，期間偶爾會有橡實掉進牛奶裡，並未受邀入席的螞蟻也擅自吃起點心，毛茸茸的小蟲自樹上垂下來，想看看這裡發生了什麼事。三個白髮的小孩從籬笆後面偷看他們，河岸對面有一隻討人厭的狗竭盡全力地向他們高聲吠叫。

「如果妳喜歡加鹽的話，這裡有鹽。」羅瑞說著遞給喬一小盤莓果。

「謝謝你，我比較喜歡加蜘蛛。」喬回答。接著把兩隻粗心大意淹死在奶油中的蜘蛛給揀出來。「你明知自己這次午宴辦得這麼完美，竟然還要趁著這種時候提起我上次辦的那頓可怕午宴？」喬補了一句。兩人紛紛笑了起來，由於瓷盤的數量不夠，所以他們兩人一起把那盤莓果吃光了。

「我那天享受了一段不同凡響的美好時光，到現在都覺得歷歷在目呢。其實今天午餐會成功不是我的功勞，妳也知道，我什麼都沒做。真正使今天順利運作的人是妳、瑪格和布魯克，我真的非常感激你們。現在我們再也吃不下了，接下來該做什麼好呢？」羅瑞問。他覺得午餐就是他的王牌，現在他已經把王牌用掉了。

「溫度還沒降下來之前，我們可以先玩點遊戲。我帶了『作家』紙牌來玩，我敢說凱特小姐一定知道幾個新穎的好遊戲。你去問問她。她是你的客人，你應該要多陪陪她。」

「妳不也是客人嗎？我以為她會跟布魯克談得來，但布魯克都在跟瑪格聊天，凱特一直戴著那副可笑的眼鏡盯著他們看。我去問問她吧，這麼一來妳就不用對我說教了，喬，妳實在不太擅長說教。」

凱特小姐的確知道幾個新遊戲，有鑑於女孩子們都不願意再吃，男孩子則都吃不下了，眾人於是停止用餐，聚集到繪圖室去玩「胡說接龍」。

「由一個人先開始講故事，無論想講什麼亂七八糟的故事、講多長都隨意，唯一要注意的就是必須在故事進行到高潮的地方停下來，讓下一個人繼續順著故事說下去，一樣想講什麼、講多長都可以。這個遊戲玩得好的話會很有趣，最後會變成一大推悲劇和喜劇混在一起，非常可笑。布魯克先生，請開始吧。」凱特居高臨下地說。這讓瑪格暗暗驚訝，因為她自己無論在面對家庭教師還是其他紳士時都非常彬彬有禮。

布魯克先生橫躺在兩位年輕小姐腳旁的草地上，用俊美的棕色眼眸直直地凝視著一旁波光粼粼的小溪，順從地說起了故事。

「從前從前，有一位騎士，他踏入了廣大的世界中，想尋求自己的機遇，他身無分文，只有一把寶劍和一個盾牌。他旅行了好久好久，幾乎長達二十八年，過得很辛苦，直到有一天，他來到了一位和善老國王的皇宮裡，老國王極其喜歡馬廄裡的一匹小公馬。那匹馬美麗極了，但卻是匹烈馬，因此國王說，只要有人能馴服並訓練好那匹馬，他將大大有賞。騎士決定要試著馴服這匹馬，他馴馬的進度緩慢而確實。這匹馬聰明勇敢，很快就愛上了這位有些異想天開又充滿熱情的新主人。騎士每天都會訓練這匹屬於國王的馬，他騎著牠行經鬧市，每天他都一邊騎一邊在人海中搜尋一張美麗的臉孔，那張臉孔曾在他的夢中出現無數次，但他從來沒有找到過。一天，他騎著昂首闊步的馬走進了一條寧靜的街道，終於在一棟破舊城堡的窗戶中看到了那張清麗的臉孔。他滿心歡喜地找了路邊的人，詢問是誰住在這棟老城堡中，路人告訴他，城堡裡住的是被魔法囚禁的幾位公主，這些公主從早到晚都在紡織，要賺夠錢才能贖回自己的自由。騎士殷切地希望自己能解救她們，可是他很窮，所以只能每天從城堡下經過，看著那張甜美的臉龐，夢想著將來有一天能看到這張臉龐受到陽光的洗禮。又過了一陣子，他終於下定決心要進去城堡裡，問問他可以怎麼協助她們。他走到門口，敲敲門。巨大的門馬上就打開了，他看向裡面……」

「裡面站著一位明豔動人的小姐，大喜過望地高喊著：『終於！終於！』」凱特接著說。她常讀法語小說，喜歡這種風格。「『就是她！』古斯塔法伯爵高聲說道，欣喜若狂地跪在她的腳邊。『喔，快起身！』她說著伸出了一隻光潔如玉的手。『我絕不起身！除非妳告訴我，要如何才能解救妳。』騎士屈膝跪著發誓道。『啊，殘酷的命運將我拘禁於此，直到除去暴君我才能自由。』『那惡人現在在哪裡？』『在那間淡紫色的房間裡。去吧，

勇敢的騎士，拯救我脫離這絕望的地方。』『謹遵公主之命，不成功，便成仁！』在慷慨激昂的發言後他衝了出去，猛力的甩開紫色房間的門，正要進去，他就見到……」

「一本巨大的希臘語辭典劈頭蓋臉地飛了過來，是一位穿著黑袍的老傢伙向他丟來的。」奈德說。「這位『叫什麼名字來著』的騎士立刻站起身，把暴君從窗戶丟了出去，愉快地轉過身要帶著勝利去找那位美麗的小姐，但他卻一頭撞上了門板，原來門被鎖上了，所以他把窗簾撕成條狀，綁成一條繩梯，但垂降到一半的時候繩梯斷了，他往下墜落六十英尺，頭下腳上的掉進了護城河裡。他跟鴨子一樣繞著城堡游啊游，直到找到了一扇小門，門口有兩個矮胖的傢伙守著，他抓住那兩個傢伙的頭一撞，兩顆頭就像堅果殼一樣破了，接著，力大無窮的騎士輕輕一施力就把門砸壞了，門裡面是一道向上的石階，上面布滿了一英尺高的灰塵，還有幾隻和妳的腳一樣大的蟾蜍，以及大到能把妳嚇得歇斯底里的蜘蛛，馬奇小姐。走到了階梯的最上方之後，他眼前的景象令他屏住了呼吸，血液幾乎凝結……」

「眼前站著一道高大的身影，穿著一身白衣，臉上蒙著面紗，慘白的手上提著一盞燈。」瑪格接了下去。「它招了招手，無聲無息地飄進了前面的通道中，這條通道又黑又冷，就像墳墓一樣。兩旁各站著一排鬼影幢幢的盔甲，四周籠罩在一片死寂之中，那盞燈散發出藍色的火光，那道鬼魅一般的高大身影時不時會回頭看騎士一眼，白色面紗後的那雙可怕的眼睛閃爍著光芒。他們走到了一扇被門簾遮住的門前，裡面傳來輕快的歌聲。他一個箭步向前，想要走進門裡，但那幽靈倏然把他往回一拉，用可怕的動作在他眼前搖晃著一個……」

「鼻煙盒。」喬用陰森森的語調接了下去，聽眾們抖了一下。

「『謝啦。』騎士禮貌地說。他嗅了一口鼻煙盒，接著用力地打了七次噴嚏，用力到最後頭掉了下來。『哈！哈！』鬼魂大笑，接著從鑰匙孔窺視著餘生只能不斷紡織的公主們。邪惡的鬼魂搬起受害者，放進一個錫製的大箱子，裡面已經有十一個無頭騎士了，就像沙丁魚罐頭一樣，這時，這些騎士站起來，開始……」

「跳起了角笛舞。」佛烈德趁著喬停下來換氣時插嘴道，「在他們跳舞的同時，破爛的老城堡變成了一艘全速行駛中的戰船。『升起前帆，收緊上桿升降索，柄舵推向下風，砲手就位！』船長高聲吼叫，此時一艘葡萄牙海盜船出現在視野中，前桅上飄揚的旗子像墨汁一樣黑。『打贏這場戰吧，夥伴們！』船長說。一場壯觀的大戰就此開打。贏的當然是英國人——因為他們每次都贏。

海盜頭子被抓起來關進了牢裡，船長的船擊沉了海盜的雙桅帆船，海盜船的甲板上堆滿死人的屍體，甲板下血流成河，因為船長剛才對水手們下的命令是『拿出彎刀，正面迎擊！』『水手長，從前帆上解一條導帆索下來，要是這個惡棍再不快快認罪，就把他解決了。』英國船長說。葡萄牙人像塊磚頭一樣一聲不吭，在船員們愉快的歡呼聲中走上跳板。但這狡猾的葡萄牙狗在跳進海裡之後潛到了英國戰船的下方，鑿了一個洞，使得已張起所有帆的戰船一路『下沉到深深的海底、海底、海底』……」

「喔，天啊！這要我怎麼接呢？」莎莉在佛烈德結束了雜亂無章的敘述之後高聲道。佛烈德摘錄了他最喜歡的一本書中各種航海用語與知識，全部混雜成大雜燴了。「好吧，他們到了海底之後，一位美麗的美人魚游過來歡迎他們，但在看到盒子裡裝的無頭騎士時她顯得很難

過，她好心地把盒子從海水中撿起來，希望能挖掘出他們背後的神祕故事，因為她是一個女人，個性非常好奇。美人魚想要復活這些可憐的人，但卻沒辦法將這麼重的箱子搬上去，因此過了不久，一名人類潛水到海底時，美人魚便對他說：『這裡有一箱珍珠，只要你能把這箱珍珠帶上岸，我就把它送給你。』潛水下來的人類便把箱子帶到水面，但打開後發現裡面沒有珍珠，非常失望。他把箱子丟在一片廣闊無人的草原中，接著箱子被另一個人找到了……」

「找到箱子的是一位牧鵝的小女孩，她在這片草原上養了一百隻大肥鵝。」艾咪在莎莉放棄這個故事後接著說。「小女孩覺得這些騎士很可憐，跑去問一個老婦人，她要怎麼樣才能幫助他們。『妳的鵝會告訴妳答案，牠們無所不知。』老婦人說。因此，她問她的鵝，這些騎士以前的頭都不見了，要怎麼樣才能找到新的頭，那些鵝一起張開了一百張嘴巴，尖叫著說……」

「『高麗菜！』」羅瑞毫不遲疑地接下話頭。「『你們說得對！』小女孩說。她跑去花園摘了十二顆高麗菜，放到騎士們的脖子上，騎士立刻活了過來，一一對她道謝，開開心心地離開了，沒有任何人注意到自己的頭有什麼不一樣，因為世界上有很多的腦袋都像高麗菜一樣，根本不會有人注意到有什麼差別。我最關心的那位騎士又回到原先的國家去尋找那張美麗的臉孔，他聽說很多位公主都已經靠著紡織的錢重獲自由，離開當地並結婚了，只有一個還留在那裡。騎士聽說之後興匆匆地騎上與他共患難的那匹馬，快馬加鞭地抵達了城堡，去看看到底留下來的是哪一位公主。他從樹籬間往裡面偷看，只見他夢中的女神正在花園裡採花。『請問妳願意給我一朵玫瑰嗎？』他說。『你必須進來拿這朵玫瑰。我不能到外面去，這麼做是不合規

矩的。』她用甜蜜的聲音說。他試著想要從樹籬上爬過去，但樹籬似乎越長越高。接著他又試著想要從樹籬中間擠過去，但樹籬似乎越長越厚，他陷入了絕望之中。因此，他只能耐心地把一根又一根小樹枝折斷，好不容易清理出了一個小洞，他從小洞往花園裡看，哀求道：『讓我進去！讓我進去！』但美麗的公主似乎沒有聽懂，她靜靜地繼續摘著玫瑰花，留下騎士一個人努力掙扎著往花園前進。他到底有沒有成功進去呢，讓法蘭克告你們吧。」

「我不會說故事。我沒有要玩這個遊戲，我從來不玩這個遊戲的。」法蘭克嚇了一跳，他可沒辦法解救這對荒謬情侶陷入的悲慘處境。貝絲躲到了喬身後，葛蕾斯則睡著了。

「所以說，這位可憐的騎士就這樣卡在樹籬中間囉？」布魯克先生說，他依然凝視著小溪，手指玩弄著鈕扣孔上的一朵野玫瑰。

「我猜最後公主給了他一束玫瑰花，之後替他打開了大門。」羅瑞對著自己笑了笑，接著抓起一把橡實丟向他的家教。

「我們編出來的故事真是亂七八糟！要是多練習幾次的話，說不定能編出個不錯的故事。你們會說『真心話』嗎？」莎莉在故事引發的哄堂大笑結束之後問。

「我希望我總是說真心話。」瑪格嚴肅地說。

「我說的是『真心話』這個遊戲。」

「怎麼玩？」佛烈德說。

「啊，首先大家要把手疊在一起，一起選一個數字，一邊輪流把手抽出來一邊數數，在數到選擇的數字時抽手的人必須在其他人問問題時回答真話。這個遊戲很好玩。」

「我們試試看吧。」喬說。她總是喜歡嘗試新事物。

凱特小姐、布魯克先生、瑪格和奈德拒絕一起玩這個遊戲，佛烈德、莎莉、喬和羅瑞把手疊在一起，開始抽手數數，第一個中獎的是羅瑞。

「你心目中的英雄是誰？」喬問。

「我祖父跟拿破崙。」

「你覺得哪一位小姐最漂亮？」莎莉問。

「瑪格麗特。」

「你最喜歡誰？」佛烈德問。

「當然是喬。」

「你問的問題真蠢！」喬輕蔑地聳聳肩，其他人都因為羅瑞理所當然的語氣笑了起來。

「再玩一次嘛。真心話這遊戲其實很好玩。」佛烈德說。

「對你來說的確大有益處。」喬低聲反駁。下一個說真話的人輪到她了。

「妳最大的缺點是什麼？」佛烈德的口氣聽起來像是想要測試喬是否擁有他自己最缺乏的美德。

「脾氣太差。」

「妳最想要什麼東西？」羅瑞問。

「一對靴子的鞋帶。」喬回答。她猜到了他的目的，以這個回答反擊。

「這不是真的答案。妳要回答妳真的最想要的東西。」

「天賦。你是不是想要送天賦給我呀，羅瑞？」她看著羅瑞失望的表情狡猾地微笑。

「妳覺得男人哪種美德最值得讚賞？」莎莉問。

「勇氣與正直。」

「輪到我了。」佛烈德說。第三次終於輪到佛烈德中獎了。

「趁現在問他。」羅瑞對喬耳語，喬點點頭，立刻問：

「你打槌球的時候有沒有作弊？」

「這個嘛，有，一點點。」

「很好！你剛剛說的故事是不是來自《海獅》[3]？」羅瑞問。

「大概算吧。」

「你是不是覺得英國從各方面來說都十全十美？」莎莉說。

「要是我不這麼認為的話，我應該要以自己為恥。」

「你是真真正正的約翰牛[4]。好啦，莎莉小姐，輪到妳了，我們也不用抽手數數了。這個問題會讓妳覺得有些受傷喔，請問妳是否覺得自己常為了吸引他人注意而故作嬌俏？」羅瑞問道。與此同時，喬對佛烈德點點頭，表示兩人從此和平共處。

「你這人真是沒禮貌！我當然不這麼覺得啦。」莎莉高聲說著，但她的行為舉止卻與回答恰恰相反。

「妳最討厭什麼？」佛烈德問。

「蜘蛛和米布丁。」

「妳最喜歡什麼？」喬問。

「跳舞和法式手套。」

「好啦，我覺得『真心話』是個非常愚蠢的遊戲。現在換需要動腦筋的『作家』遊戲醒醒腦吧。」喬提議。

奈德、法蘭克和年紀比較輕的小女生加入了遊戲，在他們玩遊戲的時候，另外三個較年長的孩子坐在比較遠的地方聊天。凱特小姐再次拿出素描本，瑪格看著她畫畫，布魯克先生則拿著一本書躺在草地上，但並沒有在讀。

「妳畫得真是太美了！真希望我也會畫畫。」瑪格用半是羨慕半是懊悔的語氣說。

「妳為什麼不去學畫畫呢？我覺得妳應該有繪畫的品味和天賦。」凱特小姐優雅地回答。

「我沒有時間。」

「我猜應該是因為妳媽媽比較希望妳學習別的技能吧。我媽媽也是這樣，但我私下上了幾堂課，向她證明了我有天賦，後來她就同意讓我繼續學畫了。妳不能請妳的家庭女教師也私下教妳畫畫嗎？」

「我沒有家庭女教師。」

「我忘記妳們美國的小姐跟我們不一樣了，妳們是去學校上學。我爸爸說這些學校都很棒。我想妳上的應該是私立學校吧？」

「我沒有上任何學校。我自己就是家庭女教師。」

「喔，這樣啊！」凱特小姐這麼說，但她還不如直接說出：「我的老天，真是太可怕了。」因為她的語調顯而易見地表達了這幾個字。凱特小姐的表情讓瑪格臉色逐漸轉紅，她真希望自己剛剛沒有這麼坦白。

3《海獅，又名，佩諾布斯科特武裝民船》（The sea lion, or, The privateer of the Penobscot），作者為席爾維納斯・卡布（Sylvanus Cobb）。

4 John Bull，對典型英國人的稱呼。

布魯克先生抬眼，很快地說：「美國的年輕小姐就像她們的祖先一樣熱愛獨立自主，她們自力更生的能力值得仰慕與尊敬。」

「喔，是，她們這麼做當然是很好也很適當的。我們英國也有很多做同樣工作的年輕女性，她們都舉止端莊也很受尊敬，許多貴族都會僱用她們，這些女家教的父親都是紳士，她們都家教良好又很有才華。」凱特小姐說話時紆尊降貴的口氣傷害了瑪格的自尊心，好像她的工作不但令人反感，而且還很丟臉。

「馬奇小姐，那首德國詩歌翻譯得還可以嗎？」布魯克先生的問題打破了尷尬的沉默。

「喔，當然！那首詩歌很美，我很感激替我翻譯的人。」瑪格原本低落的表情重新變得明朗。

「妳看不懂德文嗎？」凱特小姐一臉驚異地問。

「不太會。我父親以前教過我德文，但他現在離家了，我自己學不快，因為沒人能糾正我的發音。」

「妳可以現在試試看。這裡有一本席勒寫的《瑪麗一世》[5]，還有一位熱愛教學的家庭教師。」布魯克先生把書放在瑪格腿上，露出一個邀請的微笑。

「這太難了，我不敢唸。」瑪格說。她心懷感激，但卻因為身旁有一位年輕小姐而有一些羞赧。

「我先讀一點來鼓勵妳。」凱特小姐讀了其中最美的一個段落，她的發音極度完美，但聲音極度缺乏情感。

她把書交還給瑪格，布魯克先生不予置評，瑪格天真地說：「我本來以為這本書的內容都像詩歌一樣。」

「有些段落的確如此。妳試試這一段。」

布魯克先生露出了一個奇妙的笑容，將書本翻至可憐的瑪莉的輓歌那一頁。

布魯克先生拿著一枝長長的綠色草葉在頁面的字句上滑動，充當指引，瑪格跟隨著綠色的葉尖朗讀，很快就沉浸在唯美的悲傷場景中，忘掉了身旁的聽眾。她旁若無人地讀著那些描述不快樂女王的文句，音調中染上了悲劇的色彩。若她在唸句子的當下看到了旁邊的那雙棕色眼睛的話，她可能很快就會停止朗讀了，但她一直沒有抬頭，因此這堂課就這麼順順利利地進行了下去。

「唸得真是太好了！」她一停下來，布魯克先生立刻稱讚起來，忽視了瑪格犯的許多錯誤，表現得好像他非常樂於教授的樣子。

凱特小姐戴上眼鏡，仔細檢視了眼前的這一幕，接著她闔起素描本，頤指氣使地說：「妳的發音很好，假以時日一定能讀得不錯。我建議妳好好學習，因為德文對教師來說是非常有價值的學科。葛蕾斯在亂跑了，我必須去看著她。」凱特小姐漫步走遠後，對自己聳聳肩道：「這位家庭女教師的確年輕美麗，但我可不是來這邊監護家庭女教師的。這些洋基人可真奇怪。羅瑞跟她們生活在一起恐怕會養成亂七八糟的習慣。」

「我忘記英國人對家庭女教師的態度有這麼輕視了，他們對待家庭女教師的態度跟我們不一樣。」瑪格用懊惱的表情看著逐漸遠去的身影。

「據我所知，家庭男教師在英國受到的待遇也相差不遠。瑪格麗特小姐，對我們這樣的職業來說，沒有任何地方跟美國一樣好。」布魯克先生表現得滿足而愉快，以至於瑪格也不好意

5《瑪麗一世》（Mary Stuart），作者為弗里德里希・席勒（Friedrich Schiller）。

思抱怨她的工作有多辛苦。

「你這麼說讓我開始慶幸自己住在這裡了。我不喜歡我的工作，但無論如何，這份工作終究帶給我許多樂趣，所以我不會抱怨。我只希望我能和你一樣那麼喜歡教書。」

「如果妳的學生是羅瑞的話，妳一定也會和我一樣喜歡教書。明年我就不能再教他了，真是遺憾。」布魯克先生一邊說一邊忙碌地在草地上挖洞。

「我想，他應該是要去上大學了吧？」瑪格的雙唇只問出這個問題，但她的眼睛問的是：「那你呢？」

「沒錯，他已經準備好了，是時候去上大學了，等他離開之後，我會去從軍。國家現在需要我。」

「真是太好了！」瑪格輕呼。「雖然年輕人從軍會使留在家中的母親和姊妹們過得很苦，但應該每個年輕人都想去從軍吧。」她悲傷地補了一句。

「我沒有母親也沒有姊妹，只有少少幾個朋友會在乎我的生死。」布魯克先生一邊悲傷地說著，一邊把一朵凋零的玫瑰放進剛剛挖的洞裡，埋起來，像是一個小小的墳墓。

「羅瑞和他祖父一定很關心你，要是你受傷了，我們一定也都會很難過。」瑪格真誠地說。

「謝謝妳，聽妳這麼說讓我覺得好多了。」布魯克先生回答。似乎再次感到心情愉悅，但他還來不及接著說下去，奈德就騎著那匹老馬邁著笨重的步伐來到一眾年輕小姐的面前，展現他的騎馬技術，這天的寧靜時光就此結束了。

「妳不喜歡騎馬嗎？」葛蕾斯問艾咪，兩人剛剛和其他人一起跟在奈德後方繞著草地跑了一圈，現在正站在一旁休息。

「我很喜歡騎馬。在我爸爸還有錢的時候，我姊姊瑪格有騎過馬，但我們現在沒有養馬了，只有艾倫樹。」艾咪笑著說。

「跟我說說艾倫樹的事。是妳們的驢子嗎？」葛蕾斯好奇地問。

「啊，是這樣的，喬很迷騎馬，我也一樣，但我們只有一個舊馬鞍，沒有馬。我們的花園裡有一株蘋果樹，樹上有一截很低的樹幹，所以喬就把馬鞍放在樹幹上，又在上面綁上了韁繩，只要我們想騎馬就可以跳到艾倫樹上過過癮。」

「太有趣了！」葛蕾斯大笑著說。「我家裡有隻小馬，幾乎每天都跟佛烈德和凱特一起到公園騎馬。騎馬很棒，我有好多朋友也會去，羅敦[6]那裡常有很多紳士和淑女在騎馬。」

「天啊，真好！真希望我哪天也能出國，但比起羅敦，我比較想要去羅馬。」艾咪說。其實她壓根不知道羅敦是什麼，但又不想要請教別人。

法蘭克坐在兩個小女孩身後，正好聽到她們說的話，他不耐煩地把拐杖從身上推到一旁，看著其他年輕男生動作滑稽地做著各式各樣的運動。此時貝絲正好在旁邊整理四散的作者遊戲卡牌，她抬起頭，害羞但友善地說：「我想你應該是累了吧。有什麼我能幫得上忙的地方嗎？」

「請和我說說話。一個人坐在這裡真是無聊透頂。」法蘭克回答。顯然他已經習慣了在家的時候人人都慣著他。

對害羞的貝絲來說，就算法蘭克現在要用拉丁文發表一場演說，也不會比和他聊天還要困難，但她無處可躲，喬不在，所以也沒辦法藏到喬的背後，而且這可憐的男孩看向她的表情是這麼的渴望，因此她決定要勇敢地試一試。

6 倫敦海德公園的騎馬道叫作「羅敦道」（Rotten Row）。

「你想要聊些什麼呢？」她一邊問一邊動作笨拙地理牌，想要把牌綁好時卻把大半都掉到地上去了。

「嗯，我想聊聊板球、划船和打獵。」法蘭克說。他還沒學會把興趣轉移到力所能及的娛樂上。

「天呀！我該怎麼辦？我對這些事都一竅不通。」貝絲暗忖。她在慌亂之下忘記了男孩的不幸，希望能讓男孩多說點話，便道：「我從來沒看過打獵，但我想你應該很懂這一類的事吧。」

「我打獵過一次，但我在騎馬跳躍五橫桿閘門的時候受傷了，所以以後再也不能打獵了，再也沒有能讓我騎的馬、能讓我放出去的獵狗了。」法蘭克輕輕嘆息，貝絲開始責怪自己太過心直口快了。

「你們那裡的鹿比我們這裡的美洲野牛漂亮多了。」她轉而向大草原求助，慶幸自己過去曾讀過一本喬喜歡的那種男孩子氣書籍。

美洲野牛的話題進行得順利且令人滿意，貝絲熱切渴望著能夠讓法蘭克開心起來，有些忘乎所以，沒有注意到她的姊妹們都又驚又喜地看著這個異乎尋常的場景：貝絲正和那些可怕男孩的其中一員聊天，她之前還曾為了這些男孩而要姊姊們保護她呢。

「她真是太好心了！她因為憐憫他，所以想要對他好。」喬站在板球場地對著貝絲露出大大的微笑。

「我說過很多次了，她是個小聖人。」瑪格說話的語氣好像這句話是個不容質疑的事實。

「我已經好久好久沒有聽過法蘭克這麼開心地大笑了。」葛蕾斯對艾咪說。兩人正坐在一旁一邊討論洋娃娃，一邊把橡實殼當作茶具組玩。

「只要我姊姊貝絲願意，她可以變成一個好得不堪設想的女孩。」艾咪很高興貝絲成功和男孩子說話，雖然她把「不可思議」說成了「不堪設想」，但由於葛蕾斯並不知道這個成語是什麼意思，「不堪設想」聽起來又好像很厲害的樣子，因此葛蕾斯對貝絲留下了好印象。

他們像馬戲團遊行一樣繞著草地嘻笑玩鬧，最後用鬼抓人遊戲和一場友好的板球結束了這個下午。太陽即將下山時，帳棚都收下去了，野餐籃也打包好了，槌球球門被一一拔起，貨物被一一搬上船，一行人順著小河漂流而下，放聲歌唱。奈德這時心有所感，克制而鬱鬱寡歡地用顫音唱起了小夜曲：

孤單，孤單，啊！唉呀，孤單。

接著又唱……

我們每個人都年輕，我們每個人都有一顆心，
喔，為什麼我們要冷漠地分離？[7]

他用愁悶的表情看著瑪格，使瑪格不禁笑了出來，把這首歌毀了。

「妳怎麼可以對我這麼殘忍？」他在眾人愉快的歌聲中悄聲低語。「妳今天一整天都和那個死板的英國女人待在一起，現在又這樣打擊我。」

「我不是故意的，但你看起來太好笑了，我實在忍不住。」瑪格回答時刻意略過了他前半段的責備，因為她今天的確是在刻意迴避他，畢竟她還記得莫法特家的宴會以及隨之而來的那

7 引自美國詩人詹姆斯・羅素・洛威爾（James Russell Lowell）的四詩節詩《小夜曲》（Serenade）。

段談話。

奈德覺得受到冒犯，轉而向莎莉尋求慰藉，忿忿不平地說：「那女孩真是一點情調也沒有，對不對？」

「她的確不算有情調，但她是個小甜心。」莎莉雖然承認朋友有缺點，但說話還是護著她。

「她在情調這方面可一點都不甜呢。」奈德試著想說機智的雙關語，而他成功的程度與時下多數年輕人一樣。

在早上相聚的草地上，這一小群人友好地彼此道了晚安與再見，沃恩一家人將要出發前往加拿大了。四姊妹穿越花園往家裡的方向走去，凱特小姐看著她們的背影，說話不再帶有傲慢的語氣：「雖然美國女孩子的情感表現得過於外放，但認識得深入一些之後，會發現她們的性格其實很好。」

「我同意。」布魯克先生說。

13 空中樓閣

一個溫暖的九月午後，羅瑞閒適地躺在吊床上前後搖晃，思考著鄰居們在做什麼，但又懶得到隔壁看看。他的心情不太好，因為這天既沒有生產力又令人不滿，他真希望自己可以把這一天重新過一次。炎熱的天氣使他懶洋洋地不想動，他逃避讀書，挑戰布魯克先生的耐心極限，因為只花了半個下午學習而惹惱祖父，又淘氣地向女傭們暗示自己的其中一隻狗瘋了，害得女傭們嚇了好大一跳，和馬夫針對他的馬匹高談闊論了一番之後，他把自己摔進吊床中，開始對這個世界的普遍愚蠢生悶氣，直到這美好的一天中的寧靜使他不由自主地平靜下來。他仰視著上方馬栗樹的綠蔭，做起各式各樣的白日夢，就在他想像自己駕船航行到世界各地的海域時，一陣聲響將他帶回現實。透過吊床的網眼往外窺探，他看到馬奇一家人走出家門，像一列遠征隊伍。

「這些女孩現在到底要去哪裡呀？」羅瑞想。他睜開朦朧的睡眼認真看去，覺得鄰居的打扮與平常有些不同。她們每個人都帶著大大的寬簷帽，單肩背著棕色的束口袋，拿著一支長拐杖。瑪格帶著一個靠枕，喬帶著書，貝絲帶著籃子，艾咪帶著圖畫本。她們安靜地穿越花園，從一扇小後門走出去，走上她們家與河流之間的一座小山丘。

「唔，這倒是很新鮮。」羅瑞自言自語。「去野餐竟然不叫上我！她們不可能要去划船，因為沒有鑰匙。或許她們忘記這件事了。不如我把鑰匙拿過去給她們，看看她們到底要做什麼吧。」

雖然他有七、八頂帽子，但還是花了好些時間才找到一頂，接著又四處尋找鑰匙，好不容易在口袋中找到，所以等到他跳過籬笆往山丘跑去時，女孩們已經不見蹤影了。他抄小路抵達船塢，等待女孩們抵達，但沒有人出現，他只好跑到山丘上一探究竟。山丘上有一小片松木林，從綠蔭之中傳出了一道清脆的聲響，蓋過了松樹的輕柔聲響與蟋蟀的單調蟲鳴。

「這畫面真美！」羅瑞想著。他從樹叢間看出去，只覺得睡意全消，心情愉悅。

眼前的畫面的確美得像一幅畫，四姊妹們一起坐在樹林中陰涼的一角，身上搖曳著陽光與樹蔭，芬芳的微風吹拂過她們的髮絲，替她們滾燙的臉頰帶來一絲涼意，樹林中的小生物各自忙著自己的事，好像認為這四個人並不是侵入者，而是老朋友。瑪格倚著靠枕而坐，白皙的雙手正優雅地編織，在一片綠蔭中，她的粉色洋裝看起來就像玫瑰一樣清新甜美。貝絲正在蒐集鐵杉樹下掉了遍地的松果，她能用這些松果製作出美麗的作品。艾咪正在對一簇蕨類植物素描，喬則一邊朗讀一邊編織。男孩看著她們，臉上掠過了一絲陰霾，他覺得自己未受到邀請，應該就此離開；但他又流連不已，因為待在家裡太孤獨了，這塊安寧的林間角落深深吸引著他焦躁的靈魂。他動也不動地佇立在原地，這時，一隻忙著覓食的松鼠從他身旁的一棵松樹爬了下來，突然發現了羅瑞的存在又馬上跳回樹上，責罵地叫聲太過尖利，使得貝絲抬起頭看過來，她瞥見樹叢間的那張臉，便揮揮手並揚起安撫的微笑。

「請問方便讓我加入嗎？或者我的出現會使妳們感到困擾？」他緩步向前問道。

瑪格抬起眉毛，但喬立刻怒氣沖沖看了她一眼，接著說：「你當然可以加入啊。我們早就應該邀請你一起來，只是我們覺得你不會喜歡這種女孩子

氣的遊戲。」
「我永遠都會喜歡妳們的遊戲，但如果瑪格不希望我參加，我可以離開。」
「如果你能找一些事來做的話，我就不反對你參加。在這裡發呆是違反規則的。」瑪格嚴肅但親切的回答。
「不勝感激。只要妳們能讓我留在這裡，要我做什麼我都願意，下面簡直跟撒哈拉沙漠一樣無趣。我應該要縫紉、閱讀、撿松果、畫畫，還是全部一起做呢？一切悉聽尊便。我已經做好萬全準備了。」羅瑞露出樂於順從一切命令的表情，坐了下來。
「幫我讀故事，讓我繼續把腳後跟織完。」喬把書遞給他。
「遵命，女士。」羅瑞溫順地回答後便開始朗讀，盡最大的努力來表達自己有多感激她們允許他加入這個「繁忙蜜蜂社群」。
故事並不長，唸完之後，他鼓起勇氣提了幾個問題，做為自己閱讀故事的報償。
「女士們，容我冒昧請問，我參加的這個具高度啟發性又迷人的組織是否是新創立的呢？」
「妳們願意告訴他嗎？」瑪格問妹妹們。
「他會取笑我們。」艾咪警告道。
「誰在乎啊？」喬說。
「我猜他會喜歡我們的想法。」貝絲添了一句。
「我當然會喜歡妳們的想法！我向妳們保證我絕不會笑。說吧，喬，別害怕。」
「最好我會害怕你！我們以前常表演天路歷程，整個冬天和夏天都很認真地做準備。」
「是的，我知道。」羅瑞伶俐地點頭。
「誰跟你說的？」喬問。

「神靈說的。」

「不是，是我說的。有一天晚上妳們都不在，他看起來心情沉悶，我想要逗他開心，所以就告訴他了。他真心喜歡我們的想法，喬，別責怪他。」貝絲溫柔地說。

「妳根本沒辦法保守祕密。算了，至少現在省了我們的麻煩。」

「繼續說呀，拜託。」羅瑞說。他注意到喬一臉不高興地開始專注於手上的工作。

「唉唷，她沒有告訴你我們的新計畫嗎？我們現在在嘗試著不要浪費假期，每個人都要下定決心找一件工作來做。假期已經快要結束了，我們也把該做的事情都做完了，沒有耽擱拖延，所以我們全都非常開心。」

「是的，我想這的確值得開心。」接著羅瑞後悔地回想起了他自己荒廢度日的行徑。

「母親希望我們盡可能出門走走，所以我們把工作帶到這裡來，享受美好時光。為了好玩，我們用這些袋子裝要帶來的東西、戴上舊帽子、拿拐杖來爬山丘並扮演朝聖者，就像我們好多年前做的事一樣。我們把這個小山丘稱為美好山脈，因為我們可以從上面遠眺，看見我們希望未來可以前往的國度。」

喬伸手指，羅瑞便坐直身體去看。透過林間的開口，他們看到了寬闊的藍色河流和對岸的草原，再過去是大城市的郊區，綠色的丘陵在更遠處升起，與天空接壤。太陽低垂，秋季落日的絢爛光輝照亮了蒼穹。金紫色的雲朵平鋪在山巒之上，橘紅色的光線照耀在一座座雪白銀亮的峰頂上，使得山峰像是天國城中的高聳尖塔。

「這真是太美了！」羅瑞輕聲說，他總是能迅速地領會並感受到任何一種美麗。

「這裡時常能看到這麼美的景色，我們喜歡在這裡欣賞風景，因為每次的景色都不一樣，但永遠都這麼壯麗。」艾咪回答。她真希望自己能把這樣的景色畫下來。

「喬剛剛提到了我們希望以後能搬過去的國度——她說的是實際存在的國度，裡面有豬、有雞，也有人在收割稻草。那樣的國度很好，但我更希望在上面的美好國度是真的，我希望我們將來都能抵達那裡。」貝絲若有所思地說。

「還有比那裡更好的地方存在，只要我們夠好，以後我們就都能到那裡去。」瑪格用甜美的聲音回答。

「但我覺得好像還要等好久，還有好多艱難的事要達成。我真想立刻飛過去，就像那些燕子一樣飛上天，從那扇華美的大門進去。」

「貝絲，妳一定會到那裡去的，只是時間早晚的差別而已，不要害怕。」喬說。「我才是那個將來需要努力掙扎、攀爬和等待的人，我或許永遠也到不了那裡。」

「我會陪著妳的，希望這麼說能讓妳感到比較安慰。我還要經歷好長一段旅程才能被妳們的天國城看見呢。如果我到得比較晚，妳會替我說句好話的吧，貝絲？」

男孩臉上的某種情緒讓貝絲有些煩惱，但她用寧靜的雙眼看向不斷變化的雲朵，依舊用愉快的聲音回答：「如果人們真的想要到那裡，並且用一生的時間認真努力，那麼我覺得他們就一定能抵達那裡，因為我不相信那座大門上掛著任何鎖鏈，也不相信門前有守衛。我總是想像那裡會和圖畫裡面一樣，閃閃發光的天使伸出祂們的手，在可憐的基督徒自河中起身時歡迎他們。」

「要是我們想像的所有空中樓閣都是真的，而且我們還能住在裡面的話，豈不是有趣極了？」喬在安靜了片刻之後說。

「我想像過的空中樓閣實在太多了，很難決定要選擇哪一個。」羅瑞說。他平躺在地上，拿起一顆顆松果丟向剛剛背叛他的那隻松鼠。

「你必須選擇你最喜歡的那一個。你最喜歡的空中樓閣是什麼？」瑪格問。

「如果我告訴妳的話，妳也會告訴我嗎？」

「如果大家都說的話，那我就說。」

「我們會說的。羅瑞，你先說吧。」

「我要先走訪世界各地，盡興了之後定居到德國，想要有多少音樂就能有多少音樂。我會成為知名的音樂家，全世界的人都會爭先恐後地來聽我的音樂。我永遠也無需為了金錢或俗事煩惱，可以開開心心地生活，過我喜歡的日子。這就是我最喜歡的空中樓閣。妳呢，瑪格？」

瑪格似乎覺得有些難以啟齒，她像是在驅散想像中的煩憂一樣拿著一簇蕨葉往面前揮了揮，緩緩開口：「我會擁有一棟美好的房子，裝滿各式各樣的奢侈品——美味的食物、華麗的衣服、堂皇的家具、討我喜歡的人和堆積如山的錢財。我將會是這棟房子的女主人，想怎麼管理這裡就怎麼管理，手下有無數僕人，所以我永遠都不需要動手工作。要是真能這樣，我一定會開心得不得了！因為我一定不會閒散度日，我會好好利用這些事物，使所有人都愛我。」

「妳的空中閣樓沒有男主人嗎？」羅瑞狡猾地問。

「我說了『討我喜歡的人』呀，你們懂的。」瑪格一邊說話一邊仔細地綁著鞋帶，這麼一來就不會有人看見她的臉。

「妳怎麼不說妳想要一個傑出、聰明又善良的丈夫還有幾個天使一樣的小孩？妳明知沒有這些人的話，妳的樓閣就不完美了。」喬率直地說。她自己倒是還沒有這種溫柔的幻想，總是鄙夷書本之外的任何浪漫情懷。

「妳的樓閣裡才只有馬匹、墨水瓶跟小說呢。」瑪格賭氣地回答。

「有何不可？我要有一個馬廄裡面住滿阿拉伯馬、一間書房裡面放滿堆積如山的書，我要用魔法墨水瓶寫作，使我的作品和羅瑞的音樂一樣知名。在我住進我的空中樓閣之前，我要先做一件偉大的事，

那件事要帶有神話色彩或者超凡入聖，讓眾人在我死後也不會將這件事忘記。我現在還不知道那件事會是什麼，但我一直在密切注意著，總有一天我會震驚你們所有人。我想我應該會寫幾本書，變得有名又有錢，這很適合我，所以這就是我最愛的夢想。」

「我的夢想是安全地待在家裡陪伴父親和母親，幫助他們打理我們家。」貝絲滿足地說。

「妳不希望有別的東西嗎？」羅瑞問。

「因為我有我的小鋼琴，所以已經心滿意足了。我只希望我們每個人能過得好好的，一直在一起，如此就夠了。」

「我有好多好多願望，但最棒的願望是成為藝術家，接著去羅馬，畫下美麗的圖畫，然後成為全世界最厲害的藝術家。」這是艾咪無比謙遜的夢想。

「我們這群人可真是充滿了雄心壯志呢，對吧？除了貝絲之外，我們每個人都想要變得又有錢又有名，在不同的領域表現得卓越超群。我真想知道我們之中有沒有人能達成願望。」羅瑞像正在沉思的小馬一樣咀嚼著一枝草。

「我已經拿到我的空中閣樓的鑰匙了，但我能不能打開那扇門，就要等以後才能揭曉了。」喬故作神祕地宣布。

「我也拿到我的鑰匙了，但我卻被禁止使用這把鑰匙。該死的大學！」羅瑞抱怨道，不耐煩地嘆了口氣。

「我的鑰匙在這裡！」艾咪揮舞著手上的鉛筆。

「我一支鑰匙也沒有。」瑪格可憐兮兮地說。

「妳有啊。」羅瑞立刻說。

「在哪裡？」

「在妳臉上。」

「胡說八道，我的臉才沒有用呢。」

「妳等著瞧，之後妳就知道妳的臉能不能替妳帶來什麼好處了。」男孩回答。他因為想到了一個自認為只有自己知道的小祕密而開心地笑了起來。

瑪格躲在手上那簇蕨葉後方紅了臉，但她沒有追問，轉頭看向河流彼岸，臉上的表情就像布魯克先生在訴說騎士的故事時一樣期待。

「如果我們在十年之後都還活著的話，就再見一面吧，看看我們之中有多少人達成了夢想，或者有沒有比現在還要更接近我們的夢想。」喬總是能隨時想出新計畫。

「老天啊！到時候我會是幾歲，二十七！」瑪格驚呼，她才剛滿十七歲就覺得自己已經長大成人了。

「你和我會是二十六歲，泰迪[1]，貝絲則是二十四，艾咪是二十二。一群可敬的長者！」喬說。

「希望到那個時候我已經達成了一些能讓我自豪的事，但我實在是個懶惰鬼，我擔心自己會閒混度日，喬。」

「母親總說，你需要一個動機，她認為只要你有了動機，就一定會有傑出的成就。」

「她這麼說嗎？我發誓，只要我遇上機會，我一定會抓住的！」羅瑞高聲說道，並突然精力充沛地坐起身，「我理應滿足於討祖父歡欣的，我也嘗試了，但是我這麼做的時候總感覺很不對勁、很困難。他希望我能跟他一樣成為往返印度的商人，但那還不如一槍斃了我。他恨死茶葉、絲綢跟香料了，我也討厭他那幾艘破船帶來的各種垃圾，我一點也不在乎等到我繼承這些生意之後，那些船會不會馬上沉沒。我本來覺得我為他花四年的時間去上大學，他應該就會滿意，不會再要我繼承生意了。但是他心意已決，認為我以後也必須做他現在在做的事，唯一的解決方法就是像我父親一樣，逃離這裡，去做我想做的事。要是能有任何人留在老先生身邊陪伴他，我一定明天就會那麼做。」

羅瑞說話時神色激動，似乎只要再有一點刺激，他就要實踐剛剛說的話了。這是因為他成長得很快，雖然總是懶散度日，但依然跟一般青年人一樣厭惡順服、焦躁地渴望能自己闖遍天下。

「我建議你搭著你的船出海，在你嘗試過你想做的事之前都不要回家。」喬說。這種大膽的冒險激發了她的想像力，而她所謂的「泰迪的委屈」也激起了她的同情心。

「那是不對的，喬。妳絕對不可以那麼說，羅瑞也絕對不可以採取妳的糟糕建議。親愛的孩子，你應該要遵循你祖父的期望才對。」瑪格用最慈愛的語氣說。「你要在念大學時盡心努力，我很確定，只要他看見你有多努力想要讓他開心，他就不會再用逼迫或不公平的方式對待你了。正如你剛剛說的，除了你之外，已經沒有別人能留下來陪伴他並愛他了，要是你離開時沒有經過他的同意，你一定永遠都不會原諒自己的。你無需煩惱或焦躁，只要你盡了責任，你就會得到回報，受到他人的尊敬與愛戴，正如善良的布魯克先生一樣。」

「妳知道布魯克的什麼事？」羅瑞問。他很感謝瑪格的好建議，但說教令他反感，所以很樂意在自己一吐為快之後將話題轉移到別的地方。

「我只知道你祖父跟我說過的事。我知道他盡力照顧自己的母親直至她過世，也因為不願離開她而錯失了出國去好人家家裡當家庭教師的機會。我知道他到現在還在供養一位曾照顧過他母親的老太太，他沒有告訴別人，但總是用最慷慨、最耐心也最和善的態度對待她。」

「那位親愛的老友的確是這樣沒錯！」羅瑞在瑪格停下話頭時由衷回答，瑪格的話語讓他顯得振奮而認真。「就像祖父在不讓他知道的狀況下查出了他過去的狀況，然後把他的好告訴

1 泰迪（Teddy）是羅瑞的本名席奧多（Theodore）的暱稱。

其他人，讓其他人能喜歡他。布魯克不理解為什麼妳們的母親對他那麼好，要他跟我一起到妳們家去，還用那麼友善親切的態度待他。他以為妳們的母親就是個那麼完美的人，一天到晚跟我們說這件事，接著又熱烈地讚美妳們。要是我哪天真的實現了我的願望，妳們就會知道我會為布魯克付出多少了。」

「你不如現在就開始做點好事，別老是讓他為你煩惱吧。」瑪格一針見血地說。

「妳怎麼知道我老是讓他為我煩惱呢，這位小姐？」

「看他經過時的表情就知道了。如果你表現良好，他就會露出滿足的表情，步伐輕快。如果你讓他困擾了，他會一臉嚴肅，步伐緩慢，好像他還想要回去你們家，更努力地完成自己的工作。」

「喔，是這樣啊？所以妳一直都在密切注意布魯克的表情是好是壞囉？我之前曾看過他在經過妳們家的窗外時對著裡面微笑著鞠躬，但我不知道你們之前還會互傳暗號呢。」

「我們沒有互傳暗號呀。別生氣嘛，還有，噢，不要告訴他我說過這些話！我說這些話只是想讓你知道我在意你的狀況，我們在這裡說的話要保密喔，你懂我的意思。」瑪格高聲說。她很擔心剛剛那席未經謹慎考慮的話可能會帶來什麼樣的後果。

「我從來不會洩漏祕密。」羅瑞回答。他露出了偶爾會被喬說是「高高在上」的表情。「不過，要是布魯克在妳看來是支溫度計的話，我以後就要更謹慎了，還要記得給他好天氣，這麼一來他才能向妳報告好消息。」

「拜託你不要生氣。我不是故意要說教或者說閒話或者做蠢事的。我只是覺得喬說的話會鼓勵你做出讓你以後會後悔的事。

你對我們這麼好，我們都覺得你就像是我們的兄弟，所以我想到什麼就說出來了。請原諒我，我說這些話本是出自好意。」瑪格伸出手，態度既親切又膽怯。

羅瑞對於自己剛剛突如其來的短暫怒氣感到羞愧，他握了握瑪格親切的小手，坦白道：「我才應該請求妳的原諒。今天一整天我都心情煩躁又不太開心。我很樂意聽妳像我的姊姊一樣提點我有哪些缺點，所以若我有時表現得暴躁，請妳不要介意。我才應該謝謝妳。」

為了表示自己並沒有生氣，羅瑞盡力表現得討人喜歡。他替瑪格捲棉線，引述詩歌討好喬，為貝絲搖下樹上的松果，又協助艾咪畫蕨類，證明了自己是一位非常適合「繁忙蜂蜜社群」的人。在他們正熱烈討論著烏龜習性時（因為正好有一隻可愛的烏龜從河裡悠閒地爬上岸），他們聽見了一陣微弱的鈴響，提醒他們漢娜已經開始泡茶了，他們現在回去剛好能趕上晚餐。

「我之後還能再來嗎？」羅瑞問。

「可以，只要你像課本裡說的一樣，當個好孩子，愛惜你的書，你就可以來。」瑪格微笑著說。

「我會努力的。」

「那麼你就可以來，我會教導你蘇格蘭人的編織方法。現在我們很需要襪子。」喬一邊說一邊揮舞著她織的襪子，像是在揮舞編織而成的藍色旗幟。他們在花園的入口處分別。

那天晚上，貝絲在暮色中為羅倫斯先生彈奏，羅瑞則站在窗簾旁的陰影中，傾聽著小大衛彈奏的曲子[2]，單純的音樂總能讓他煩躁的心平靜下來，他注視著老先生單手支著他長滿灰髮的頭顱，溫柔回憶

2 隱喻舊約撒母耳記中大衛彈奏音樂使掃羅平靜，使惡靈離開。

著他深深愛過但已死去的那個孩子。男孩想起了下午的對話，下定決心要愉快地奉獻，告訴自己：「我要放下我的空中樓閣，只要親愛的老先生需要我，我就要留在他身邊，因為他只剩下我了。」

14 祕密

喬在閣樓的時光變得異常忙碌，因為十月的氣溫逐漸轉涼，下午變得極短。每天會有兩到三小時的時間，溫暖的陽光透過高窗打進閣樓，照亮坐在舊沙發上忙著寫作的喬，紙張散落在她面前的大箱子上，寵物鼠抓抓漫步經過喬頭上的橫梁，陪伴抓抓的是牠的長子，一隻顯然對自己的鬍鬚十分自豪的年輕小老鼠。喬沉迷於寫作中，字跡潦草地一直寫到最後一張紙也寫滿了才停下，她用誇張的動作簽下自己的名字並丟下筆，宣布道：

「好了，我已經盡我的全力啦！如果這都不能成功的話，就只能等到我能寫得更好再說了。」

她向後倒在沙發上，審慎地閱讀草稿，這邊塗塗那邊改改，寫下許多驚嘆號，看起來像是一顆顆小氣球。接著她用一條漂亮的紅色緞帶把草稿綁起來，又花了一分鐘坐著，用冷靜而傷感的表情看著那疊草稿，顯見她有多重視自己的作品。喬在閣樓用的桌子是一台靠牆而立的錫製舊烤爐。因為抓抓也和她一樣喜愛文學，只要在路經之處看到書本就會把書當作流動圖書館，啃掉幾頁帶回去，因此為了安全起見，她把紙張和幾本書收在烤爐裡。喬前陣子在這個錫製烤爐上寫出了另一份手稿，如今她把兩份手稿都放進袋子裡，靜悄悄地走下樓，留下她的朋友任意啃咬她的筆、品嘗她的墨水。

她盡可能用最安靜的動作戴上帽子、穿上外套，走到房子後方的窗前，往外爬到低矮門廊

的屋頂上，向下一盪，降落在較高且長滿青草的地面，選了一條迂迴的途徑往大路走去。抵達大路後，她讓自己靜下心，招手停下了一輛經過的巴士，搭上巴士前往城鎮，顯得無比開心又有些神祕。

如果有任何人見到她，一定會覺得她的舉動怪異得不得了，因為下車後，她就用極快地速度走到一條繁忙大街上，開始尋找某個特定的門牌號碼。她費了一番努力才抵達她想找的地方，接著走進門道，抬頭看著骯髒的樓梯，一動也不動地站在原地一分鐘，又倏然轉身走回街上，用最快的速度走開了。她重複了數次同樣的舉動，對面那棟建築裡有一位黑眼睛的年輕紳士正靠在窗邊，興味盎然地看著她就這樣走來走去。第三次回到大樓前，喬鼓起勇氣，將帽子向下一壓，遮住眼睛，走上了樓梯，露出了一副即將要被拔光牙齒的表情。

大樓門口的數個招牌中的確有一個屬於牙醫，招牌旁有一個人造的嘴巴正緩慢地一開一合，吸引路人看向嘴巴裡那口漂亮的牙齒。年輕紳士盯著那口牙齒好一陣子，接著穿上外套，拿起帽子，走下樓到對街建築的入口，打了個冷顫，笑著說：「自己一個人來的確符合她的風格，但如果過程很難熬，她會需要有人陪她回家。」

十分鐘後，喬沿著樓梯跑下來，她臉頰泛紅，神態看起來就像是剛剛經歷了一場嚴厲的審判或類似的事件。她看到年輕紳士時表情絲毫不顯欣喜，只在經過他身邊時對他輕輕點頭。但他立刻跟上了她，語氣同情地問：「剛剛是不是很難熬啊？」

「還好。」

「妳很快就出來了。」

「沒錯，感謝老天！」

「妳為什麼自己去呢？」

「我不想讓任何人知道。」

「妳真是我見過最奇怪的人了。妳弄出了幾個？」

喬一臉不解地看著她的朋友，接著她哈哈大笑起來，好像遇到了什麼極其有趣的事。

「我想弄出兩個，但我必須再等一個星期。」

「妳笑什麼？妳一定在計畫要做什麼淘氣的事，喬。」羅瑞困惑地說。

「你也一樣。這位先生，你在撞球沙龍做什麼呢？」

「不好意思啊，這位女士，那不是撞球沙龍，是體育訓練場，我剛剛是在那邊學西洋擊劍。」

「我替你感到高興。」

「為什麼？」

「你可以教我，然後我們就可以演《哈姆雷特》，你可以飾演萊阿提斯，我們可以完美演出擊劍的場景。」

羅瑞由衷地放聲大笑，使得許多路人不覺跟著微笑起來。

「無論我們要不要表演《哈姆雷特》我都可以教妳擊劍。擊劍充滿樂趣，能有效地讓人精神煥發。但我不認為這是妳那麼果斷地說『我替你感到高興』的唯一原因，是不是？」

「沒錯，我替你感到高興，因為你沒有去沙龍，因為我希望你永遠不要去那種地方。你會去那裡嗎？」

「沒有很常去。」

「我希望你再也不要去那裡。」

「喬，去撞球沙龍沒有什麼不好。我家就有撞球檯，但如果沒有好的玩伴，撞球就不好玩了，可是我又喜歡撞球，所以我偶爾會來這裡和奈德．莫法特和其他朋友打一場。」

「喔，天啊，我真替你感到遺憾，因為你將會越來越喜歡玩撞球，把錢和時間都浪費在這種事上面，最後變得像是那些討人厭的男孩一樣。我真希望你能維持現在的樣子，讓你的朋友能夠尊敬你、因你而感到愉快。」喬搖著頭說。

「難道年輕人就不能偶爾享受一下無傷大雅的消遣，同時又不丟失他人的尊敬嗎？」羅瑞表情惱火地問。

「這取決於這位年輕人是在哪裡享受什麼娛樂活動。我不喜歡奈德和他那群朋友，我希望你能別和他們接觸。他一直想來我們家，但母親不同意我們邀請他來。要是你也變得跟他一樣，那麼母親以後也不會願意讓我們像現在這樣一起玩了。」

「真的嗎？」羅瑞緊張地問。

「真的，她沒辦忍受那種追求流行的年輕人，她寧願把我們關進紙盒裡也不會讓我們跟那種人做朋友。」

「她不需要拿出她的紙盒。我不是追求流行的那種人，而且我也不打算變成那樣的人，但是我喜歡偶爾來點無害的娛樂活動，妳難道就沒有娛樂嗎？」

「我也有娛樂活動，沒人說不可以有娛樂，你可以玩樂，但不要失控，好嗎？否則我們就再也不能一起度過美好時光了。」

「我一定會成為高風亮節的聖人。」

「我受不了聖人。當個簡單、誠實又令人尊敬的男孩子就好，這麼一來我們就永遠不會離開你。要是你表現得像是金先生的兒子那樣的話，我會不知道如何是好。他很富有，但不知道怎麼花錢，整日喝酒賭博、離家出走，我認為他還冒用了他父親的名字，整個人糟糕透頂。」

「妳覺得我有可能會做出同樣的事嗎？還真是感激不盡啊。」

「不，我絕不這麼認為——喔，天啊，絕不可能！——但我常聽人們說金錢會帶來多大的誘惑，有時我甚至希望你是個窮人。那我就不用那麼擔心了。」

「妳擔心我嗎，喬？」

「有一點，通常是在你偶爾顯得暴躁易怒的時候，因為你的意志堅定，我擔心 旦你走入了歧途，我就難以阻止你了。」

接下來的幾分鐘羅瑞沉默地走著，喬看向他，開始暗自希望自己剛剛別那麼多嘴，因為聽完她的忠告後羅瑞雖然臉上掛著微笑，但眼神看起來很生氣。

「我們回去的一路上妳都要對我說教嗎？」他很快開口問道。

「當然沒有。怎麼了？」

「因為如果妳要一路對我說教，我就要去搭公車了。但如果妳沒有要對我這麼做的話，我就會跟妳一起走回家，並告訴妳一件非常有趣的事。」

「我不會再說了，我想聽你說那件有趣的事。」

「很好，那麼我們繼續走吧。這件事是祕密，如果我告訴妳的話，妳也要告訴我妳的祕密。」

「我沒有祕密啊。」喬剛說完就突然停下腳步，想起了她現在的確有祕密。

「妳明明有——妳什麼都藏不住，快快從實招來，不然我就不告訴妳我的祕密了。」羅瑞大叫。

「你的祕密是好的祕密嗎？」

「喔，那還用說！這個祕密跟妳認識的人有關，而且有趣極了！妳絕對應該要知道這個祕密，我已經想要把祕密說出來好久好久了。快，妳先說。」

「你不會在回家之後告訴任何人，對吧？」

「一個字也不會洩漏。」

「也不會偷偷嘲笑我？」

「我從來不嘲笑人。」

「你明明就會嘲笑人。無論你想知道什麼事，你都有辦法從別人口裡問出來。我不知道你是怎麼辦到的，但你真的很擅長哄人說話。」

「感謝誇獎。快說吧。」

「我剛剛把兩篇故事拿給了報社的員工，他說會在下星期給我答覆。」喬對著好友的耳朵悄聲說。

「讓我們為美國知名的作家馬奇小姐高喊萬歲！」羅瑞揚聲大喊，把帽子向上一擲又接回手上。他們現在已經走出城鎮的範圍了，羅瑞的舉動逗樂了兩隻鴨、四隻貓、五隻母雞和六位愛爾蘭小孩。

「噓！我敢說投稿一定不會有下文的，但我若不試試看的話我實在靜不下心，我沒有告訴其他人這件事，因為我不想要她們覺得失望。」

「妳不可能會失敗的。天啊，喬，報紙上刊登的文章有一半都是垃圾，比起來妳的故事根本就是莎士比亞的名作了。要是能看到故事被刊出來，難道妳不會覺得開心嗎？我們難道不該為我們的作家感到驕傲嗎？」

喬的雙眼閃閃發光，因為他人的信賴永遠能帶來欣喜，而朋友的讚賞永遠比十幾份報紙上的吹捧評論還要更加甜美。

「那你的祕密呢？別想耍賴，泰迪，否則我就再也不相信你了。」她試著澆熄羅瑞的鼓勵話語帶給她的猛烈希望。

「說出這件事可能會讓我惹上麻煩，不過我從沒答應過別人不把這件事說出來，所以我決定要說，畢竟要是我不把這件事鉅細靡遺地說給妳聽的話，我的心就無法平靜下來——我知道瑪格的手套在哪裡。」

「就這樣？」喬露出了失望的表情，但羅瑞一臉神祕莫測地點點頭，然後眨眨眼。

「等我告訴妳手套在哪裡之後，妳一定也會覺得這是個天大的祕密。」

「那你就告訴我吧。」

羅瑞彎下腰，對著喬的耳朵細聲說了幾個字，接著情勢出現了滑稽的轉變。喬呆站在原地瞪著羅瑞一分鐘的時間，表情既驚訝又氣惱，然後她繼續邁步向前，尖銳地說：「你怎麼知道的。」

「看到的。」

「在哪？」

「口袋。」

「一直在口袋？」

「對，是不是很浪漫呢？」

「不是，是很可怕才對。」

「妳不開心嗎？」

「我當然不開心。這太荒謬了，根本不應該發生。真是的！要是瑪格知道了她會怎麼說？」

「妳不可以告訴任何人。別忘了。」

「我可沒有保證過。」

「我們都心知肚明不能告訴別人的，而且我信任妳。」

「好吧，至少目前我不會告訴她，但這件事真噁心，我寧願你沒有告訴我。」

「我以為妳會很高興。」

「因為有人要把瑪格帶走而高興？我實在敬謝不敏。」

「等到有人要把妳帶走的時候，妳就會覺得開心了。」

「我倒想知道哪個人敢這麼做！」喬凶狠地高喊。

「我也想知道。」羅瑞輕聲笑了起來。

「我覺得我和祕密這種東西不合，從你告訴我這件事開始，我只覺得腦子裡一團混亂。」喬厭惡地說。

「跟我比賽誰能先跑到山丘下面，妳就會覺得好多了。」羅瑞提議。

四周空無一人，眼前傾斜的平坦道路像是在發出邀請，喬覺得自己無法抗拒這個誘惑，風馳電掣地向前衝去，很快就把帽子和髮簪都掉在身後，髮夾也在她衝刺的過程中沿路散落。羅瑞率先抵達終點，滿意地看見自己提出的解決方法有多成功，他的亞特蘭達[1]正喘著氣跑過來，髮絲飛舞、眼神明亮、雙頰泛紅，臉上沒有半絲不滿的徵兆。

「我真希望我是一匹馬，那樣我就可以大氣也不喘地在今天這麼好的天氣裡連續跑上好幾英里。真是身心舒暢，但你看看我跑成什麼亂七八糟的樣子了。去吧，像個小天使一樣幫我把東西撿回來，因為你就是個小天使。」喬說完後坐到了楓樹下，緋紅色的樹葉覆滿了樹下的土地。

羅瑞從容不迫地往回走，開始尋找喬丟失的物品，喬則開始重編自己的頭髮，希望在她把自己打理好之前不要有人經過這裡。但還是有人經過了，而且還是瑪格，她剛剛拜訪完朋友，因此盛

裝打扮，顯得特別優雅。

「妳究竟在這裡做什麼？」她用高雅的驚訝語氣詢問她頭髮蓬亂的妹妹。

「撿葉子。」喬唯唯諾諾地回答，開始整理起她剛剛一把抓起的紅色葉片。

「還有撿髮夾。」羅瑞補了一句，把六、七隻髮夾丟到喬的腿上。「這條路上長出了好多髮夾喔，瑪格，還長出了髮簪和棕色草帽。」

「妳剛剛在跑步，喬。妳怎麼可以跑步呢？到底要到什麼時候妳才能不再頑皮？」瑪格一邊責備，一邊整理自己被風吹亂的袖口，又拂順幾綹飄在風中的頭髮。

「等到我變得又老又頑固還必須拿著拐杖走路的時候。瑪格，不要強迫我在還不該長大的時候長大。要面對妳這麼突然的改變已經夠困難的了。只要我還能當個小女孩，就讓我當個小女孩吧。」

喬說話時低下頭觀察楓葉，隱藏自己顫抖的嘴唇。她最近一直覺得瑪格很快就要成為女人了，羅瑞的祕密讓她害怕起必然會在不久之後到來的分離。羅瑞看見了她憂愁的表情，很快地用問題引走了瑪格的注意力：「妳剛剛去誰家呢？打扮的真漂亮。」

「我去了加德納家，莎莉一直在跟我描述貝兒·莫法特的婚禮，聽起來非常盛大華美，現在新人已經去巴黎過冬了。光是想像都覺得他們一定開心極了！」

「妳羨慕她嗎，瑪格？」羅瑞說。

「我的確是羨慕她。」

「太棒了！」喬咕噥著用力把帽子綁好。

「為什麼太棒了？」瑪格訝異地問。

1 Atlanta，希臘神話中的女獵神，求婚者在跑步比賽中落敗會被她殺死，贏過她就能與她結婚。

「因為如果妳那麼在乎錢的話，就永遠不會跑去嫁給窮人啦。」喬說。羅瑞無聲地警告她注意言詞，她只是對羅瑞皺眉。

「我永遠也不會『跑去嫁給』任何人。」瑪格說。她儀態萬千地向前走，另外兩個人跟在後面，時而大笑，時而輕聲細語，還踢飛幾顆石頭，瑪格告訴自己，他們「表現得像小孩一樣」。但若不是她現在穿著最好一套衣服，她可能也會想要加入他們。

接下來的一、兩週間，喬表現得太過怪異，使姊妹們深感疑惑。郵差按門鈴時她會衝刺到門口，無論何時遇到布魯克先生她都態度粗魯，有時會坐在一旁用一副悲從中來的表情凝視瑪格，偶爾還會突然跳起身，用令人難解的態度握住瑪格的手然後親吻她。羅瑞和她總是在互相打手勢，一天到晚討論「飛鷹」，最後女孩們認定了這兩人都瘋了。在喬從窗戶溜出去後的隔週週六，瑪格坐在窗邊縫紉時，震驚地看到羅瑞追著喬滿花園跑，最後在艾咪的爬藤架前終於追到她。瑪格看不到之後發生了什麼事，但聽見了驚訝的大笑，接著是絮絮低語聲和報紙的翻閱聲。

「我們到底該拿這孩子怎麼辦？她永遠也表現不出年輕淑女的樣子。」瑪格嘆了一口氣，一臉不贊同地看著奔跑的兩人。

「我希望她不要變成年輕淑女。她最原本的樣子就是這麼幽默、這麼惹人愛。」貝絲說。她絕不會承認其實看到喬和她以外的人分享祕密讓她覺得有些受傷。

「雖然這麼說令人惱怒，但我們永遠也沒辦法強迫她 comme la fo[2]。」艾咪坐在一旁替自己縫新的摺邊，一頭鬈髮綁得整齊好看，這兩件事總是能讓她覺得自己既優雅

又淑女。

沒幾分鐘後，喬就興匆匆地跑進家裡並躺到沙發上，沉浸於閱讀之中。

「有讀到什麼有趣的文章嗎？」瑪格紆尊降貴地問。

「只有一個故事比較有趣，不過我想大概也沒什麼。」喬回答時謹慎地不讓報紙上的名字被其他人看見。

「妳最好大聲朗讀那個故事。除了能讓我們聽聽有趣的故事外，還能避免妳做出淘氣的事。」艾咪用最成熟的語調說。

「文章的名字是什麼？」貝絲問。有些好奇喬為什麼把臉藏在報紙後方。

「互相為敵的畫家。」

「聽起來不錯。唸吧。」瑪格說。

喬大聲清了清喉嚨，深吸了一口氣，用很快的速度讀了起來。三個女孩饒富興致地傾聽，這是個浪漫的故事，又充滿悲壯情懷，因為到了最後大部分的角色都死了。「我喜歡故事裡壯麗畫作的部分。」艾咪在喬唸完之後給出了滿意的評論。

「我喜歡愛情的部分。薇歐拉和安傑洛剛好都是我們很喜歡的名字，真是奇妙，不是嗎？」瑪格擦了擦眼淚，因為愛情的部分是一場悲劇。

「這個故事是誰寫的？」貝絲說，她瞥見了喬的臉。

朗讀故事的人倏然坐起身，拋開報紙，露出了漲紅的臉龐，以混合了莊重與興奮的奇妙語調高聲回答：「是妳姊姊寫的！」

「妳寫的？」瑪格大叫著丟下手上的東西。

---

2 艾咪想說的是法文 comme il faut，意為「舉止文雅」。

「寫得很棒。」艾咪評論道。

「我就知道！我就知道！喔，我的喬，我真是太驕傲了！」貝絲跑過去抱住姊姊，為了她傑出的成就而歡欣若狂。

天啊，四姊妹們真的開心極了！瑪格幾乎不敢相信，直到她親眼看到了那幾個字。報紙上確確實實印著「喬瑟芬．馬奇小姐」。艾咪殷勤地針對故事中與美術有關的部分做出評論，建議喬再寫一部續作，可惜這件事不可能發生，因為男女主角都已經死了。貝絲興奮得開始歡快地唱歌跳舞。漢娜進到房間後聽她們說「那是喬的作品」時大吃一驚，喊道：「莎翁復活啦，太了不起了！」馬奇太太知道這件事之後無比驕傲。喬大笑直到眼睛裡蓄滿淚水，她說自己這天一直像一隻驕傲的孔雀一樣，已經足夠了，馬奇一家人不斷傳閱報紙，讓《飛鷹報》得意洋洋地不斷拍動翅膀。

「跟我們說說事情的經過。」「妳怎麼想出故事的？」「妳拿到多少酬勞？」「父親會怎麼說？」「羅瑞不會笑妳嗎？」全家人聚集在喬身邊，一口氣問了好多問題，這群傻氣又充滿愛的家人每次遇到家中發生開心的事，就會歡欣鼓舞地開始慶祝。

「別再嘰嘰喳喳說個不停了，女孩們，我會把每件事都告訴妳們。」喬說。她真想知道《依芙蓮娜》[3]帶給伯妮小姐的快樂是否會比《互相為敵的畫家》帶給她的快樂更強烈。喬說完投稿的過程後，又道：「我回去聽取答覆時，對方說這兩篇文章他都喜歡，但沒辦法支付初學者稿費，只能把作品印在報紙上，並附上作家的名字。他說這是很好的經驗，等到初學者更進步之後，大家都會願意支付稿費了。所以我就把兩篇故事都給他了，今天報紙送來時，剛好羅瑞看到我拿著報紙，便堅持要讀，我只好讓他讀了。他說作品很棒，我應該再寫更多篇故事，他要想辦法讓下一篇作品能賺到稿費。我實在太開心了，因為我覺得說不定再過不久之後，我就可以賺錢養活自己，還能幫助妳們了。」

喬一口氣說完後，把頭埋進報紙中，流下幾滴眼淚打溼了自己寫的小故事。她一直以來都全心全意地熱切渴望能獲得所愛之人的讚賞，這似乎是通往幸福結局的第一步。

3 這裡指的是十八世紀末的女作家法蘭希絲．伯妮（Frances Burney）的首部小說《依芙蓮娜》（Evelina）。

15 電報

「十一月是整年裡最不討人喜歡的月份了。」瑪格說。這是一個沉悶的下午，她正站在窗邊看向外面被冰霜覆蓋的花園。

「這就是為什麼我是在十一月出生的。」喬焦慮地說。完全沒有意識到鼻子前的墨漬。

「要是現在能發生什麼真的很讓人開心的事，我們就會覺得十一月是個讓人開心的月份了。」貝絲說。她總是樂觀看待任何事物，甚至包括十一月。

「我敢說我們家裡從來沒有在十一月遇過任何值得開心的事。」瑪格的心情沉鬱。「我們一天又一天努力工作，生活一成不變，幾乎毫無樂趣。我們根本就像是在監獄裡踩腳踏磨坊。」

「我的天，我們真是太悲觀啦！」喬大叫。「不過我並不感到訝異，親愛的小可憐，因為在妳們辛辛苦苦地度過一年又一年時，總是看見其他女孩過得光鮮亮麗。喔，真希望我能像安排故事女主角的遭遇一樣安排妳們的故事！妳們已經足夠美麗、足夠善良了，所以我會讓一位有錢親戚留下一筆意外之財給妳們。妳們就能以大筆遺產繼承人的身分離開這裡，斥責那些曾輕視妳們的人，出海到國外，嫁給某個貴族，無比華麗優雅地再次回到這裡來。」

「現在已經沒有人會用這種方式得到遺產了，男人必須工作，女人則必須為了錢而結婚。這個世界不公平到極點。」瑪格痛苦地說。

「喬和我會為妳們賺來很多錢。只要等上十年，妳們就會知道我們能賺多少錢了。」艾咪

說，她坐在角落做「泥土派」——漢娜總是這麼稱呼她用黏土做的小鳥、水果和臉。

「我可等不到十年，恐怕我對墨水和黏土都沒什麼信心，不過還是感謝妳們的好意。」

瑪格嘆了一口氣，再次轉頭看向被冰霜覆蓋的花園。喬發出呻吟然後絕望地把兩隻手肘支在桌上，但艾咪卻依然精力充沛地拍打著自己的作品，而坐在另一扇窗前的貝絲則笑著說：「等一下倒是會有兩件令人心情愉快的事情發生。媽咪正從街上走回來，還有羅瑞正一路穿越花園過來，好像有好消息要告訴我們。」

兩人進到家裡後，馬奇太太一如往常地詢問：「女孩們，有沒有父親寄來的信？」羅瑞則如常地用充滿說服力的語調說：「妳們有沒有人要跟我一起搭馬車出去透透氣呢？我今天算數學算了好久，腦子裡一團糨糊，需要一點新鮮空氣讓腦袋清醒一下。今天天氣陰沉，但空氣不賴，我會順路載布魯克回家，所以就算我們不下車走走，待在馬車上應該也會很開心。好嘛，喬，妳和貝絲會來的，對吧？」

「我們當然會去囉。」

「不勝感激，但我正在忙。」瑪格立刻拿起她的工作籃，因為她和媽媽已經達成一致的看法，認為不要太常和那位年輕紳士一起搭車出門才是最好的應對方式——至少對她而言是如此。

「我們三個一分鐘就能準備好。」艾咪大喊一聲便衝出去洗手。

「女士，有什麼我能幫上忙的地方嗎？」羅瑞靠向坐在椅子上的馬奇太太詢問。表情與語調都十分親熱，他與馬奇太太說話時總是如此。

「不了，謝謝你，不過如果你願意的話，希望能請你去郵局一趟，親愛的。今天是我們收信的日子，但郵差還沒來。父親總是像太陽一樣準時，不過這次可能在路上遇到了什麼耽擱。」

這時一道尖銳的鈴聲打斷了她的話，一分鐘後，漢娜拿著一封信走進來。

「夫人，是那種可怕的電報[1]。」她說著把信件遞給馬奇太太，好像深怕那封信會爆炸或者傷害到誰。

馬奇太太一聽到「電報」這兩個字就立刻伸手接過信，讀完了裡面的兩行字，然後面色慘白地向後癱在椅子上，好像這張小小的紙片往她的心臟裡送了一發子彈。羅瑞衝下樓去拿水，瑪格與漢娜則扶住馬奇太太，喬用驚恐的聲音唸出了紙上的內容：

馬奇太太：

妳的丈夫身染重病。請盡速趕來。

S．黑爾，華盛頓布蘭克醫院

眾人屏氣凝神，房間裡靜悄悄地，外面天色異常黑沉，整個世界似乎在頃刻間翻覆了，女孩們聚集在母親身邊，覺得生命中的所有幸福與支持好像都即將要被奪走。

馬奇太太很快就恢復了理智，她重讀了一次信件，伸出雙手摟住她的女兒們，用她們永遠也無法忘懷的語調說：「我要立刻出發，但現在或許已經太晚了。喔，孩子們，孩子們，幫助我撐過去！」

接下來好幾分鐘的時間，房間裡都充斥著啜泣聲，其中模糊混雜著彼此安撫的破碎字句、溫柔的勸慰，還有充滿希望又在眼淚中消逝的低語。可憐的漢娜是第一個恢復如初的人，她以自己也不自知的智慧替其他人樹立了良好的模範，因為對她來說，工作就是能治癒幾乎所有煩憂的萬靈丹。

「上帝保佑他！我不打算再浪費時間哭了，快收拾妳的東西準備出發吧，女士！」她用圍裙擦拭臉龐，堅定地說完後又伸出溫暖的手握了握女主人的手，然後離開工作去了，把自己一個人當三個人用。

「她說得對，現在沒有時間害怕了。女孩們，冷靜下來，讓我想一想。」

這些可憐的小東西努力試著冷靜下來，同時她們的母親坐直身體，臉色蒼白但態度堅定。她把悲傷放到一旁，開始為他們一家人思考和計畫。

「羅瑞在哪裡呢？」她很快就整理好思緒，決定好首先該做的事，然後就開口問道。

「我在這裡，女士。喔，請讓我幫妳的忙吧！」男孩高聲說著從另一個房間趕來，剛剛的悲傷氣氛實在太過嚇人，連只是身為朋友的他都嚇得退避到另一個房間去了。

「請發一份電報，告訴他們我馬上會過去。下一班車在清早發車。我會搭那班車。」

「還有什麼事嗎？馬都準備好了。我可以去任何地方、做任何事。」他看起來已經準備好要飛到世界盡頭了。

「替我留個短信給馬奇姑婆。喬，把紙跟筆拿給我。」

喬從她的新謄抄本上撕下一章空白頁，把桌子推到母親面前，她深知母親必須為了這趟漫長又悲傷的旅途借錢，希望自己能做點什麼來替自己的父親盡一點心意。

「去吧，親愛的，但別為了趕時間而拚上性命。沒有這個必要。」

馬奇太太的叮嚀顯然被羅瑞拋到了腦後，因為五分鐘後他就像是不要命一樣騎著他的快馬從窗外飛奔而過。

「喬，去協會告訴金太太說我不能過去了。路上幫我買些東西。我等一下會把需要的東西

1 當時電報費用昂貴，唯有緊急狀況才會用電報聯絡。

都寫下來，這些是必須用品，我必須做好照顧病人的準備。醫院的商店中賣的東西並不一定好。貝絲，去向羅倫斯先生借幾瓶老酒。為了妳們的父親，我可以放下驕傲乞求別人。他用的每樣東西都理應是最好的。艾咪，告訴漢娜把黑色行李箱拿下來，還有瑪格，來幫我把這些東西找齊，我現在思緒還非常混亂。」

同時寫字、思考和指揮可能超過可憐的女士所能承受的範圍了，瑪格請求她回房間去靜靜坐著休息一下，讓她們負責處理這些事。四人像是狂風中的落葉一樣四處分散，原本平靜幸福的家庭瞬間崩毀，那封電報就像是某種邪惡的咒語。

羅倫斯先生很快就與貝絲一起過來了，親切的老先生把他認為病人會用到的各種物品全都帶來了，並且無比溫和地保證他會在女孩們的母親不在時保護、照顧她們，這給馬奇太太帶來了很大的安慰。他提供的物品與服務簡直無所不包，從他自己的睡袍一直到由他隨行護送全都提議了一輪。但顯然隨行護送是不可能的事。馬奇太太堅決不同意讓老先生經歷長途旅行的波折，但在老先生提起這件事時馬奇太太臉上露出了寬心之色，因為長途旅行使她感到焦慮。老先生注意到馬奇太太的表情，皺起了一雙濃眉，搓了搓雙手，接著突然大步走出去，說他馬上回來。沒有人有時間思考老先生去哪裡了，直到瑪格一手拿著橡膠鞋、一手拿著一杯熱茶從門口匆匆跑過時，撞見了布魯克先生。

「馬奇小姐，非常遺憾妳們遇到了這種事。」他說話的語調體貼和緩，使心情焦躁的瑪格覺得悅耳動聽。「我想請妳們的母親允許我隨行護送她。羅倫斯先生請我到華盛頓替他辦一些事，要是能在路上幫得上妳母親的忙，那我會很開心的。」

瑪格伸出手，把橡膠鞋落在地上，差點也把那杯茶也弄掉了，她臉上滿是感激之色，單是為此，布魯克先生就覺得即將要付出的時間與勞苦統統不算什麼，就算要付出比這還要更大的代價也是值得的。

「你們真是太好心了！我很肯定母親會接受的，能知道有人能照顧她實在讓我放心不少。真的非常、非常謝謝你。」

瑪格回答時熱切地忘乎所以了，直到那雙俯視著她的棕色眼睛讓她想起了已經冷掉的那杯茶，她才一邊說著她會請她媽媽過來，一邊再次邁步前往客廳。

等到羅瑞回來時，一切都已安排妥當了，他帶回了馬奇姑婆的一封信，裡面附上她們需要的金額，並且在信中反覆說著她以前常說的話，說她早就說過很多次讓馬奇去參軍再荒誕不過，她早就說過這麼做不會有什麼好結果，還有她希望馬奇一家人以後能好好聽取她的建議。馬奇太太把信丟進爐火中，把錢放進皮包，接著繼續進行接下來的準備，她的嘴唇緊緊抿著，若喬在家的話她一定能看懂母親的表情代表著什麼。

短暫的下午就這麼消磨掉了。所有該做的雜務都已完成，瑪格和母親忙碌地縫紉必須完成的針線工作，貝絲和艾咪在一旁泡茶，漢娜則用她所謂的「劈哩啪啦速度」熨燙好了衣物，但喬還是沒有回來。他們沒人能確定喬會不會想出什麼瘋狂的主意，因此大家都緊張了起來，由羅瑞出去找她。然而他正好與她錯過了，喬自己走進家門，臉上帶著奇異的神色，混雜著愉悅與恐懼、滿足與惋惜，讓全家人都大惑不解，接著她把一卷錢放在母親面前，聲音帶著些微哽咽地說：「我希望父親好好治病、安全回到家，這是我對此做出的貢獻！」

「老天啊，妳從哪裡弄來這些錢的？二十五元！喬，我希望妳沒有做出什麼衝動的事情？」

「沒有，這是我正大光明拿到的錢。我沒有乞討、借錢或偷東西。這是我賺來的，我不認為妳會責怪我，因為我賣掉了只屬於我自己的東西。」

喬一邊說話一邊摘下軟帽，引起眾人發出一陣驚叫，因為她豐沛的頭髮剪短了。

「妳的頭髮！你美麗的頭髮！」「喔，喬，妳怎麼會這麼做？妳的頭髮那麼漂亮。」「我親愛的孩子，妳沒有必要這麼做的。」「她看起來再也不像我的喬了，但我卻因此深深愛她！」貝絲在家人們此起彼落的驚呼聲中溫柔地抱住了只剩下短髮的喬。喬做出一副毫不在意的樣子，但沒有騙過任何人，她揉亂自己的一頭栗色短髮，表現出一副開心的樣子，說道：「貝絲，剪短頭髮並沒有嚴重到影響這個國家的命運，所以別哭了。這麼做能改善我驕傲的個性，我對自己頭髮太過自豪了。把這頭亂蓬蓬的頭髮剪掉對我的大腦有好處。我覺得輕盈又涼爽，舒服極了，理髮師說我很快就會長出更多鬈髮了，看起來會很男孩子氣又適合我，而且還很好整理。我覺得很滿意，所以請把錢拿走，然後我們就可以吃晚餐了。」

「喬，告訴我一些細節吧。我對妳這麼做並不太滿意，但我不會怪妳，因為我知道妳有多麼想要為了所愛的人犧牲妳所謂的驕傲。但是，親愛的，這並不是必要之舉，我擔心妳以後會後悔。」馬奇太太說。

「不，我才不會後悔！」喬耿直地回答，母親並不責怪她改變了外表，這讓她鬆了一口氣。

「妳怎麼會想到要這麼做的？」艾咪問。她覺得要她剪掉漂亮的秀髮還不如砍掉她的頭。

「這個嘛，我實在太想要為父親做些什麼事了。」喬一邊回答，一邊和家人一起走到餐桌前坐下，因為健康的年輕人就算陷入了嚴重的麻煩也還是要吃東西的。「我跟母親一樣痛恨借錢，我知道馬奇姑婆會大發牢騷，就算妳只跟她借一里爾[2]她也會唸個不停。瑪格把她每季賺來的薪水都拿來付房租了，我卻只拿我的薪水買了幾件自己的衣服，所以我覺得自己很惡劣，一定要籌一點錢，就算要把臉上的鼻子賣掉也在所不惜。」

「妳沒有必要覺得自己很惡劣，我的孩子！妳沒有冬天的衣物，只是拿自己辛苦賺來的錢買了最簡樸的禦寒衣物而已。」馬奇太太說話時的表情讓喬覺得心中一暖。

「我一開始根本沒有想到可以賣掉頭髮，但我一路上都在想要怎麼做，還想過要溜進去那些有錢的商店自助一番。我在理髮店的櫥窗看到好多束有標價的頭髮，其中有一束黑色的頭髮根本沒有我的頭髮那麼濃密，卻標價四十元。我這時突如其來地發現原來我也有能夠賺錢的東西，我想都沒有多想就走了進去，詢問他們是否願意買頭髮，還有會給我多少錢。」

「我真不敢想像妳是怎麼有勇氣這麼做的。」貝絲敬畏地說。

「喔，理髮師是個矮小的男人，看起來似乎一輩子都只為了替自己的頭髮上髮油而活。他一開始只是瞪著我瞧，好像他不太習慣有女孩子衝進店裡要求他買下頭髮的樣子。一開始，他說他不想買我的頭髮，因為現在不流行這個顏色，他絕不會為了這些頭髮花太多錢。還有他要花多少心力把頭髮整理得漂漂亮亮啊什麼的。時間越來越晚了，我擔心要是我不馬上把頭髮剪了賣掉的話，我大概永遠也沒辦法成功，妳們都知道我有多痛恨開始做一件事之後半途放棄。所以我拜託他買下我的頭髮，並告訴他我為什麼趕著要這麼做。我敢說我當時的表現很笨拙，但卻成功改變他的主意了。我那時有些激動，開始像往常一樣顛三倒四地說我們家的事，剛好他的妻子聽見了，她非常親切地說：『買下頭髮，湯瑪士，就幫幫這個年輕小姐吧。要是我也有能拿去賣的頭髮，我也會為我們的吉米做同樣的事。』」

「吉米是誰？」艾咪問，她喜歡在聽故事的途中弄清楚細節。

「她說吉米是她兒子，現在在軍中。這樣的共通點竟能讓不相識的人變得這麼友善，真奇妙，不是嗎？她在理髮師替我剪頭髮的途中一直陪我說話，成功轉移了我的注意力。」

「第一刀剪下去的時候妳不覺得很可怕嗎？」瑪格打了個冷顫。

---

2 ninepence，當時新英格蘭稱西班牙里爾為 ninepence，一里爾價值大約十二．五便士。

「在理髮師拿器具時，我仔細看了我的頭髮最後一眼，就這樣。我向來不會為了這種瑣碎的小事哭哭啼啼。不過我必須坦白，看到親愛的頭髮被放在桌上，又摸到頭上只剩下蓬亂的短髮時，感覺有些奇妙。我感覺自己好像少了一隻手還是一隻腳一樣。理髮師的妻子看到我瞪著頭髮看，就挑起了一綹長髮給我留下。媽咪，我要把這綹頭髮給妳，讓妳記住我過去有多美，因為我覺得短髮實在太舒服了，我大概再也不會留長了。」

馬奇太太把那綹栗色的鬈髮整理好，擺在她書桌上一綹灰色的短髮旁邊。她只回答了：「謝謝妳，親愛的。」但她臉上的某種情緒讓女孩們改變了話題，開始用最愉快的語調談論布魯克先生的好心、明天可能會是好天氣，還有等父親回家養病時他們能過上多麼幸福的時光。

到了十點還沒有人想上床睡覺，馬奇太太擱下最後一件完成的工作道：「來吧，女孩們。」貝絲坐到鋼琴前，開始彈奏父親最喜歡的讚美詩。她們全都完美地唱了開頭，但接著就一個接著一個地泣不成聲，最後只剩下貝絲一個人發自內心地歌唱，因為音樂對她來說向來都是甜美的安慰。

「上床睡覺，別聊天，我們明天一定要很早起床，而且我們都需要盡可能多睡一些。晚安，我親愛的孩子。」馬奇太太在讚美詩結束之後說，因為沒有人想要繼續唱下一首。

她們安靜地親了親母親，安靜地躺上床，好像親愛的病人就躺在隔壁房間似的。雖然心懷煩憂，但貝絲和艾咪很快就睡著了，瑪格卻清醒地躺著，開始思考她目前為止短暫的一生中曾考慮過的最認真的想法。喬動也不動地躺著，她的姊姊以為她已經睡著了，直到聽見一聲壓抑

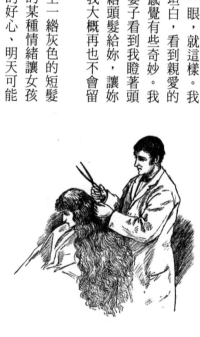

的哭泣她才發出驚呼，她伸出手，摸到一張淚濕的臉……

「喬，親愛的，怎麼了？妳是在為父親哭泣嗎？」

「不是，至少現在不是。」

「那是為什麼呢？」

「為我的……我的頭髮啊！」可憐的喬脫口說道。她徒勞地試著用枕頭抑制自己的情緒。

瑪格一點也不覺得此情此景有什麼滑稽的地方，她用最溫柔的動作親了親飽受折磨的女英雄，輕輕拍了拍她。

「我一點都不後悔。」喬哽咽著抗議道。「要是可以的話，我明天也會再做一次一樣的事。只是因為我心中比較驕傲的那個部分失控了，所以我才會愚蠢的哭泣。不要告訴別人，現在一切都已經過去了。我以為妳已經睡了，所以打算為我美麗的秀髮進行私人的哀悼儀式。妳怎麼還醒著呢？」

「我睡不著，太焦慮了。」瑪格說。

「想一些開心的事，妳很快就會睡著了。」

「我試過了，但卻覺得前所未有的清醒。」

「妳想了什麼？」

「英俊的臉——尤其是好看的眼睛。」瑪格在黑暗中對自己微笑。

「妳最喜歡什麼顏色的眼睛？」

「棕色，大概吧，有時候是棕色。藍眼睛也好看。」

喬笑了起來，瑪格馬上命令她別再說話了，接著溫柔地保證她會幫她把頭髮弄捲，然後就墜入夢鄉，住進了她的空中樓閣裡。

午夜的鐘響了，房間裡一片寂靜，這時一個人影悄然從一張張床間經過，她撫平這裡的床罩，放好那裡的枕頭，停下腳步花長久的時間凝視每一張熟睡的臉，親吻每個人的臉龐，無聲祈求上蒼保佑，然後替她們禱告，唯有身為母親的人才能說出如此誠摯的禱文。她挑起窗簾，往外望向沉寂的夜色，這時月亮突然破雲而出，像是一張明亮和藹的臉龐一樣照亮了窗前的女人，眼前的景色好像正在對她無聲絮語：「安定下來，親愛的靈魂！雲朵後面永遠都有光。」

16 信件

在寒冷的灰白色晨曦中，四姊妹點燃了燈，以一種前所未有的真摯態度開始閱讀今天的章節。如今真實煩憂的陰影已經降臨，她們的小書能帶來幫助與撫慰，在更衣時，她們一致同意道別的態度要愉悅且充滿希望，在送母親踏上她不安的旅程時，不要帶著悲傷的眼淚或者她們自身的苦惱。她們走下樓時覺得一切都顯得與往常不同，屋外天色黯淡，一片寂靜，屋內則火光熠熠，無比忙亂。在這麼早的時間吃早餐似乎很怪異，漢娜帶著睡帽在廚房奔走，使得女孩們甚至覺得漢娜熟悉的臉看起來也有些反常。大行李箱矗立在走廊，母親的斗篷與軟帽擺在沙發，母親自己則坐在餐桌前試著吃早餐，但看起來因為睡眠不足與焦慮而顯得蒼白又疲憊，女孩們發現自己實在難以堅持早上起床時做出的決定。瑪格無法壓抑眼眶中不斷湧現的淚水，喬不得不把臉藏在廚房的隔簾後方數次，兩個小女孩臉上的表情憂愁而煩惱，好像這是她們初次體驗到悲傷的感覺。

她們一家人都沒說太多話，離家時間逼近，她們一起等待馬車到來，女孩們紛紛為母親忙碌著，一個人摺披肩，一個人撫平軟帽上的繩子，一個人替她套上鞋套，一個人把旅行袋綁緊，這時馬奇太太對女孩們開口道：

「孩子們，我把妳們交給漢娜照顧、交給羅倫斯先生保護。漢娜就是忠誠的代名詞，我們善心的鄰居則會守護妳們一如守護自己的孩子。我不為妳們感到害怕，然而我擔心妳們能否用正確的態度面對這次的難關。我離開後不要憂傷也不要煩擾，也不要覺得自己可以懶散度日，

或靠著偷懶與試圖遺忘來安慰自己。妳們要如常地繼續工作，因為工作本身就是一種有福的安慰。心懷希望，保持忙碌，無論遇到什麼事，都要記得妳們永遠不可以忘掉天父。」

「好的，母親。」

「瑪格，親愛的，行事要謹慎，看顧妳的妹妹們，詢問漢娜的建議，遇到難題時就去找羅倫斯先生。喬，要有耐心，不要灰心喪志也不要莽撞行事，要常寫信給我，為我當個勇敢的女孩，隨時準備好帶給大家協助與歡樂。貝絲，用音樂安慰自己，忠誠地完成妳負責的少量家事，還有妳，艾咪，盡妳所能地幫助他人，要聽話，要安全、開心地待在家裡。」

「我們會的，母親！我們會的！」

馬車逐漸接近的響聲使所有人都停下動作聆聽。這一刻很難熬，但女孩們都努力撐過去了。她們請母親轉達充滿愛的訊息給父親，並在說話間想起或許這些話已經來不及傳達給他了，每個人都心情沉重，但儘管如此，沒有人哭，也沒有人跑走或發出悲嘆。她們靜靜地親吻母親，溫柔地擁抱她，在母親搭乘的馬車駛離時試著用愉快的表情揮手道別。

羅瑞和他的祖父也過來目送馬奇太太離開，布魯克先生看起來堅強、理智又和善，女孩們當下決定任命他為「善心先生」。

「再見，親愛的！願主賜福並保佑我們所有人！」馬奇太太一邊輕聲低語，一邊一個接著一個親吻女孩們的臉頰，接著匆匆上了馬車。

她搭車離開時恰好旭日初升，往回看時，她看見晨光照耀在門口的人們身上，像是某種好兆頭。他們也看見了日出，微笑著揮手道別，在馬車轉進彎道之前，她最後一眼看見的景象是四張明亮的臉龐，後面則

是像守衛一樣的羅倫斯老先生、忠誠的漢娜與真摯的羅瑞。

「每個人都對我們太親切了！」她一邊說話一邊轉回身，在年輕人臉上看見既尊敬又同理的表情，更加證實了她的這句話。

「他們就是不由自主地想要對妳們好呀。」布魯克先生回答時的笑聲太有感染力，讓馬奇太太也忍不住微笑起來。兩人在陽光、笑容與歡快話語的好兆頭下開始旅程。

「我覺得這裡好像剛經歷過地震一樣。」喬說。她們的鄰居回家吃早餐了，正好讓她們有空間能休息並重振精神。

「我覺得好像房子裡有一半的東西都不見了。」瑪格絕望地說。

貝絲張嘴想說些什麼，但最後卻只能伸手指向母親桌上放著的那疊織工精緻的襪子。就算到了最後的匆忙時刻，母親也總是替她們著想並認真工作。這只是一件小事，但卻直直擊中了她們的心，雖然早上已經說好了要勇敢，但現在她們全都崩潰了，每個人都傷心欲絕地哭了起來。

富有智慧的漢娜決定讓她們發洩情感，等到這場大雨出現放晴的跡象後，她才帶著一壺咖啡前來解救眾生。

「好了，我親愛的年輕小姐們，要記得妳們媽媽說的話啊，別難過了。過來喝杯咖啡，然後繼續工作，好好為這個家做出貢獻。」

咖啡本來就是很珍貴的飲品，而漢娜那天早上泡的咖啡又特別好喝。沒人能抗拒她充滿說服力的點頭示意，或者從咖啡壺的孔隙間流瀉而出、誘人品嘗的香氣。她們聚集到桌前，把手中的手帕換成餐巾，不到十分鐘就再次恢復精神。

「『心懷希望，保持忙碌』，這就是母親給我們的格言，就讓我們看看誰能把這句話記得最牢。我要和平常一樣去馬奇姑婆家。喔，她一定會說教直到天荒地老！」喬逐漸恢復精神，啜飲著咖啡。

「儘管我寧願待在家裡幫忙處理家務，但我應該要去我該去的金家了。」瑪格真希望她剛剛沒有把眼睛哭得這麼紅。

「妳沒有必要在家幫忙。貝絲和我可以把家裡整理得井井有條。」艾咪盛氣凌人地插嘴。

「漢娜會告訴我們要做什麼的，妳們回家時我們一定已經把家裡整理好了。」貝絲補充道。她已經拿出抹布與洗碗盆了。

「我覺得焦慮是一種有趣的情緒。」艾咪一邊沉思一邊吃著糖。

女孩們不禁大笑起來，並因此覺得心情好多了，不過瑪格還是對著從糖碗中找到安慰的年輕小姐搖了搖頭。

眼前眾人恢復活力的景象讓喬再次感到清醒；她和瑪格出門走向工作地點時，一起悲傷地回頭看向本來應該出現母親的臉龐的那扇窗戶。母親走了，但貝絲記得這個小小的家庭儀式，因此窗戶裡的人變成了貝絲，她正對著她們點頭，像是臉頰紅潤的陶瓷娃娃。

「這正是我的貝絲會做的事！」喬面色感激地揮舞自己的帽子。「再見了，瑪格，希望金家的孩子今天不要太吵鬧。別為父親煩惱喔，親愛的。」她在兩人分別時說。

「希望馬奇姑婆不要嘮嘮叨叨。妳的頭髮很適合妳，看起來男孩子氣又好看。」瑪格回應，試著不要因為喬的鬈髮而發笑，這顆頭出現在她高個子妹妹的肩膀上時看起來小得有些滑稽。

「這是我唯一的安慰。」喬學著羅瑞的舉動摸了摸帽子作為道別，接著便轉身離開，她覺得自己像是在天氣寒冷時被剃了毛的羊。

來自父親的消息帶給女孩們很大的安慰。雖然疾病凶險，但醫院裡最好、最體貼的護士們一直把他照顧得很好。布魯克先生每天都會送來快訊，瑪格以一家之主的身分堅持要負責閱讀這些緊急訊息，這一週以來，每天的消息都越來越好。一開始，每個人都渴望能寫信，她們輪流用小心翼翼的動作把鼓脹的信封塞進郵筒裡，能寄信到華盛頓對她們來說意義重大。在眾多信件中，有一封含括了每個人各自的特色，所以我們在此攔截這一封信來閱讀：

我最親愛的母親：

我實在無法言述妳最近寫來的信讓我們有多開心，妳帶給我們的消息實在太棒了，我們不禁又是大笑又是大哭。布魯克先生真是個親切的人。我很慶幸羅倫斯先生交代他的任務能讓他留在你們身邊這麼久，對你們帶來這麼大的幫助。女孩們都聽話得不得了。喬幫助我縫紉，她堅持要做各種困難的工作。要不是我知道她的「道德發作」不會持續太久的話，我大概會擔心她以後會做太多工作。貝絲像時鐘一樣規律地完成該做的事，她從來沒有忘記妳告訴她的話。她很擔心父親，不過看起來很冷靜，只有坐在小鋼琴前的時候除外。艾咪很關心我，我也有好好照顧她。她能夠自己整理頭髮了，現在我正在教她縫製鈕扣孔以及編織自己的長統襪。她很努力在學習，我知道等妳回來看到她的進步之後一定會很開心的。羅倫斯先生總是照看我們，像是一隻老母雞一樣——這是喬的說法；羅瑞對我們親切又友善。他和喬能逗我們笑，因為我們有時候會因為妳離我們那麼遠而陷入低潮，覺得自己像是孤兒。漢娜表現得十全十美。她從來不責罵任何人，總是稱呼我為瑪格麗特小姐，這樣的稱呼很適當，此外，她和我相處時的態度很尊敬。我們每個人都很好也很忙碌，但我們日夜盼望著妳回家。請替我向父親傳達最親切的愛，請信任我，

永遠屬於妳的

瑪格

這封信字跡優美，寫在一張香氣四溢的紙張上，與下一封信形成很大的對比。下一封信筆

跡凌亂，寫在一張薄薄的外國紙上，處處都是墨漬，寫滿各種尾部捲曲的誇張字體。

我寶貝的媽咪：

讓我們為親愛的父親歡呼三聲！布魯克真是靠得住，他總是立刻拍電報給我們，讓我們知道父親好多了。信送來的時候我會衝到閣樓去，試著想要感謝上帝對我們這麼好，但最後我只能哭著說：「我太高興了！我太高興了！」不過那種時候我心中感觸良多，所以那應該也能算是禱告的一種吧？我們過得很開心，現在我開始享受這段時光了，因為每個人都竭盡全力地做出最好的表現，就好像住在斑鳩窩裡一樣。要是妳能看到瑪格走向桌子時如何試圖表現出母親的樣子的話，妳一定會哈哈大笑。她每天都變得更漂亮一點，有時我覺得自己都快愛上她了。妳的其他三個孩子都是大天使長，至於我嘛——哎，我是喬呀，我永遠不會是別的東西。喔，我一定要告訴妳，我差點和羅瑞大吵一架。我因為一件小事沒有控制住情緒，應該得罪了他。我在道理上是對的，但講話時的態度很不應該，後來他氣沖沖地往他家走去，他說除非我請求他的原諒，否他再也不會過來了。我高聲說我不可能請求他的原諒，我簡直氣瘋了。這次的吵架持續了一整天。我那時覺得好難過，好希望妳在這裡。羅瑞和我都太過驕傲，對我們來說，請求對方原諒是很困難的事。但我覺得他應該會過來找我，因為我在道理上是正確的。他沒有來，到了晚上，我想起了艾咪掉進河裡那天妳跟我說的話。我讀了幾頁小書，覺得好多了，下定決心生氣不要持續到日落之後，所以跑下樓要去找羅瑞道歉。我在花園的閘門遇見他往我們家走來，他和我想的是同一件事。我們兩人都大笑起來，互相請求對方原諒，又一次覺得愉快又舒適。

昨天幫忙漢娜洗碗時我寫了一首詩，由於父親總是喜歡我創作的愚蠢小東西，我把詩放在信中，希望能逗他開心。請替我向他轉達充滿無與倫比的愛的擁抱，也請替我親親妳自己十二下……

〈來自肥皂泡的一首歌〉

對著臉盆的女王，我喜悅地歌唱，
潔白的泡沫正高高堆積，
勤奮地搓揉和洗滌和扭擰，
為了晾乾把衣服高高掛起。
它們在外頭的清新空氣中搖曳，
晴朗的天空在它們頭頂。

我多麼希望我們也能將心與靈拿去清洗
洗淨整週以來的汙穢，
讓水與空氣使用魔法把
我們變得和它們一樣純潔。
此後這個世界將會把這天
訂定為美妙的洗滌節！

走在富有意義的人生道路上，
心靈平靜才有可能會出現。

顛三倒四的喬

忙碌的思緒沒有時間
思考悲傷或擔憂或沮喪。
我們勇敢地揮舞掃帚，
或許能夠就此掃除焦慮的思想。

我很高興能被授予工作，
讓我日復一日付出勞力。
因為工作帶給我健康與力量與希冀，
並且使我愉悅地學會了告訴自己：
「頭腦，你盡可以思考，心靈，你盡可以感受，
但雙手，你們必須時時付出勞力！」

* * *

親愛的母親：

我希望能在這有限的篇幅內向妳傳遞我的愛，並附上幾朵三色菫乾燥花，這些花是我從放在屋內保留給父親觀賞的植株上摘下來的。我每天早上都閱讀，從早到晚都努力試著行好事，晚上對自己唱著父親的曲調入睡。我現在沒有辦法唱《忠誠之國》[1]，唱了會想哭。每個人都對我們很好，妳離開之後我們盡全力過得快快樂樂。艾咪想要信紙上剩下的空間，所以我必須在此停筆。我沒有忘記蓋上燃火爐，每天都記得旋緊時鐘的發條並替每間房間通風。

替我在親愛的父親臉上親一下，他說那裡是專屬於我的位置。喔，拜託你們快點回來吧。愛妳的

小貝絲

* * *

Ma Chere（親愛的）媽媽：

我們都很好我每天都有做功課從來不會和其他女孩產生衝壯（撞）——瑪格說我要說的應該是衝凸（突）所以我把這兩個字都寫下來了妳可以自己挑一個比較適合的。瑪格帶給我很大的安慰她讓我每天晚上都在茶點時間吃果凍實在太棒了喬說因為果凍會讓我脾氣很好。我現在幾乎快要變成青少女了羅瑞應該要尊近（敬）我但是他卻沒有，他說我是小妞還在我像海蒂·金一樣說Merci（謝謝）或Bon jour（你好）的時候用很快的法語跟我說話讓我非常受傷。我的藍洋裝的袖子磨壞了，瑪格替我縫了一個新的，但是從前面看起來袖子很奇怪而且比原本的洋裝還要藍。我覺得很難過但是沒有因此陷入煩惱我很能夠忍耐遇到的問題但我真的希望漢娜能替我的圍裙多上漿然後每天都吃蕎麥。她可以這麼做的，不是嗎？我的間（問）號是不是用得很好呢？瑪格說我的標點符號與拼音非常糟我覺得很乾（尷）尬但我的天啊我有好多事要做，我可不能現在停下來。Adieu（再見），替我送上我對爸爸的許多許多愛。深愛妳的女兒

艾咪·柯蒂斯·馬奇

1 LAND OF THE LEAL，指的是天國，作曲者為奈尼夫人卡羅萊納·奧利芬特（Carolina Oliphant, Lady Nairne）。

＊＊＊

親艾的馬奇夫人：

我只是想寫封信跟妳說我們過得很不昔（錯）。女孩們都很聰明，知道怎麼用對的方法幫忙。瑪格小姐會成為很好的家庭主婦。她有能力坐（做）到，而且學起這些世（事）情的速度快到讓人很今（驚）訝。喬坐（做）什麼世（事）情都搶先，但她從來不先停下來考律（慮）一下，妳永遠不知道她之後要幹嘛。她週一洗了一大桶衣服，但卻在擰乾之前就開始上漿，又把粉色的棉布洋裝染成藍色，我覺得我大蓋（概）會被她笑死。貝絲是這群小孩中最乖巧的一個，她邦（幫）了我非常多忙，從一開史（始）就細心又可告（靠）。她試著想要學會每件世（事），小小年紀就自己去市場買菜，還能在我的邦（幫）助下記帳，真的很棒。目前為只（止）我們都過得很節省。我照著妳說的，只讓女孩們每星期喝一次咖啡，給她們吃簡單又迎（營）養的食物。艾咪坐（做）得很好，她沒有生氣，她常穿最好的衣服又吃甜食。羅瑞先生和以前一樣愛開玩笑，常常把家里（裡）弄得很吵，但他能逗女孩開心，所以我就給他空間近（盡）情發揮了。老先生送來好多東西，有典（點）煩人，但這是他的一番好心，也倫（輪）不到我來多說什麼。我的面（麵）包發出滋滋聲了，所以這次的信就這樣吧。我要向馬奇先生致敬，希望他的肺言（炎）能盡快好起來。

漢娜．穆雷特　敬上

＊＊＊

第二病房護士長：

拉帕罕諾克河一片寧靜，軍隊狀況良好，軍糧供應順暢，泰迪上校領導的家庭守衛隊永遠盡忠職守，總司令羅倫斯將軍每日巡視軍隊，穆雷特軍需官將營帳管理得井井有條，獅子上校負責晚上放哨。收到華盛頓傳來的好消息後，我們將放二十四響禮炮致敬，並於總部舉辦閱兵典禮。總司令在此致上最誠摯的祝福，以及與他共同致上祝福的

泰迪上校

＊＊＊

親愛的女士：

小女孩們都很好。貝絲和我家男孩每天都向我報告近況。漢娜是模範女傭，像龍一樣嚴謹地守護著瑪格。晴朗的天氣不曾間斷，這是好事一件。請務必讓布魯克幫上你們的忙，若花費超出妳的預期，請從我這裡挪移款項過去。務必讓妳的丈夫不虞匱乏。感謝上帝他正逐漸康復。

妳真誠的朋友與僕人，詹姆斯．羅倫斯

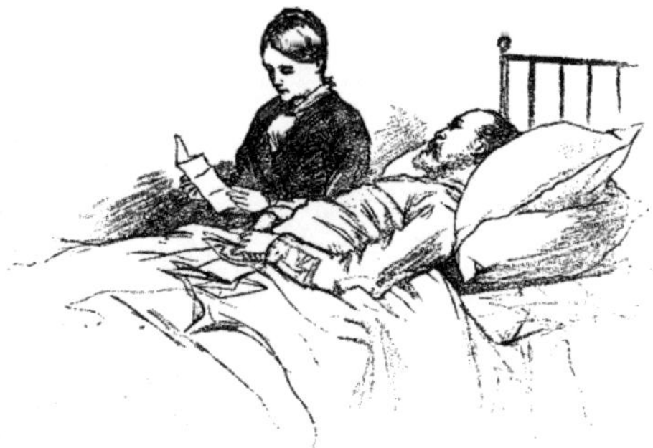

17 小信徒

整整一個星期的時間，老房子裡洋溢的美德多到足以傳至周遭鄰里。每個人的思考模式似乎都非常完美，好像家裡流行起了自我克制一樣，一切都神奇得不得了。然而在父親病情帶來的緊張情緒消失之後，女孩們不知不覺放鬆了原本值得讚揚的努力態度，開始回到往昔的老狀態。她們沒有忘記母親給她們的格言，不過似乎有些鬆懈於心懷希望與保持忙碌了，在全力以赴的努力之後，這些奮進者覺得自己理應放一天假，接著，一天假就變成了好多天假。

喬一時疏忽沒有替剪短頭髮的頭做好保暖，因此感冒了，馬奇姑婆命令她留在家，等到好轉再去工作，因為她不喜歡感冒的人替她朗讀書籍的聲音。喬很開心，她興致勃勃地從閣樓一路搜尋到地下室後，終於抱著白砷藥劑和好幾本書躺進沙發裡開始治療自己的感冒。艾咪發現家事與美術彼此相處不融洽，因此回到了泥土派的懷抱。瑪格每天都去替學生上家教，回到家就開始縫紉，或者應該說她認為自己回家後在縫紉，但其實她把許多時間都用來寫長信給母親，或者再三閱讀從華盛頓寄來的信件。貝絲保持著最好的狀態，很少偷懶或陷入難過的情緒。

貝絲每天都像忠實的信徒一樣完成自己該做的簡單雜務，也為健忘的姊妹們完成她們的雜務，整間房子就像是失去鐘擺的時鐘一樣，毫無變化。每當她因為想念母親或者擔心父親的病情而心情沉重時，她總會躲進某個特定的衣櫃中，把臉埋進一件老舊洋裝的裙褶間，獨自一人一邊小聲嗚咽，一邊悄聲唸著簡單的祈禱。沒有人知道她在難過時是怎麼讓自己重新打起精神的，但每個人都覺得貝絲的態度甜美又樂於助人，她們全都開始為了自己遇到的小事找貝絲尋求安慰與建議。

沒有人意識到這次的經驗其實是一場針對性格的考驗，等到一開始的激動情緒消退後，她們開始覺得自己做得很好，值得讚賞。她們的想法是對的，但她們犯的錯誤是：如今她們不再做得那麼好了。而這次教訓的後果將使她們無比憂慮、後悔莫及。

「瑪格，我希望妳能去看看胡梅爾一家人。妳知道母親告訴過我們不要忘記她們。」在馬奇太太離家之後的第十天貝絲說道。

「我今天太累了，下午沒辦法去。」瑪格回答時正舒適地坐在搖椅上，邊搖著椅子邊縫紉。

「喬，妳能去嗎？」貝絲問。

「去胡梅爾家對我這個感冒的人來說太刺激了。」

「我以為妳的感冒快好了。」

「好了一些，足以讓我和羅瑞出去，但還沒好到足以讓我去胡梅爾家。」喬大笑著說。但似乎對自己的前後不一致有點羞愧。

「妳為什麼不自己去？」瑪格問。

「我每天都去，但他們家的嬰兒生病了，我不知道該怎麼幫他們。胡梅爾太太要去工作，現在是洛蒂在照顧嬰兒。可是病情越來越嚴重了，我覺得妳們或漢娜應該去一趟。」

貝絲語調急切，瑪格便答應她明天會去。

「跟漢娜要一些好吃的小點心拿過去吧，貝絲，呼吸新鮮空氣對妳有好處。」喬說完後又抱歉地補了一句：「我很想去，但我希望能先完成我的寫作。」

「我的頭在痛，而且我好累，所以我想或許妳們其中一人今天可以去一趟。」貝絲說。

「艾咪很快就會回來了，她可以替我們過去一趟。」瑪格提議。

因此貝絲在沙發上躺了下來，另外兩個人繼續完成自己原本在做的事，然後胡梅爾一家人就這麼被忘記了。一個小時過去了。艾咪沒有回來，瑪格回去房間試穿新洋裝，喬則沉迷於自己的故事之中，漢娜在廚房的爐火前熟睡，這時貝絲安靜地穿上斗篷，在自己的籃子裡裝滿要給可憐的孩子們的各種物品。走進外面寒冷的空氣中時，她覺得頭腦發昏，病懨懨的雙眼中帶著憂傷的神色。她回來時已經很晚了，沒有人看到她躡手躡腳地爬上樓梯，把自己關進母親的房間裡。半個小時之後，喬打開「母親的衣櫃」找東西，卻發現小貝絲坐在藥箱上，神情低落，雙眼通紅，手上拿著一瓶樟腦罐。

「克里斯多弗．哥倫布啊！發生什麼事了？」喬高聲問道。這時貝絲伸出手，似乎在警告她別再靠近，接著馬上問道……

「妳得過猩紅熱了，對嗎？」

「好幾年前得的，那時候瑪格也得了猩紅熱。為什麼這麼問？」

「那我就告訴妳吧。喬啊，嬰兒死了！」

「什麼嬰兒？」

「胡梅爾太太的嬰兒。嬰兒死在我的腿上，那時胡梅爾太太還沒到家。」貝絲啜泣著大喊。

「我親愛的小可憐，這對妳來說真是太可怕了！應該是我去他們家才對！」喬說著把妹妹抱進臂彎裡，坐到母親的大椅子上，表情懊悔。

「我不覺得可怕，喬，我只覺得很難過！我一看到嬰兒就知道他病得更重了，但洛蒂說她母親已經去找醫師了，所以我把嬰兒接到手裡，讓洛蒂休息一下。他好像睡著了，但接著他突然發出了小小的哭聲，開始顫抖，接著就不動了。我試著溫暖他的腳，洛蒂則拿了一些牛奶給他喝，但他還是動也不動，我那時就知道他死了。」

「別哭，親愛的！後來怎麼了？」

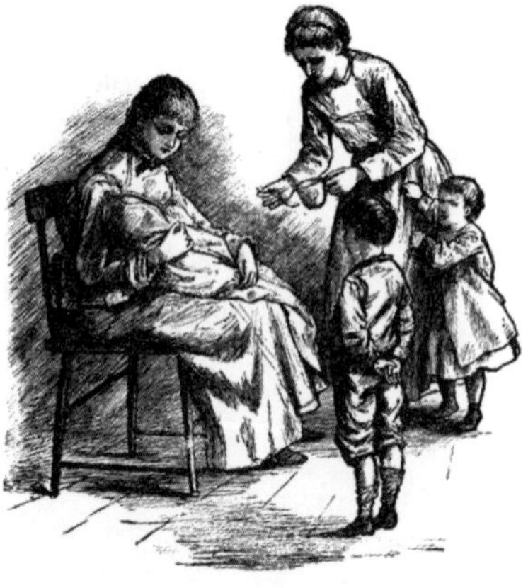

「我坐在那裡輕輕抱著他，直到胡梅爾太太帶著醫師回來。他說嬰兒死了，然後看向正在喉嚨痛的海因里希和米娜。『是猩紅熱，女士。妳應該早點叫我來。』他生氣地說。胡梅爾太太告訴他，他們家很窮，她一直在想辦法自己替嬰兒治病，但現在一切都太遲了，她只能請醫師治療其他孩子，她會去找慈善機構來支付看病的錢。這時醫師才比較親切地露出微笑，但這件事真的很讓人難過，我跟著他們哭了一陣子，接著醫師突然轉過身，要我立刻回家服用顛茄，否則我也會得猩紅熱。」

「不，妳才不會得猩紅熱！」喬高聲大叫，表情驚恐地把妹妹抱得更緊。「喔，貝絲，要是妳真的生病了，我永遠也不會原諒我自己的！我們現在該怎麼辦？」

「別擔心，我猜我的症狀應該不嚴重。我剛剛看了母親的書了，上面寫說猩紅熱一開始是頭痛、喉嚨痛和不適感，跟我的狀況很像，所以我已經服用一點顛茄了，現在我覺得好多了。」貝絲說著把冰冷的手放在滾燙的前額上，試著讓自己看起來狀況良好。

「要是母親在家就好了！」喬大聲說。她抓起書，覺得華盛頓距離家裡好像無限遙遠。她讀了一頁之後仔細檢視貝絲，摸摸她的頭，看進她的喉嚨，然後沉重地說：「貝絲，妳之前花了超過一整個星期的時間每天去照顧嬰兒，他們家的其他人也很有可能生病了，所以我擔心妳很有可能也會被傳染。我去叫漢娜，她很了解各種病痛。」

「別讓艾咪過來。她沒得過這種病，我不想傳染給她。妳跟瑪格會不會又得一次病？」貝絲緊張地問。

「我猜應該不會。就算我也生病了妳也別在意。這是我活該，我根本就是隻自私的豬，竟然讓妳自己一個人出去，然後待在家裡寫那些垃圾！」喬一邊走出門一邊喃喃自語。

善良的漢娜馬上就完全清醒了，她立刻帶著喬往樓上走，並安慰喬沒有必要擔心；每個人都得過猩紅熱，只要好好治療就不會有人病死，喬將漢娜的話照單全收，放心不少。

「好了，我跟妳們解釋一下我們之後要怎麼做。」漢娜看過貝絲又問了她幾個問題之後說。「我們會請班斯醫師過來，親愛的，讓他看看妳的狀況怎麼樣，確認我們做得對不對。然後我們暫時把艾咪送到馬奇姑婆那裡，讓她遠離病氣，接下來的一、兩天，妳們兩個女孩之中可以有一個留在這裡陪伴貝絲。」

「當然是我留下來，我比較大。」瑪格率先開口，看起來焦慮又自責。

「我留下來才對，因為她生病都是我的錯。我告訴母親我會負責打雜的，但我卻沒有做到。」喬堅決地說。

「妳要誰留下來呢，貝絲？只要一個人留下來就夠了。」漢娜說。

「請讓喬留下來。」貝絲將頭靠在姊姊身上，露出滿足的表情，清楚表達了自己的立場。

「我去跟艾咪說這件事。」瑪格說。她覺得有一點點受傷，但又大大鬆了一口氣，因為她其實不喜歡照顧人，而喬則與她相反。

艾咪非常反對她們的決定，她慷慨激昂地說她寧願染上猩紅熱也不要去馬奇姑婆家。瑪格說之以理，動之以情，又嘗試下達命令，卻全都是徒勞。艾咪一直堅持她不會去，瑪格只好絕望地離開，去詢問漢娜該怎麼辦。她還沒回來，羅瑞就走進了客廳，發現了把頭埋在沙發靠枕裡哭泣的艾咪。她告訴羅瑞剛剛發生的事，希望能獲得安慰，但羅瑞卻只是把兩隻手都放進口袋裡，在房間裡徘徊，吹著輕柔的口哨，眉頭緊鎖地沉思著。沒多久他就在艾咪身邊坐下，用最具有說服力的語調說：「妳要當個明理的小婦人，照她們說的做。不，別哭呀，先聽聽我想到的歡樂計畫吧。妳去馬奇姑婆家之後，我會每天去那裡帶妳出去玩，我們可以搭車或走路，每天都享受很快樂的時光。這麼做比悶悶不樂地待在這裡還要好玩多了，不是

嗎？」

「我不想要被送走，感覺好像我很礙事。」艾咪用受傷的語氣說。

「老天保佑妳這個天真的孩子，她們是為了要保護妳的健康呢。妳也不想要生病，對吧？」

「對，我當然不想，但我敢說我一定會生病的，因為我這幾天一直都跟貝絲待在一起。」

「正是因為這樣妳才更應該要馬上離開，這麼一來妳才有可能逃過一劫。我敢說換個環境加上適當的照顧能讓妳保持健康，就算妳真的生病了，症狀也會比較輕微。我建議妳要盡快出發，因為猩紅熱可不是開玩笑的，小姐。」

「但馬奇姑婆家好無聊，而且她很煩人。」艾咪看起來有些害怕。

「不會無聊，因為我每天都會過去找妳，告訴妳貝絲過得怎麼樣，然後帶妳出去玩。那位老太太很喜歡我，我會用最親切的態度對待她，這麼一來無論我們做什麼她都不會找我們麻煩。」

「你會讓帕克拉四輪輕馬車載我出去玩嗎？」

「我以紳士的名譽保證我會。」

「每天都過來？」

「絕不食言！」

「貝絲的病一好就帶我回來？」

「病好的那瞬間馬上帶妳回來。」

「還要去戲院，真的去戲院喔？」

「有機會的話我們可以去十幾次戲院。」

「好吧——我答應。」艾咪緩緩地說。

「好孩子！叫瑪格下來吧，告訴她妳投降啦。」羅瑞贊同地拍拍艾咪的頭，這個舉動比「投降」這兩個字還要讓艾咪惱怒。

瑪格和喬跑下樓來觀賞剛剛發生的這場奇蹟，艾咪則向她們承諾，如果醫師說貝絲生病的話她就會離開，她將自己的舉動視為偉大的自我犧牲。

「小可愛怎麼樣了？」羅瑞問。他總是非常寵愛貝絲，現在其實比外表看上去的樣子要緊張得多。

「她現在躺在母親的床上，說她感覺好多了。看到嬰兒死去讓她很難過，但我敢說她只是感冒而已。漢娜說她覺得這只是感冒，但她的表情很擔心，讓我覺得很不安。」瑪格回答。

「這個世界真是太討人厭了！」喬煩躁地抓亂自己的頭髮。「我們才剛度過一個難關，就又遇見了一個難關。母親走了之後，一切好像都失去了重心，讓我覺得很茫然。」

「至少別把自己弄得像豪豬一樣，不怎麼好看。把妳的短髮整理好，喬，然後告訴我是否需要我發電報給妳的母親，或者替妳們做任何事？」羅瑞問。他至今還沒有辦法接受朋友失去了美麗頭髮的事實。

「我正因為這件事煩惱。」瑪格說。「如果貝絲真的病了，我覺得我們應該要告訴母親，但漢娜說我們絕對不可以這麼做，因為母親不能離開父親身邊，說了這件事只會讓他們焦急而已。貝絲不會病得太久，漢娜也知道該怎麼照顧她，母親也說過我們應該要聽她的話，所以我想我們大概真的不該通知母親，但是我又覺得這麼做不太對。」

「嗯，好吧，我沒辦法決定這件事。我想妳應該等醫師來過之後問問我祖父。」

「我們會去問的。喬，快去找班斯醫師。」瑪格下令。「在他來之前，我們什麼事都沒辦法決定。」

「待在這裡，喬。我才是這個家裡負責跑腿的人。」羅瑞說著拿起他的帽子。

「但你還有別的事要忙。」瑪格開口。

「我今天的課都上完了，所以沒事。」

「你放假的時候也要念書嗎？」喬問。

「我向來跟隨好鄰居樹立的典範。」羅瑞說完便轉身走出房間。

「我的男孩以後一定會平步青雲的。」喬臉上帶著讚許的微笑，看著羅瑞翻身越過籬笆。

「以一個男孩而言，他的確做得很好。」瑪格對這個話題並不感興趣，回答的語氣冷淡。

班斯醫師看診後，說貝絲的確有猩紅熱的症狀，但他認為症狀很輕微。不過聽了胡梅爾家的事情之後，他的表情顯得很凝重。醫師要求艾咪立刻啟程離開，拿了一些去除病氣的藥物讓她帶上路，她離開時排場浩大，有喬和羅瑞隨行護送。

馬奇姑婆如同往常一樣殷勤地歡迎他們的到來。

「妳們現在又想怎樣？」她用尖刻的眼神透過鏡片看著他們，鸚鵡亮亮則坐在她的椅背上，大叫著：

「滾開。這裡不准男孩進來。」

羅瑞撤退到窗邊，喬則解釋了他們遇到的事情。

「我早就知道妳們跑去多管窮人家的閒事會有這種下場。只要艾咪沒有生病就可以留在這裡，幫我做點事，不過看她現在的樣子八成很快就要病倒了。孩子，不准哭，聽到吸鼻子的聲音就讓我覺得厭煩。」

艾咪已經快要哭出來了，但這時羅瑞偷偷地拉了一下鸚鵡的尾巴，亮亮立刻嚇得呱呱大叫，喊道：「媽呀！」語調滑稽得讓艾咪笑了起來。

「妳們媽媽那邊有什麼新消息嗎？」老太太粗聲問。

「父親現在健康得多了。」喬努力在回答時保持嚴肅的表情。

「喔，是嗎？嗯，我看也不會健康太久。馬奇家的人向來一點毅力也沒有。」馬奇姑婆的回答真是太正向積極了。

「哈、哈！永遠不要說死，吸一口鼻煙，再見、再見！」亮亮尖聲大叫著在牠的棲木上跳舞，接著在羅瑞從後面戳牠時爬到了老太太的帽子上。

「閉上你的嘴，你這隻沒禮貌的老鳥！還有，喬，妳最好趕快離開。妳這麼做不合禮數，這麼晚了和一個腦袋空空的男孩在外遊蕩，好像……」

「閉上你的嘴，你這隻沒禮貌的老鳥！」亮亮高喊一聲，從椅子上跳了下來，搖搖晃晃地跑去啄那位「腦袋空空」的男孩，這位男孩正因為鳥說的話而大笑不止。

「我覺得我一定沒辦法忍受這裡的生活，但我會努力的。」被獨自留在馬奇姑婆家的艾咪想著。

「滾開啦，你這個醜八怪！」亮亮尖聲大叫，聽到這句粗魯的話，艾咪忍不住抽了一下鼻子。

18 黑暗時期

貝絲的確罹患了猩紅熱，除了漢娜與醫師早有預期外，其他人都沒有預料到症狀會這麼嚴重。女孩們對這種疾病一無所知，醫師也不允許羅倫斯先生來探望，所以她們便按照漢娜的吩咐行事，忙碌的班斯醫師已經盡了最大的努力，但還是留下許多工作給漢娜這位出色的護士。瑪格唯恐自己會把病傳染給金家的孩子，因此待在家裡。寫信給母親時她完全沒有提及與貝絲生病相關的事，這讓她感到極度的焦慮和輕微的罪惡感。她覺得欺騙母親是不對的，但母親又曾要求她要聽從漢娜的話，而漢娜不答應「讓馬奇太太知道這件事」，因為她不想讓馬奇太太為這點雞毛蒜皮的小事擔心。

喬不分晝夜都在全心全意照顧貝絲，她覺得這項任務並不辛苦，因為貝絲的忍耐力極高，只要她還能控制自己，便總是毫無怨言地忍受病痛。但後來在某次嚴重發燒時，她開始用沙啞破碎的聲音說話、像是彈奏她深愛的小鋼琴一樣彈奏著被單、試著用腫脹不堪的喉嚨唱歌但卻發不出聲音，在另一次高燒時，她認不出周圍的熟悉面孔，叫錯每個人的名字，然後哀求她們找母親來。喬越來越害怕，瑪格懇求漢娜讓她在信中寫下真相，就連漢娜也說「雖然狀況並不危險，但她會考慮讓瑪格告訴馬奇太太」。來自華盛頓的另一封信使她們更加憂愁，因為馬奇先生的病又復發了，之後很長一段時間都不太可能考慮回家。

這段時期顯得黑暗無光，屋子裡充滿悲傷與孤獨的氣氛，女孩們心情沉重地一面工作一面

等待，死亡的陰影籠罩了這個曾經幸福的家庭。瑪格時常在坐著工作時獨自落淚，她這時才發現以前她是多麼富有，她過去擁有的一切是無論多少財富也無法買到的珍寶——她擁有愛、保護、寧靜與健康，這才是生命中真正能帶來幸福的事物。喬坐在昏暗的房間裡，眼前看見的是痛苦不堪的小妹妹，耳邊聽見的是令人心碎的聲音，她這時才理解貝絲的性格有多好、多甜美，才感覺到貝絲曾讓所有人的心中深處都充滿溫柔知情，才發現到貝絲無私的追求是多麼珍貴。貝絲總是替他人而活，展現出每個人都能擁有的最單純美德，使全家人都過得幸福。這些特質比任何才能、金錢與美貌都還要更值得所有人去愛惜和珍視。而流亡在外的艾咪則深切渴望能回家為貝絲做家事，她現在覺得任何雜務對她來說都並不困難也不惱人，並悔恨地想起了貝絲毫無怨言地為她做了多少她忘記做的家務。羅瑞在房子裡像是躁動的鬼魂一樣四處遊走，羅倫斯先生把大鋼琴上了鎖，因為他無法忍受看見鋼琴時想起曾在黃昏時帶給他歡笑的小鄰居。每個人都想念貝絲。送牛奶的人、麵包師傅、雜貨店老闆和肉販都在詢問她有沒有比較好，可憐的胡梅爾太太也來請求她們原諒她的疏失，並向她們討了米娜的裹屍布，就連最了解貝絲的人都直到這時才驚訝地發現害羞的小貝絲認識了多少朋友。

此時貝絲躺在床上，親愛的喬安娜被安置在她身側，她就算病得神智不清都沒有忘記她總是保護在羽翼下的可憐孩子。她想念她的貓，但卻不願意讓人把貓帶過來，以免把病傳染給貓。在狀況比較好的時候，她總是很擔心喬。她請人捎帶充滿愛的訊息給艾咪，懇求其他人告訴母親她很快就會再次寫信過去，也時常拜託旁人拿紙筆給她，讓她嘗試著寫下隻字片語，唯恐父親會以為自己被忽視了。但很快的，這些短暫的清醒時間也消失無蹤了，她每時每刻都躺在床上，翻來覆去，若不是在語無倫次地囈語，就是陷入毫無益處的昏迷。班斯醫師每天會來兩趟，漢娜徹夜不睡照顧病人，瑪格寫好了一封隨時能發出去的電報放在桌上，喬待在貝絲的身邊寸步不離。

十二月一日對她們來說寒冷刺骨，冰寒的風在屋外吹起，雪下得很大，這一年似乎已經準備好要步入死亡了。班斯醫師早上來了之後，花了很長的時間檢查貝絲的狀況，他花了一分鐘的時間用雙手握住貝絲滾燙的小手，然後輕巧地將她的手放下來，低聲對漢娜說：「如果馬奇太太方便暫時離開她丈夫身邊的話，最好盡快回來。」

漢娜無法克制嘴唇的顫抖，只能沉默地點頭，瑪格跌坐在椅子裡，好像這幾個字把她四肢中的所有力量都抽乾了，喬血色全失，呆站了一分鐘之後跑進客廳一把抓起電報，飛快地穿好衣服，衝進風雪中。她很快就回來了，在無聲地脫下斗篷時，羅瑞拿著一封信走進來，他說馬奇先生的狀況又再次好轉。喬心懷感激地閱讀信件，但她心上的沉重感絲毫沒有減輕，神色太過悲戚，以至於羅瑞很快就開口問道：「怎麼了？貝絲的狀況變糟了嗎？」

「我發電報給母親了。」喬神色哀傷地試著脫掉自己的橡膠靴。

「這是好事啊，喬！妳自己決定要發電報的嗎？」羅瑞攙扶喬在門廊的椅子上坐下，他注意到喬的手不斷顫抖，因此幫著她脫下了靴子。

「不是。是醫師叫我們這麼做的。」

「喔，喬，狀況不可能那麼糟吧？」羅瑞表情驚異地大喊。

「是的，狀況就是那麼糟。她認不出我們了，她甚至不再提起牆上那些她稱為綠色鴿子的常春藤葉了。她看起來一點也不像我的貝絲，現在沒有人能幫助我們撐下去了。母親和父親都不在，上帝又似乎太過遙遠，我找不到祂。」

可憐的喬淚如雨下，她絕望地伸出一隻手，好像在一片黑暗中摸索，而羅瑞握住那隻手，

低語時感覺到自己的喉頭哽咽：「我在這裡。握住我的手，喬，親愛的！」

她說不出話來，但她確實握住羅瑞的手了，他人友善而溫暖的手緊握著她的手，使她痛苦的心受到撫慰，並引領她更加靠近天父的臂膀，讓她在憂慮中有所依託。

羅瑞渴望能說些體貼安撫的話，但卻想不出適當的詞語，所以他安靜地站在一旁，溫柔地拍撫喬低垂的頭顱，就像他母親以前安慰他的方式。這是他所能做到最好的事了，他的舉動遠比最動人的話語還要令人感到安慰，喬能感覺到他未說出口的同情，她在沉默中理解了深厚的情感能夠緩解悲傷，這對她來說是一種溫柔的慰藉。她很快就止住眼淚，感到如釋重負，神情感激地抬起頭。

「謝謝你，泰迪，我現在好多了。我不再覺得孤立無援了，要是再次遇到這種狀況，我會試著撐過去。」

「妳要心懷最好的希望，喬，這麼做對妳會有幫助。妳們的母親很快就會回來了，到時候一切都會沒事的。」

「我很高興父親的病情好轉了。這麼一來，母親就不會因為要離開父親而感到難過。喔，天啊！我感覺好像所有困難都同時出現，而我肩上的重擔是最為沉重的。」喬嘆了一口氣，把溼透的手帕展開放在膝上晾乾。

「瑪格沒有幫忙嗎？」羅瑞憤憤不平地問。

「喔，有的，她有幫忙，但她不像我那麼深愛貝絲，她以後也不會像我一樣想念貝絲。貝絲是我的良知，我沒辦法放下她。我沒辦法！真的沒辦法！」

喬把臉埋進溼透的手帕中，絕望地哭了起來，在此之前她勇敢了很久，從沒掉過一滴眼淚。羅瑞抬手蓋住雙眼，說不出話來，努力試著壓抑喉中的哽咽與顫抖的嘴唇。或許他的反應一點男子氣概也沒有，但他無法控制，而我對此感到慶幸。沒多久，喬的啜泣聲逐漸轉弱，羅瑞語帶希望地說：「我不覺得她會死。她那麼善良，我們每個人又都那麼愛她，我不相信神會這麼快把她帶走。」

「善良又美好的人總是會死。」喬嘆息一聲。不過她不再哭泣了，雖然她心中依然充滿懷疑與恐懼，但朋友的話語讓她振作了起來。

「可憐的孩子，妳累壞了。這麼難過真是太不像妳了。等我一下。我馬上就能讓妳打起精神。」

羅瑞三步併作兩步地跑上樓，喬則疲憊地將頭靠在貝絲那件小小的棕色斗篷上，貝絲把斗篷放在桌上之後就沒有人想過要動它了。這件斗篷一定施展了某種魔法，因為喬似乎得到了溫柔的斗篷主人的舒緩鼓勵，等到羅瑞拿著一杯酒跑下來時，她微笑著接過酒杯，勇敢地說：「乾杯——敬我的貝絲能健健康康！你真是個高明的醫師，泰迪，也是個懂得安慰人的朋友。我要怎麼回報你才好呢？」紅酒讓她覺得身體再次充滿能量，正如羅瑞親切的話語讓她的精神再次振奮。

「我馬上就會把帳單寄來給妳，至於今天晚上，我會先告訴妳一件比紅酒還要能溫暖心靈的事情。」羅瑞微笑著說。似乎正努力壓抑某件事帶給他的得意之情。

「什麼事？」喬高聲問著。因為好奇而在這一刻忘記了所有煩憂。

「我昨天就發電報給妳母親了，布魯克回電報說妳母親立刻就會回來。她今天晚上就會抵達了，一切都會好的。我這麼做妳覺得開心嗎？」

羅瑞的語速飛快，片刻間就興奮得滿臉通紅，他一直保守著這個祕密，深怕會使女孩們感到失望或者使貝絲傷心。喬的臉色瞬間變得蒼白，並從椅子上一躍而起，在羅瑞說完話的瞬間，她立刻伸手摟住羅瑞的脖子，高聲發出歡喜的叫喊：「喔，羅瑞！喔，母親！我真是太開心了！」這讓羅瑞又驚又喜。她沒有哭，反而無比激動地大笑出聲，發著抖緊緊拘住好友，表現得像是這個突如其來的消息使她無法控制自己的反應。

羅瑞心中感到很驚喜，但表現上還是處變不驚。他安慰地拍了拍喬的背，發現她正逐漸恢復，便害羞地親了她一、兩下，讓喬馬上清醒了過來。她扶著樓梯扶手輕柔地推開他，屏息道：「喔，別這樣！我不是這個意思，我剛剛的舉動太糟糕了。我只是覺得你能不顧漢娜的反對替我們發電報真的是太好了，所以我才忍不住抱住你的。告訴我事情的經過吧，然後以後別再給我酒了，喝酒會使我做出這種舉動的。」

「我不介意呀，」羅瑞大笑著整理起他的領帶。「是這樣的，貝絲的病情讓我焦躁不安，祖父也是。我們覺得漢娜太過專橫了，妳們的母親應該要知道這件事才對。要是貝絲……嗯，妳知道的，要是家裡發生任何事的話，她一定不會原諒我們的。所以，昨天我看到醫師的表情凝重，漢娜又在我提議要發電報時差點扭斷我的頭，我便想辦法說服祖父我們早就該採取行動，之後便飛奔到郵局。我向來不是那種『服從權威管教』的人，因此我當時就下定決心一定要發電報。妳們的母親一定會回來的，我很確定，晚班的火車會在凌晨兩點抵達。我會去接她，妳們只要專心按捺住狂喜之情，好好照顧貝絲，等待妳們親愛的母親抵達就好。」

「羅瑞，你真是天使！我要怎麼樣感謝你才好呢？」

「再擁抱我一次好了。我覺得這是個好主意。」羅瑞淘氣地說。他已經半個月沒有露出這樣的神情了。

「不了，謝謝你。我會等你祖父來了之後再請他替我感謝你的。別鬧了，你先回家休息吧，畢竟你還要在半夜起來。上天祝福你，泰迪，上天祝福你！」

喬退回到角落，說完話後就閃身跑進廚房，坐到櫥櫃上，告訴廚房裡的一群貓咪她覺得「好開心，喔，太開心了！」而羅瑞則走出了馬奇家，覺得自己做的事再正確不過了。

「他真是我見過最愛管閒事的一個小夥子了，但我會原諒他，我的確希望馬奇太太能立刻回到家裡。」漢娜在喬告知她這個消息後這麼說，她顯然鬆了一口氣。

瑪格歡欣鼓舞了一陣子之後便開始對著信件沉思，喬則把病房整理得井井有條，漢娜則「去多烤幾個派以免有意料之外的訪客」。房子裡似乎吹拂過一陣清新的微風，某種比陽光還要更美好的事物使安靜的房間變得敞亮。萬事萬物似乎都感受到了充滿希望的改變。貝絲的鳥再次開始啁啾歌唱，艾咪那叢位於窗邊的灌木中出現了一朵初綻的玫瑰。火堆似乎在燃燒時散發著異常歡愉的氣氛，每當女孩們在屋內走動時遇到彼此，兩人蒼白的臉上就會綻放笑容，一面擁抱對方一面勉勵地低語：「母親要回來了，親愛的！母親要回來了！」每個人都打從心底感到開心，唯有貝絲除外。她躺在床上陷入深沉的昏睡中，似乎無法意識到希望與喜樂，或是疑慮與危險。這樣的景象令人心碎，她的小臉如今再也沒有過去那種如玫瑰般紅潤的色澤，顯得無比空洞，曾經忙碌的雙手如今虛弱地閒置，曾經微笑的嘴唇如今默然無聲，曾經受到仔細照顧的秀髮如今蓬亂糾結地散落在枕頭上。她整天都這麼躺著，偶爾會醒過來含糊地說著：「水！」她的唇舌太過乾渴，幾乎說不出任何一個字。喬和瑪格整天都在她身邊徘徊，她們期望、等待，希冀並信任上帝與母親。一整天，大雪不斷落下，刺骨寒風呼嘯而過，時間流逝得何等緩慢。但她們終於還是撐到了晚上，每次鐘聲響起，坐在床鋪左右兩側的兩姊妹就會用明亮的眼神看向彼此，因為每過一個小時，希望就更近一些。醫師來過又走，他說等到午夜大概就會知道之後的狀況是會轉好還是轉壞了，屆時他會再回來。

漢娜累壞了，躺在床角的沙發睡得很熟，羅倫斯先生在客廳來回踱步，他覺得自己寧願面對叛軍的大砲攻擊也不想要面對馬奇太太踏進門時的神色。羅瑞躺在地毯上假寐，雙眼盯著爐火，流露出深思熟慮的神色，黑色的雙眼因此顯得柔軟清澈且美麗。

女孩們永遠也忘不了那一晚，她們不斷看向時鐘，沒有人入睡，心中充滿每個人在面對這種狀況時會感受到的可怕無力感。

「要是上帝能放過貝絲，我將永遠不再抱怨。」瑪格熱切地悄聲說。

「要是上帝能放過貝絲，我會努力用餘生來愛祂與侍奉祂。」喬以同樣的熱切回答。

「我真希望我沒有心，那麼我現在就不會這麼痛了。」瑪格在停頓片刻後嘆息道。

「如果往後我們會時常遇到這種困境的話，我真的不知道我們該如何繼續生活下去。」她的妹妹意志消沉地跟著道。

此時鐘響了十二點，兩人立刻忘掉了正在說的話，看向貝絲。她們都覺得貝絲病弱的臉龐此時應該會突然出現明顯的改變。房子裡依舊如死一般的寂靜，唯一打破沉默的聲響只有狂風的咆嘯。疲憊的漢娜依舊在沉睡，只有兩姊妹覺得自己看見了死神蒼白的身影降臨在這張小床上。一小時過去了，除了羅瑞安靜地啟程前往車站之外，什麼事都沒有發生。又一個小時過去，依然沒有人來，女孩們惴惴不安，焦慮地擔心著會不會是風雪使得車子延遲、或者誰在路上遇見了什麼意外，或者更糟的——她們將接到從華盛頓傳來的可怕噩耗。

時間已經過了兩點，喬站在窗前，覺得眼前的狂風暴雪使得世界顯得無比孤寂，這時她聽到床鋪傳來一陣聲響，便立刻轉過身。只見瑪格跪在母親的休閒椅前，臉龐埋在床罩裡。喬只覺得心中充滿了深沉的恐懼，她想著：「貝絲死了，瑪格不敢告訴我。」

她立刻跑回原本的位置，赫然發現床上的景象發生了巨大的變化。發燒帶來的紅暈與痛苦神色都消逝了，她們摯愛的那張臉龐在最終的安眠中顯得蒼白如紙而寧靜，以至於喬心中絲毫沒有想要哭泣或哀悼的欲望。她彎腰靠向自己最親愛的妹妹，全心全意地親了親她汗溼的額頭，柔聲低語：「再見了，我的貝絲。再見了！」

漢娜似乎被她們的舉動給驚擾，從睡夢中驚醒，匆匆走到床邊仔細檢視貝絲，又摸了摸她的手，將耳朵貼在她口鼻前傾聽，然後掀起圍裙蓋住臉龐，坐了下來，前後搖動著低聲呼喊：「發燒退了，她現在睡得很好，她出汗了，呼吸也平靜了。讚美上帝！喔，我的老天爺啊！」

女孩們還來不及相信這個美好的事實，醫師就來她們家確認狀況了。他的相貌平凡，但當他微笑著用慈愛的表情看向她們時，女孩覺得他的臉無比神聖。醫師對她們說：「是的，親愛的，我想妳們家的小女孩已經撐過去了。保持安靜，讓她好好睡覺，等她起來的時候，給她……」

兩人都沒有聽見醫師叫她們給貝絲什麼，因為醫師話還沒說完她們就溜到了黑暗的長廊中，坐在樓梯上緊緊抱住對方，她們心中的歡喜之情已溢於言表。兩人回到房間裡親吻忠誠的漢娜並一一擁抱她，接著她們注意到貝絲躺在床上的姿勢變得像以前一樣，她的臉頰枕在一隻手上，駭人的蒼白已經消失，她平緩地呼吸著，好像剛剛入睡。

「要是母親能現在就到家該有多好！」喬說。此時冬夜正逐漸遠離。

「妳看，」瑪格拿著一朵半開的白玫瑰走過來，「我原本打算如果貝絲……離開我們的話，明天就要把這朵花放在她手中。我本來以為這朵花會來不及開，但它在半夜開了，現在我打算要把花放在我的花瓶裡，這麼一來等到我們的小甜心醒來之後，首先映入她眼簾的就會是這朵小玫瑰和母親的臉。」

瑪格和喬撐著沉重的眼皮看著清晨的景色，如今漫長而令人神傷的守夜已經結束，她們覺得自己從來沒有見過這麼美麗的旭日初升，這個世界比過去任何一刻都還要討人喜歡。

「看起來就像是仙子的國度一樣。」瑪格站在窗簾後看著炫目的景致微笑著說。

「妳聽！」喬跳起來大叫。

是的，樓下的門口傳來了鈴響與漢娜的喊叫，然後是羅瑞喜悅地低聲叫喊：「女孩們，她回來了！她回來了！」

19 艾咪的遺囑

家中發生這些事情的同時，艾咪在馬奇姑婆家過得很艱辛。她覺得自己被流放到遙遠的邊疆，這輩子第一次發現家裡的人有多麼寵愛她。馬奇姑婆從來不寵愛任何人；她不贊同寵愛孩子，但她非常喜歡這位乖巧的小女孩，想要表現出親切的態度，而且馬奇姑婆蒼老的心其實總是會在面對姪子的小孩時心軟，只不過她認為當著他人的面承認這件事是不恰當的行為。她真的已經盡最大的努力想要讓艾咪過得開心了，但，天啊，她犯下的錯誤真是太大了，有些老人不論長了多少皺紋與灰髮都讓一部分的心靈保持年輕，他們可以同理孩子小小的喜悅以及他們在意的事情，可以讓小孩子感到舒適自在，可以把充滿智慧的教訓隱藏在愉悅的玩樂中，用最討人喜歡的方式給予、並接受友誼。但馬奇姑婆沒有這樣的天賦，她的規矩與命令、她古板的行事方式還有冗長又乏味的話語都讓艾咪覺得煩悶。老太太發現這孩子比她的姊姊還要更溫和順從，因此覺得自己有責任用一切可能的方式修正馬奇家自由與寬容的風氣帶給這小女孩的壞影響。她親自引導艾咪，用她自己在六十年前受到的教育方式來教導她，這樣的教導過程使艾咪自靈魂深處感到沮喪，她覺得自己就像是一隻被非常嚴厲的蜘蛛困在網子上的蒼蠅。

她每天早上都必須洗杯子，然後擦亮老舊的湯匙、圓滾滾的銀製茶壺還有杯子，直到這些餐具都晶亮發光為止。接著她必須除去房裡的灰塵，這項工作簡直太累人了。沒有任何汙點能逃過馬奇姑婆的眼睛，而屋裡的每一個家具都有爪型腳和複雜的雕紋，永遠不可能打掃到一塵

不染。然後她必須餵亮亮、替寵物狗梳毛，還要替腿腳不便所以幾乎不離開大椅子的老太太拿東西或傳達命令，上下樓十幾次。在付出這些累人的勞力之後，她還必須做功課，這些事每天都在考驗她所具有的每一項美德。接著馬奇姑婆會允許她花一個小時的時間玩樂，她怎麼可能不好好享受這段時光呢？

羅瑞每天都來，他會好言哄騙馬奇姑婆，直到她允許艾咪跟羅瑞出去玩，他們有時走路、有時坐馬車，一起度過一段美好的時光。午餐後她必須大聲朗讀，然後在老太太睡著後乖乖坐著，通常老太太在艾咪唸第一頁時就會睡著，一睡就是一個小時。接著要做的事就是縫拼布或者手巾，艾咪縫紉時表面上顯得逆來順受，內心卻無比反抗，就這麼一直維持到黃昏，馬奇姑婆才會允許她自己去玩，直到晚餐時間為止。晚上是最糟糕的，因為馬奇姑婆這時會想要講她年輕時的冗長故事，故事內容枯燥無味的等級已超越語言能表達的程度了，艾咪每次都在聽故事時就做好準備要上床睡覺了，上了床後她總是想要為了自己悲苦的命運大哭一場，但通常才剛擠出一、兩滴眼淚就睡著了。

她覺得要不是有羅瑞和女傭伊絲特的話，她是不可能撐過這段可怕的時光的。單是那隻鸚鵡就足以讓她抓狂，因為牠很快就感覺到艾咪不怎麼喜歡牠，因此開始表現出各種淘氣的舉動作為報復。只要艾咪一靠近牠就會拉她的頭髮、在艾咪剛清潔好籠子時打翻麵包和牛奶造成艾咪的困擾、在女主人打瞌睡時啄阿布讓牠汪汪吠叫、在其他人面前用難聽的綽號叫艾咪，做盡了一隻應受責罵的老鳥所能做的所有壞事。此外，艾咪也無法忍受那隻狗，那隻又胖又惱人的野獸，總是在艾咪替牠梳洗的時候又是低吼又是嚎叫，想要吃東西時又會四腳朝天地躺在地上並露出愚蠢的表情，每天重複十幾次。廚師的脾氣很差，老車伕聾了，伊絲特是唯一一個會理睬

這位年輕小姐的人。
伊絲特是法國人，她稱呼女主人為「夫人」，已經和她同住許多年了，她對老太太有些專制，而老太太則離不開伊絲特。她的本名是伊絲黛拉，但馬奇姑婆命令她把名字改掉，她答應了，條件是馬奇姑婆永遠不准要求她改變宗教信仰。她很喜歡這位小姐，在她整理夫人的蕾絲時，若艾咪坐在一旁陪她，她就會講述在法國時的生活逗艾咪開心。她也允許她在這間大房子裡四處遊蕩，探索一個個大壁櫥和骨董箱子裡面收藏的奇妙又漂亮的東西，因為馬奇姑婆就像喜鵲一樣喜歡收藏閃亮的物品。艾咪最喜歡的是一個印度來的木製多寶格，裡面有各種奇特的抽屜、小格子和祕密小櫃子，裝滿各式各樣的首飾，有些很貴重，有些則只是很特別，幾乎每樣都算得上是骨董。艾咪在檢視和重新排列這些首飾時獲得了很大的滿足感，尤其是珠寶櫃，裡面的絲絨襯墊上擺放著形形色色的飾品，許多都是四十年前的某位美女穿戴過的。裡面有馬奇姑婆出門時會戴上的一套石榴石首飾、結婚當天父親給她的珍珠、愛人的鑽石、哀悼朋友時穿戴的黑煤玉戒指與別針、奇特的掛墜，裡面有已逝朋友的畫像與頭髮製成的柳樹、她的小女兒曾戴過的嬰兒手鐲、馬奇伯父的大錶，錶上的蠟漆曾被許多孩子摸過，還有一個盒子，裡面單獨放著馬奇姑婆的婚戒，對她現在腫大的手指來說戒指已經太小了，但她還是小心翼翼地把婚戒收著，好像這是所有珠寶中最貴重的一個。
「如果小姐可以隨意選擇的話，會選哪一個呢？」伊絲特問。她總是在一旁看著，最後替這些貴重的首飾上鎖。
「我最喜歡鑽石，但是這裡沒有鑽石的項鍊，我一直都特別愛項鍊，因為項鍊很好搭配。要是可以的話，我應該會選擇這個。」艾咪回答時一臉嚮

往地凝視著一條由黃金珠子和黑檀木珠子串成的鍊子，上面掛著一個沉甸甸的十字架，也是由黃金與黑檀木製成的。

「我也想要那個，但我不把它當作項鍊。啊，不！對我來說這是一條玫瑰經念珠[1]，我會當一個好天主教徒好好使用它。」伊絲特渴望地看著那條精緻的鍊子。

「像妳使用掛在鏡子上那條香香的木頭珠鍊那樣使嗎？」艾咪問。

「沒錯，對，用它來禱告。把這麼棒的玫瑰經念珠拿來念經而不只是拿來當作無益的裝飾，會讓聖人比較高興。」

「我覺得妳好像可以在禱告的時候獲得很大的安慰，伊絲特，妳每次下來的時候看起來都很寧靜、很滿足。真希望我也能像妳一樣。」

「如果小姐是天主教徒的話，當然也能找到真正的安慰，但既然事情並不是這樣，那麼每天冥想和禱告也能對妳有好處，就像我在服侍夫人之前服侍的那位好小姐一樣。她有一個小教堂，遇到許多問題的時候都在這個小教堂裡獲得安慰。」

「我也可以這麼做嗎？」艾咪問。她如今感到非常孤獨，很需要類似幫助，再加上她發現如今沒有貝絲在這裡提醒她，她正漸漸忘掉自己的小書。

「這麼做很棒也很好。如果妳願意的話，我很樂意替妳布置一個小空間。別向夫人提起這件事，她睡著的時候妳可以過去，花一點時間坐在裡面想一些好事，向親愛的神禱告，請祂保護妳的姊姊。」

伊絲特的信仰虔誠，但也由衷提出這些意見，因為她有一顆溫柔的心，十分同情這些姊妹們焦慮的心情。艾咪很喜歡這個想法，她允許伊絲特替她安排臥房旁邊的閒置房間，希望小教

1 rosary，天主教徒唸玫瑰經時使用的念珠。

堂能帶給她安慰。

「我真想知道等馬奇姑婆死後這些漂亮的東西會被拿去哪裡。」她一邊說著一邊把瑰麗的玫瑰經念珠放回去，一一關上珠寶盒。

「拿給妳和妳的姊姊們。我知道這件事，夫人曾向我透露過。我看過她的遺囑，真的就是這樣。」伊絲特笑著悄聲說。

「她人真好！但我真希望她現在就能把這些首飾給我們。拖延不是件好事。」艾咪看了鑽石最後一眼。

「妳們這些年輕小姐現在還不適合這些珠寶，太早了。夫人說過，第一個訂婚的小姐會拿到珍珠首飾，我猜她會在妳走的時候給妳那個綠松石小戒指，因為夫人對妳的良好的品行與習慣讚譽有加。」

「妳真的這麼想嗎？喔，要是我真的能拿到那個可愛的戒指，我一定會乖得像一隻小羊一樣！它比凱蒂．布萊安特的戒指好看多了。畢竟我很喜歡馬奇姑婆。」艾咪表情開朗地試戴了那枚藍綠色的戒指，下定決心要好好表現來贏得它。

從那天開始，她就成了最服從的模範，使老太太對於自己的訓練成果感到沾沾自喜。伊絲特在隔壁的房間裡放了一張小桌子，在桌前放了一張凳子，又從長年無人使用的房間拿了一幅畫放在桌前。她認為這幅畫的價值並不高，只是覺得適合所以就借來用了，她很清楚夫人永遠不會注意到這件事，就算注意到了夫人也不會在乎。但事實上這幅畫是一幅世界名畫的副本，價值連城。艾咪熱愛藝術的眼睛可以永不倦怠地看向聖母的慈愛臉龐，同時心中充滿溫柔的思想。她把聖經和讚美詩集擺在桌上，還放了一個花瓶，裡面總是插滿羅瑞帶給她的美麗鮮花，她每天都過來「獨自坐坐」，想一些好的想法，向親愛的上帝禱告請祂保護姊姊。伊絲特給了她一條黑串珠和銀十字架組成的玫瑰經念珠，但艾咪把鍊子掛起來沒有使用，因為她有些不確定這條鍊子是否適合基督新教的禱告。

小女孩全心全意地投入在小教堂中。她如今獨自生活在安全的家園之外，覺得極度需要一隻親切的手扶持她，因此她下意識地求助於這位強壯而溫柔的朋友，祂慈祥的愛可以緊密地包圍住祂的孩子。艾咪想念母親總是能協助她了解並管理自己，但母親也曾教導她如何尋找，因此她盡其所能地尋找應走的道路，信心滿滿地向前行。但艾咪是位年紀很輕的朝聖者，如今她的重擔似乎變得極為沉重。儘管沒有人看見她的努力或為此稱讚她，她還是努力試著忘掉心中的煩惱、保持愉快，並為自己做了正確的事感到滿足。她想要當個很好、很好的人，為此她做的第一個努力就是立下遺囑，就像馬奇姑婆一樣。如此一來，如果她因病身亡，她的財產將能公平而慷慨地餽贈給他人。光是想像把她的寶藏交給別人就讓她覺得悲痛欲絕，在她看來，那些寶藏和老太太的珠寶具有同等的價值。

她在某天的休息時間寫下了這份重要文件，伊絲特在一旁協助她使用正確的法律用語，等到好心腸的法國女人簽下她的名字之後，艾咪終於覺得鬆了一口氣。她把信收起來，打算等一下拿給羅瑞看，她希望讓羅瑞當第二見證人。這天外面在下雨，她走到樓上的其中一個大房間去找點事來自娛自樂，帶上亮亮作為玩伴。房間裡有一個衣櫃，裡面掛滿了退流行的衣物，伊絲特允許她拿裡面的衣服來玩。她最喜歡用一條條褪色的錦緞來打扮自己，在長長的鏡子前昂首闊步地來回走動、行高貴的屈膝禮，並擺動自己沙沙作響的裙襬，以此取樂。這天她玩得太入迷了，沒有聽見羅瑞的門鈴聲，也沒有看到羅瑞正從門口偷看她姿態莊重地徘徊，搖頭晃腦地搖動扇子。她今天頭上戴著粉紅色的包頭巾，身穿與頭巾格格不入的藍色錦緞洋裝與黃色鋪棉襯裙。她走路時必須要小心翼翼，因為她正穿著高跟鞋，後來羅瑞告訴喬，艾咪穿著那套華麗的衣服走著小碎步的景象實在太滑稽了，當時亮亮在她身後蔑視一切地昂首闊步，非常努力地模仿艾咪，每隔一陣子就會停下來大笑或者說：「我們這樣不好嗎？滾開啊，你這醜八怪！

閉上嘴巴！親吻我，親愛的！哈！哈！」

羅瑞非常努力止住自己大聲笑出來的衝動，唯恐這麼做會冒犯到女王陛下。他敲敲門，艾咪彬彬有禮地准許他進到房間。

「先坐下來休息一下，等我把這些東西收好。我等一下想要問你一件非常重要的事。」艾咪說。她出夠了鋒頭，把亮亮趕到角落去。「那隻鳥就是我人生的試煉。」她一邊說一邊摘掉了頭上的粉色高山，羅瑞則跨坐在一張椅子上。

「昨天馬奇姑婆睡著的時候，我努力像老鼠一樣動也不動，亮亮卻開始在籠子裡又是尖聲大叫又是拍翅膀，所以我就把牠放出來，然後發現籠子裡有一隻大蜘蛛。我把蜘蛛戳出來，牠跑到書櫃下面。亮亮緊跟在蜘蛛後面，彎腰往書櫃下面看，然後瞇著眼睛用牠那種好笑的語氣說：『出來散個步啊，甜心。』我忍不住大笑了起來，亮亮因此開始大聲咒罵，這時姑婆被吵醒，開始罵我們兩個。」

「後來蜘蛛有沒有接受這位老朋友的邀請呢？」羅瑞打著呵欠問。

「有，牠跑出來之後，亮亮一溜煙就跑走了，嚇得要死，還爬上了姑婆的椅子。在我追著蜘蛛跑的時候，亮亮一直喊：『抓住她！抓住她！抓住她！』」

「妳說謊！喔上帝啊！」鸚鵡尖聲叫著去啄羅瑞的腳趾。

「你這個可怕的小東西，如果你是我養的鳥，我早就擰斷你的脖子啦。」羅瑞對著鳥揮舞拳頭大喊道。亮亮則歪過頭，用沙啞的聲音凝重地說：「阿里路牙！上帝保佑你，親愛的！」

「我整理好了。」艾咪關上衣櫃，從口袋裡拿出一張紙。「我想要請你幫我讀一讀這個，告訴我內容是不是合法、正確。我覺得我應該要這麼做，因為生命無常，我不想要躺進墳墓之後還有人對我感到不滿。」

羅瑞咬住嘴唇，側過身不再正面對著鬱鬱寡歡的艾咪，開始閱讀下列文件。考慮到裡面的錯字，羅瑞實在應該因為保持住嚴肅的表情而獲得一番表揚：

我的遺言與遺屬（囑）

我，艾咪．柯蒂斯．馬奇，在神智清醒的狀況下將我的所有生前財產進行下列給予及疑（遺）贈：

我要給父親我最好的圖畫、素描、地圖和美術作品，包括畫框。還有我的一百塊錢，他可以花在他喜歡的地方。

我要給母親我所有的衣服（除了有口袋的藍色圍裙之外）、我的肖像與獎章，還有許多的愛。

我要給親愛的姊姊瑪格麗特綠松石戒只（指）（如果我有拿到的話）、上面有鴿子的綠色盒子、適合她戴在脖子上的那條真蕾絲，還有以她為主角的素描，用來讓她紀念她的「小女孩」。

我要給喬用蜂蠟修補過的胸針、我的黃銅墨水瓶（瓶蓋不見了），還有我最寶貴的石膏兔子，這是因為我很抱歉我把她的書燒掉了。

我要給貝絲（如果她活得比我久）我的洋娃娃和小書桌、我的扇子、我的亞麻領子和我的新拖鞋，她病好之後會比較瘦，應該能穿得下。還有，我也要在此道歉，我很抱歉以前曾嘲笑過親愛的喬安娜。

我要疑（遺）贈給我的朋友兼鄰居席奧多．羅倫斯我的紙製文見（件）夾還有我用黏土做的馬，雖然他曾說過這匹馬沒有脖子但我還是願意送他。還有，為了回報他在我身陷痛

苦時展現的無比善心，他可以從我的作品中挑一件最喜歡的拿走，其中「聖母瑪利亞」是最好的作品。

我要給我們尊貴的恩人羅倫斯先生盒蓋上有透視玻璃的紫色盒子，很適合他拿來放筆，以後他看到盒子就會想到這位已死的女孩有多感謝他對女孩的家庭（尤其是貝絲）提供的幫助。

我希望我最喜歡的玩伴凱蒂・布萊安特拿到藍色絲綢圍裙、金珠戒指和一個吻。

我要給漢娜她想要的圓形紙盒，還有我留下的所有拼布作品，希望她能「一見到它就想到我」。

我已把我最有價值的財產全數分配完畢，希望每個人都能滿意，不要怪罪死者。我原諒每個人，我相信我們將會在號角響起[2]時再次團聚。阿門。

我在西員（元）十一月二十日於這封遺言與遺屬（囑）上簽名用印。

艾咪・柯蒂斯・馬奇

見證人：

伊絲黛拉・瓦諾、席奧多・羅倫斯。

最後一個名字是用鉛筆寫上的，艾咪解釋說這是為了要讓羅瑞好好用墨水重寫一遍並蓋上蠟印。

「妳怎麼會想到要做這件事？有人跟妳說貝絲要把她的東西給人嗎？」羅瑞嚴肅地詢問，艾咪把一條紅緞帶連同一些封蠟、一根蠟燭和一個文具墨水台放在他面前。

她解釋了一遍，然後緊張地問：「貝絲怎麼了？」

「我很抱歉我剛剛提起了這件事，但既然我都已經提了，我就把這件事告訴妳吧。她覺得自己病得太重了，有一天她告訴喬她想要把她的鋼琴給瑪格、把她的貓給妳、把可憐的洋娃娃給喬，因為喬會看在她的份上用心疼愛可憐的洋娃娃。她很抱歉她能給予的事物那麼少，留下了幾綹頭髮給我們每個人，並將她最深的愛留給祖父。她從來沒有想過要立遺囑。」

羅瑞在說話的當下一邊簽名用印，一直沒有抬頭，直到一顆斗大的淚珠落在紙上。艾咪的臉上充滿憂傷，但她只是回答：「是不是有些人會在遺囑上寫一些附註之類的話？」

「對，他們稱之為『遺囑附錄』。」

「那在我的遺囑上也加一個吧，我希望把我的鬈髮統統剪下來，送給朋友們。我寫的時候忘記這件事了，但儘管這麼做會讓我變得不好看，我依舊希望能這麼做。」

羅瑞替她加上了遺囑附錄，艾咪最後的巨大犧牲讓他露出微笑。接下來，他花了一個小時的時間逗艾咪開心，他對艾咪所受到的所有試煉都深感興趣。但當他要離開的時候，艾咪拉住他，嘴唇顫抖地細聲問道：「貝絲的病真的很危險嗎？」

「恐怕是很危險，但我們必須心懷最好的希望，所以別哭，親愛的。」羅瑞像哥哥一樣伸手摟住她，讓艾咪覺得好多了。

羅瑞走了之後，艾咪走到她的小教堂前，在夕陽中坐了下來，開始替貝絲禱告。她的臉上滿是淚水，心口疼痛，覺得要是自己失去了小姊姊，那麼就算拿到了一百萬個綠松石戒指也沒辦法帶來任何安慰。

2 聖經預言當天使吹響號角時信奉上帝的死人將全都復生。

20 機密

我不認為我能用任何字句描述出母親與女兒們相聚的場景。這樣的時光非常美好，但卻難以言述，因此我將這個畫面留給讀者自行想像，這裡只簡單做些概略的描述：當時房子裡充滿了由衷的幸福氛圍，而瑪格溫柔的願望也實現了——貝絲從那場漫長且對她有益的睡眠中醒來之後，首先映入眼簾的東西就是那朵小玫瑰花和母親的臉龐。她虛弱到什麼都沒法多想，只能微笑著依偎著摟住她的那雙親愛的手臂，她覺得自己熱切的渴求終於被滿足。然後她再次入睡，女孩們則在一旁侍奉母親，因為雖然貝絲已經入睡，但她們還是不願意拉開那雙瘦弱的小手。

漢娜的激動之情無處可宣洩，便全都傾洩在「盤盤堆疊」給旅人吃的豐盛早餐上，瑪格和喬像兩隻盡責的小鸛一樣餵母親吃早餐，同時傾聽母親悄聲說起父親的狀況、布魯克先生保證會留在那裡照顧他、暴風雪使返家的旅程延後，以及她抵達時羅瑞原本疲憊、焦慮又寒冷的臉上湧現了希望與未說出口的安慰。

這一天古裡古怪，但又非常令人開心。屋外明亮又充滿歡愉的氣氛，整個世界似乎都在歡迎初雪的到來，屋內則寧靜平和，每個人都睡著了，守候病人使人疲憊，漢娜坐在門口一邊點頭一邊看守，安息日的沉靜氣息籠罩了整棟房子。瑪格和喬喜悅地放下了肩上的重擔，閉上疲憊的雙眼躺下休息，像是受到暴風雨肆虐的小船回到了安全而平靜的港口停泊。馬奇太太不願意離開貝絲身邊，坐在寬大的椅子上休息，時不時醒過來觀察、觸碰並撫慰她的孩子，像是吝

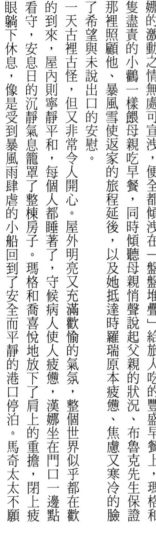

薔鬼守著自己失而復得的珍寶。

同時，羅瑞跑去告訴艾咪這個好消息，希望能讓她開心一點。他的故事說得太好了，以至於連馬奇姑婆都開始「吸鼻子」，從頭到尾都沒有說出「我早就告訴你了」。艾咪在傾聽羅瑞說事發經過時顯得很堅強，我想這是因為她在小教堂種下的種子已開始結出果實。她很快就擦乾眼淚，壓抑住自己想要見母親的不耐心情，完全沒有想起那枚綠松石戒指。老太太由衷地贊同羅瑞對艾咪的看法，說她表現得「像是優秀的小婦人」。就連亮亮似乎也被艾咪的表現懾服，他大叫著艾咪是好女孩，上帝保佑她，又用最友善的語調請求她「出來散個步，甜心」。她很樂意出去享受明亮的冬日，不過她注意到羅瑞已經快睡著了，說故事時一直努力試圖掩蓋這個事實，所以她說服羅瑞到沙發上休息，她則趁這個時候寫一封短信給母親。她花了很長一段時間寫信，等到她回過頭來時，羅瑞已經把兩隻手臂都墊在頭後面，睡得很熟了，而馬奇姑婆在羅瑞入睡前就已經把窗簾放下，之後便擺出十分不尋常的和善態度坐在旁邊。

又過了一陣子之後，艾咪與馬奇姑婆開始覺得羅瑞不睡到晚上大概是不會醒了，若非艾咪在看見母親時開心地大叫一聲，驚醒了羅瑞，或許他真的會睡到晚上。這一天在這個城市裡或許有無數位快樂的小女孩，但我個人認為，艾咪必定是所有小女孩中最快樂的一個了，她坐在母親的腿上告訴她自己遇到的試煉，在母親讚許的微笑與親暱的拍撫下獲得安慰與補償。她們兩人單獨坐在小教堂裡，馬奇太太其實一開始沒有注意到這是一個小教堂，直到艾咪解釋後才發現。

「正好相反，我很喜歡這裡喔，親愛的。」馬奇太太的視線轉了一圈，看見了布滿灰塵的玫瑰經念珠、磨損嚴重的小書，還有掛著松樹花環作為裝飾的漂亮圖畫。「這個做法非常棒，能讓我們在遇到生氣或悲傷的事情時能有地方靜下心。我們在這一生中將會遇到許多艱難的時刻，但只要我們以正確的方式尋求幫助，我們就能每次都度過難關。我想我的小女兒正在學習這件事。」

「是呀，母親，我回家的時候也想要在大房間的一個角落裡放滿我的書，我之後會臨摹這幅畫，也想要放在那個角落。這幅畫裡女人的臉對我來說很難畫，因為太漂亮了，但嬰兒我就能畫得比較好，我很愛這個嬰兒。我喜歡這幅畫是因為這能提醒我祂也曾是小孩子，因為這麼一來我就不會覺得距離祂那麼遙遠了，這對我很有幫助。」

艾咪指向聖母膝蓋上正微笑的嬰兒耶穌，馬奇太太看向艾咪舉起來的手，微微一笑。她沒有說話，但艾咪看懂了母親的表情，她安靜了一分鐘後，嚴肅地說：「我想要告訴妳這件事，但我忘記了。今天姑婆把她的戒指給我了。她叫我過去她身邊，然後親了我一下，把戒指戴在我的手指上。她說她以我為榮，她真希望我能一直留在這裡。她給了我一個好笑的戒台保護戒指上的綠松石，現在戒指變得好大。我想要戴著戒指，母親，可以嗎？」

「戒指很漂亮，但我覺得妳現在還太年輕了，不適合這種飾品，艾咪。」馬奇太太看著艾咪圓滾滾的小手，食指上有一圈天空藍的石頭，戒台的造型精緻，是兩支金色小手互相緊握的形狀。

「我會努力不驕傲的。」艾咪說。「我覺得，我喜歡這個戒指不只是因為它很漂亮，我想要戴戒指的原因就跟故事裡的女孩要戴手鐲一樣，是想要提醒自己。」

「妳是說提醒自己想起馬奇姑婆嗎？」母親大笑著問。

「不是，是提醒自己不要自私。」艾咪的表情看起來熱切真誠，使母親停下了笑聲，帶著敬意傾聽艾咪的小計畫。

「我最近很常思考我的『淘氣重擔』，還有自私也是很大的重擔之一，所以如果可以的話，我想要努力試著消除這些缺點。貝絲一點也不自私，這就是為什麼大家都愛她，而且一想到會失去她就覺得很難過。要是我生病了，大家一定不會那麼難過，我不值得大家那麼難過。但我希望死後能有很多朋友愛我、想念我，所以我要盡最大的努力學習貝絲。我很有可能會忘記我的決心，但如果能有一個東西時時刻刻提醒我的話，我猜我應該能做得更好。我可以用這個方式來試試看嗎？」

「可以，但我對大房間裡的角落更有信心。戴著妳的戒指吧，親愛的，盡妳最大的努力。我覺得妳會成功，因為妳如今全心全意地希望自己能變好，就等於打贏一半的勝仗了。我現在必須回去貝絲身邊了。繼續保持這樣的心態，小女兒，我們很快就能接妳回家了。」

那天傍晚，瑪格正在寫信告知父親他們家的旅人已平安到家，喬趁這個時候溜上樓，進了貝絲房間，發現母親還在原本的位置。她在門口站了一分多鐘，用手指搓揉頭髮，姿態擔憂，表情猶豫不決。

「怎麼了，親愛的？」馬奇太太向她伸出一隻手，臉上的神色正無聲地請求喬信賴她。

「我想跟妳說一件事，母親。」

「跟瑪格有關嗎？」

「妳好快就猜到了！對，就是跟她有關，雖然這只是件小事，但我卻覺得很煩惱。」

「貝絲睡著了。音量小一點，告訴我是什麼事。我希望莫法特沒有來找她。他有來嗎？」馬奇太太嚴厲地問。

「沒有。要是他真的有來，我也會當著他的面摔上門。」喬說著坐到母親腳邊的地板上。「去年夏天，瑪格掉了一雙手帕在羅倫斯家，只找回了一隻。我們都把這件事忘了，直到泰迪告訴我布魯克先生承認他喜歡瑪格但不敢說，瑪格太年輕，而他太窮了。就是這樣，這個狀況很可怕對不對？」

「你覺得瑪格在乎他嗎？」馬奇太太表情緊繃地問。

「老天啊！我根本不了解任何跟愛情有關的愚蠢行為！」喬大叫，聲音奇妙地混和了好奇與蔑視。「在小說裡，女孩子一開始都會先嚇一跳和臉紅，再來是暈倒、越來越消瘦、然後做出傻瓜才會做的事。現在瑪格還沒有做出這些事情。她現在跟理智的正常人類一樣吃飯、喝水、睡覺，每當我談起那個男人她就會看向我的臉，只有在泰迪拿情侶來開玩笑時才會有一點臉紅。我已經禁止泰迪那麼做了，他分明應該聽我的話才對，但他都不理我。」

「所以妳覺得瑪格對約翰沒有興趣嗎？」

「誰？」喬驚異地高聲問。

「布魯克先生。我現在稱他為『約翰』。我們是在醫院時開始這麼叫他的，他很開心。」

「喔，天啊！我就知道妳會站在他那邊。他一直對父親很好，妳以後一定不會把他趕走，如果瑪格願意的話，妳就會把瑪格嫁給他。那個奸詐小人！他跑去那裡討好爸爸又幫忙妳，就是為了哄騙妳喜歡上他。」喬再次憤怒地揪住自己的頭髮。

「親愛的，不要因此感到生氣，我會告訴妳這是怎麼回事。約翰是在羅倫斯的要求下跟我去的，他對妳可憐的父親實在太好了，讓我們都情不自禁地喜歡上他。他對瑪格的態度坦白且值得敬重，他告訴我們他愛瑪格，他會先打造一個舒適的家再向瑪格求婚。他只希望我們能容許他愛瑪格並為瑪格付出努力，他希望我們允許他盡力使瑪格也愛上他。他是一位傑出的年輕人，我們無法拒絕他，但我不會允許瑪格這麼年輕就訂婚的。」

「當然不可以允許這種事。訂婚是件蠢事！我早就知道他圖謀不軌了。我早就感覺到了，但直到現在我才發現事情比我想像的還要糟。我真希望我能自己娶瑪格進門，讓她永遠安安全全地待在我們家裡。」

喬的奇思妙想讓馬奇太太微微一笑，但接著她就嚴肅地說：「喬，我把這些祕密告訴妳了，我希望妳不要對瑪格走漏任何風聲。約翰回來之後，我會看看他們怎麼相處，到時候我才比較能夠好好判斷他是怎麼看待瑪格的。」

「瑪格只要看到那雙她之前提過的美麗眼睛，一切就都完蛋了。她的心太軟了，只要有人憂傷地看著她，她的心就會像陽光下的奶油一樣融化。瑪格讀他寄來的信比讀妳的信的次數還要多，只要我提到這件事她就會捏我，而且她喜歡棕色的眼睛，還不覺得約翰是個爛名字，她以後一定會墜入愛河，然後所有的寧靜與樂趣，還有愜意的時光都將就此結束。我知道事情一定會變成這樣！他們會在房子的各個角落談情說愛，我們連躲都沒有地方躲。瑪格會一心專注在戀愛上，再也不對我好了。布魯克到時候會想辦法賺到一大筆錢，把瑪格接走，讓我們家裡出現一個空洞，然後我會因此心碎，生活將會變得糟糕又難受。喔，我的天啊！為什麼我們不能全都是男孩子呢，那就不會有這種困擾了。」

喬鬱鬱寡歡地把下巴靠在膝蓋上，對著理應受到譴責的約翰揮舞拳頭。馬奇太太嘆了一口氣，喬鬆懈下來，抬頭看向她。

「妳也不喜歡這件事嗎，母親？我很高興妳也不喜歡這件事。我們把布魯克送走吧，然後不要告訴瑪格，之後我們就可以像以前一樣開開心心地待在一起了。」

「我不該嘆氣的，喬。妳們會在時間到了的時候擁有自己的家庭，這是很自然也很正確的事情，但我的確希望能讓我的女孩們待在家裡越久越好，我很抱歉這件事出現得這麼快，畢竟瑪格現在才十七歲，約翰要再花上幾年的時間才能為她打造一個家。妳的父親和我都同意，在她滿二十歲之前她都不該結婚或者以任何形式綁住自己。如果她和約翰真的愛上了彼此，那麼他們就應該禁得起等待，也能藉此試驗彼此的愛。她秉性善良，我一點也不擔心她會用不近人情的方式對待約翰。她是我漂亮又溫柔的女兒！我希望她未來能過得很幸福。」

「妳難道不希望她嫁給有錢人嗎？」喬問。她注意到母親說出最後幾個字的聲音有一點顫抖。

「錢是有益的、有用的東西，喬，我希望我的女兒們永遠都不會因為缺乏金錢而受到煎熬，但我也希望妳們不會太過渴望擁有金錢。我的確想要確定約翰能不能在未來找到一份穩定可靠的工作，因為唯有如此他才能有足夠的收入，不至於負債，讓瑪格過上舒適的生活。我並不會特別期望我的女孩們未來過上富豪與名流的生活，又或者成為家喻戶曉的人物。如果名聲與金錢隨著愛與美德而來，我會心懷感激地接受，並替妳們的好運氣感到開心，但我從過去的經驗學到，就算是一棟簡樸的小房子也能帶給妳真誠的幸福，妳將賺取每日生活所需，生命中的少許匱乏將會使屈指可數的快樂顯得更加甜美。我很高興瑪格能從樸實的生活開始，若我的預期沒有什麼錯誤的話，她將會因為擁有善良人的真心而變得富足，這比擁有大筆金錢還要好得多。」

「我懂了，母親，我也很同意妳的觀點，但這件事讓我有些失望，因為我一直計畫要讓她將來嫁給泰迪，這麼一來她就可以日日享受榮華富貴了。這樣不是很好嗎？」喬神情愉悅地抬眼。

「他比瑪格還要小，妳知道的——」馬奇太太剛開口就被喬打斷。

「只小一點點，以這個年紀來說他算是很老成了，身高又高，只要他想要，他也可以表現出成熟的態度。而且他有錢、慷慨又善良，還愛我們每個人，要我說的話，我覺得不採納這個計畫有點可惜。」

「恐怕羅瑞現在還沒有成熟到足以和瑪格在一起，整體來說，他如今還像是風向雞一樣多變，沒辦法給人依靠。喬，妳無需替他們計畫，時間和他們的心會引導他們找到另一半的。插手干涉這種事不會有好結果，我們最好不要花時間思考妳所謂的『浪漫蠢事』，以免因此破壞了友誼。」

「好吧，我不會那麼做的，但如果我明知自己能夠靠著這邊拉一把、那邊推一下就讓事情變得正確的話，我會很討厭眼睜睜看著狀況變得不可挽回、亂七八糟。我真希望在頭上放個熨斗就能讓我們別再繼續長大。但花苞終究會變成玫瑰，小貓終究會變成大貓，真是太遺憾了！」

「妳們在聊什麼尉斗跟貓咪？」瑪格問。她剛溜進房間，手上拿著才寫好的信。

「我只是在發表愚蠢的意見而已。我要上床了。快點，瑪格。」喬像是剛活過來的洋娃娃一樣一掃原本沉鬱的神色。

「寫得很好，遣詞用字很優美。請再多加一句話，代我向約翰傳達我的愛。」馬奇太太看完信之後還回到瑪格手上。

「妳現在都叫他『約翰』嗎？」瑪格笑著問。用純真的雙眼俯視母親。

「是的，他對我們來說就像兒子一樣，我們很喜歡他。」馬奇太太回答時表情敏銳。

「我很高興你們喜歡他，他實在太孤單了。晚安，親愛的母親。有妳在家裡讓我覺得太安心了，簡直不知道該怎麼說才能表達這種感覺。」瑪格回答。

她無比溫柔地親了母親一下，然後便離開了。她離開後，馬奇太太用夾雜著滿足與遺憾的語調說：「她現在還沒愛上約翰，但很快就會學著愛上他了。」

21 羅瑞惡作劇，喬帶來和平

隔天，喬因為心懷沉重的祕密，所以神色顯得令人難以捉摸，她覺得很難不表現出自己知道某個重大祕密的樣子。瑪格注意到了，但沒有自找麻煩去詢問喬，因為過去的經驗讓她清楚知道，對付喬的最好方法就是反其道而行，她很確定只要她不問，喬就會把所有事情都告訴她。因此，她很訝異在往後的幾天喬一直沒有打破沉默。喬一直保持著高人一等的態度，這無疑惹惱了瑪格，她回以含蓄冷淡的態度，專心致志地去陪伴母親了。現在喬只能靠自己了，因為馬奇太太如今取代了喬原本的護士位置，要求悶在家裡許久的喬去休息、運動和玩樂。艾咪不在家，現在羅瑞是她唯一的救贖。然而，雖然她很喜歡羅瑞的陪伴，但在這個時間點她很怕他，因為羅瑞是個屢教不改的調皮鬼，她很擔心自己的祕密會被羅瑞套出來。

她的擔心是對的，因為喜愛惡作劇的男孩很快就開始懷疑她有祕密，決意要弄清楚這個祕密是什麼，喬的試煉就此開始。他哄騙、賄賂、嘲弄、威脅又責罵；假裝漠不關心想要出其不意地套出真相；宣稱自己已經知道了但不在乎。透過堅持不懈的努力，他終於確認這個祕密與瑪格和布魯克先生有關。他很憤慨自己居然不被允許知道這個與他的家庭教師有關的祕密，因此計畫著要找機會進行適當的報復行動。

此時瑪格全心全意地開始為父親的回家做準備，顯然已經忘記喬的祕密了。但有那麼一、兩天的時間，她顯得截然不同，似乎突然經歷了某種改變。她會在有人跟她說話時嚇一跳，在

有人看她時臉紅，總是非常安靜，坐在位子上縫紉時臉上的表情總是羞怯又困擾。在母親問起時，她回答自己很好，在喬問起時她則懇求對方別管她，讓她靜一靜。

「她在空氣中感覺到了——我是說她感覺到了愛情——她淪陷得很快。她已經出現大多數症狀了——她變得容易激動和生氣，吃不太下，躺在床上睡不著，悶悶不樂地躲在角落。我有一次正好聽到她在唱布魯克給她的歌，還有一次她像妳一樣稱他為『約翰』，然後臉色就變得和罌粟花一樣紅。我們現在要怎麼辦？」喬說。她似乎已經準備好要接受任何解決方法了，無論多暴力她都能接受。

「我們什麼都不會做，只能等待。我們要讓她自己弄清楚，表現得體貼而有耐心，父親回來之後一切就會塵埃落定了。」她母親回答。

「這裡有一封短信是妳的，瑪格，是封起來的。真是太奇怪了！泰迪從來不會把寫給我的信件封起來。」隔天喬一邊分發小郵局裡的信件包裹一邊說。

信件分發完之後，馬奇太太和喬便忙著處理自己的事了，這時瑪格驚呼了一聲，使她們兩人都抬眼看過去，發現瑪格正一臉驚恐地盯著自己的那封信。

「我的孩子，怎麼回事？」母親高聲說著跑過去，喬則想要接過那封致使瑪格驚呼的信。

「這根本就是誤會，他沒有寄那封信。喔，喬，妳怎可以這麼做？」瑪格把臉藏在手掌裡，像是心碎了一樣哭了起來。

「我！我什麼事都沒做啊！她在說什麼？」喬不知所措地喊著。

瑪格溫柔的雙眼裡燃起了怒火，她從口袋裡拉出一封布滿皺摺的信丟給喬，責備道：「這是妳寫的，然後那個壞孩子幫妳寄過來。妳怎麼可以對我們這麼壞心、這麼可惡、這麼殘酷？」

喬幾乎沒有在聽她說話，因為她和母親都正專心地閱讀那封信，信上的字跡相當陌生。

「我最親愛的瑪格麗特：

我再也無法壓抑我的熱忱了，我必須在回去之前弄清我的命運。我還不敢告訴妳的父母，但我想他們知道我們彼此欽慕之後一定會同意的。之後羅倫斯先生會協助我找到好工作，到時候，我甜美的女孩，妳將會帶給我幸福。我懇求妳不要把這件事告訴妳的家人，但請透過羅瑞回覆這封信，期待妳的答案能帶給我希望。

妳忠誠的約翰。」

「喔，那個小渾球！他是因為我遵守對母親的承諾，所以想用這種方式來報復我。我一定要好好罵他一頓，帶他過來懇求妳們的原諒。」喬大喊一聲，急著想要馬上伸張正義。但她母親拉住了她，用很少見的神色說：

「停下來，喬，妳必須先洗清自己的嫌疑。妳以前太常惡作劇了，我擔心妳也插手了這件事。」

「喔我的老天，母親，我沒有啊！我之前從來沒有讀過這封信，一點也不知道這件事，我說的話全是真的！」喬迫切地試著讓她們相信自己說的話。「如果我真的跟這件事有關的話，我一定會做得更好，而且我會寫一封合理的信。我知道妳一定不認為布魯克先生會寫這種東西的。」她鄙夷地丟下那張信紙。

「這看起來跟他的字跡一樣。」瑪格氣若游絲地把這封信和手上的另一封信做比較。

「喔，瑪格，妳沒有回信吧？」馬奇太太急忙高聲問。

「有，我回了！」瑪格再次藏起自己的臉，覺得自己已被羞愧之情淹沒。

「這下問題可大了！快讓我去把那個壞心眼的男孩帶過來對我們好好解釋，然後接受一番說教吧。不把他帶過來我就覺得心中不安寧。」喬再次走向門。

「回來！讓我處理這件事，狀況比我想像得還要糟。瑪格麗特，從頭到尾把事情講一遍給我聽。」馬奇太太命令道。她在瑪格身旁落座，同時一直抓著喬，以免她一頭熱地跑走。

「我收到的第一封信是羅瑞交給我的，他看起來像是完全不知情的樣子。」瑪格低著頭開口說。「我一開始有點擔心，打算要告訴妳這件事，但我又想起妳有多喜歡布魯克先生，所以我覺得妳應該不會介意我保守這個祕密幾天。我實在太笨了，一心希望沒人知道這件事，在我考慮應該要回答什麼時，我覺得自己就像是浪漫小說裡面會做出這種事的那種女人。請原諒我，母親，我如今已為我的愚蠢付出代價了。我永遠也沒辦法再看向他的臉了。」

「妳是怎麼回覆他的？」馬奇太太問。

「我只告訴他我還太年輕，目前什麼事都不會答應，我說我不希望有什麼不能告訴妳們的祕密，他必須跟父親討論這件事。我很感謝他的好意，也會繼續把他當作朋友，但在未來很長一段時間裡我們也都只會是朋友而已。」

馬奇太太露出了似乎很滿意的微笑，喬拍起手，大笑著說：「妳簡直就是卡洛琳·帕西[1]，根本是謹小慎微的模範！繼續說嘛，瑪格。他怎麼回覆妳？」

「他的回答完全不是那麼一回事，他告訴我他從來沒有寄過任何一封情書，他說如果這是我那位頑皮的妹妹喬冒用我們兩人名義寫信的話，他感到很抱歉。他真的很好心也很尊重我，但妳們想想看，這件事對我來說簡直糟透了！」

瑪格倚靠著自己的母親，看起來無比絕望，喬怒氣沖沖地穿越房間，大叫著羅瑞的名字。

1 Caroline Percy，是瑪麗亞·艾吉渥斯（Maria Edgeworth）的著作《支持者》（Patronage）的其中一個主角。

突然之間，她停下了腳步，拿起兩封信，仔細檢視之後肯定地說：「我敢說布魯克先生根本沒見過這兩封信。這兩封都是泰迪寫的，他一定把妳的信留下來，打算拿來向我吹噓，他這麼做是因為我不願意告訴他我的祕密。」

「別隱藏祕密了，喬。把祕密都告訴母親，別惹上麻煩，我原本也應該要這樣做的。」瑪格警告道。

「老天啊，妳真是的！我說的這個祕密就是母親告訴我的。」

「好了，喬。我留在這裡安慰瑪格，妳去找羅瑞過來。我會把這件事徹頭徹尾弄清楚，立刻讓這種惡作劇就此停止。」

喬跑走了，馬奇太太則溫柔地告訴瑪格布魯克先生真正的感覺。「好了，親愛的，妳的想法是什麼？妳愛他並願意等待他替妳打造一個家嗎？或者妳目前想要不受拘束地繼續自由生活？」

「我一直心驚膽顫，未來很長一段時間我大概都不會想要理會任何跟愛情有關的事了，或許永遠都不會。」瑪格賭氣地說。「如果約翰真的對這件亂七八糟的事一無所知的話，請不要告訴他，請妳要求喬和羅瑞不要把這件事說出去。我再也不會像個傻瓜一樣被人騙了。這真是太丟臉了！」

平素好脾氣的瑪格如今火冒三丈，這次的淘氣惡作劇已經傷到了她的自尊。馬奇太太安慰她，保證所有人都會無比謹慎，對此事隻字不提。瑪格一聽到羅瑞的腳步聲在門廊響起就飛速躲進了書房，留下馬奇太太獨自一人接見罪犯。喬沒有告訴羅瑞為什麼她們要找他過來，她擔心羅瑞知道了之後就不會願意過來，但羅瑞一見到馬奇太太的臉就知道發生什麼事了，他愧疚地抓著帽子站在原地，讓人一眼就能看出來他的確是罪魁禍首。喬被母親要求離開，但她出去後便像哨兵一樣在走廊來回走動，唯恐這位囚犯會突然逃跑。之後半個小時的時間，客廳裡的聲音起起落落，但兩個女孩從頭到尾都不知道裡面發生了什麼事。

她們被叫進去時，羅瑞站在她們母親的身邊，表情後悔至極，喬一看到他的表情就立刻原諒他了，但她不打算表現出來。瑪格接受了他慚愧的道歉，羅瑞保證布魯克對這個玩笑一無所知，讓瑪格鬆了一口氣。

「就算進了墳墓我也不會告訴他這件事的，千軍萬馬也休想讓我說出一個字，所以請妳原諒我，瑪格，我願意做任何事來表達我有多麼抱歉。」他滿面羞愧地說。

「我會試著原諒你的，但這真的不是一位紳士該做的事，我以前都不知道你竟然是這麼狡猾、這麼惡毒的人，羅瑞。」瑪格回答。她試著用嚴肅的責備掩蓋自己純真的困惑。

「這件事糟糕透頂了，就算妳一個月不跟我講話也是我活該，但妳不會這麼做的，對吧？」羅瑞用令人無法抗拒的誘勸語調一邊說，一邊央求地合併雙掌，以至於就算他做了這麼令人反感的惡作劇，也沒人能拒絕他的懇求。

瑪格原諒他了，馬奇太太試著想要保持嚴肅，但聽見羅瑞宣布他會用各種方法彌補自己的罪過，並看見他在受傷的少女面前謙卑得像隻蟲一樣之後，她的表情還是放鬆了下來。

同時，喬態度冷淡地站在旁邊，試著想要硬起心腸對待羅瑞，但只成功地擺出一副完全不贊同的表情。羅瑞看向她一、兩次，但她一直沒有表現出寬容的跡象，這使得羅瑞覺得很受傷，他轉身背向喬，直到馬奇太太與瑪格原諒他之後，他才回過身向喬深深一鞠躬，然後一語不發地離開了。

羅瑞一走，喬就開始希望自己剛剛能表現得更寬宏大量了，瑪格和母親上樓之後，她開始覺得很寂寞又很想念泰迪。在堅持抵抗了一段時間之後，她向自己的衝動屈服，拿起一本要歸還的書往大房子走去。

「羅倫斯先生在嗎？」喬詢問一位剛走下樓梯的女傭。

「在的，小姐，但我想妳現在沒辦法見他。」
「為什麼？他生病了嗎？」
「啊，不是的小姐，但他剛剛和羅瑞先生吵了一架，羅瑞先生剛剛正因為某件事大發脾氣，使得老先生也生起氣來了，所以我不敢靠近他。」
「羅瑞在哪裡？」
「他把自己關在房間裡，我剛剛敲過門了，但他不願意應門。現在晚餐已經準備好了，但沒有人要吃飯，我不知道該怎麼辦。」
「我去看看他們兩個到底怎麼了，我可不怕這兩個人。」
喬走上樓，毫不猶豫地敲了敲羅瑞的小書房的門。
「別再敲了，否則我會親自出去處理你，讓你再也不能敲門！」門內的年輕紳士用威脅的語調喊著。
喬立刻又再次敲起門。門被一把拉開，喬在羅瑞還沒從驚訝中恢復神智時就闖了進去。喬注意到羅瑞現在怒氣衝天，但她很清楚要怎麼應對羅瑞。她露出後悔莫及的表情，無比戲劇化地跪到地上，逆來順受地說：「請原諒我剛剛那麼生氣。我是來跟你和好的，在順利和好之前，我是絕對不會離開的。」
「我不在意。起來吧，別表現得像個呆瓜一樣，喬。」羅瑞紳士地回應了喬的請求。
「謝謝你，我這就起來。你可以告訴我發生什麼事了嗎？你看起來好像有點煩惱。」
「我被抓住肩膀猛搖了一番，我可不會默默忍受這種待遇！」

羅瑞憤恨不平地低吼。

「誰抓你的肩膀？」喬詢問。

「祖父。要是其他人的話我早就把他……」表情受傷的青年舉起右手激動地比劃了幾下。

「這沒什麼大不了的。我也常搖你肩膀啊，也沒見你介意過。」喬安慰道。

「喊！妳是女孩子，而且那是好玩，但我可不會允許任何男人抓我肩膀搖我！」

「要是你總是看起來像現在一樣陰沉的話，我看也沒有任何人會想要搖你肩膀。你祖父為什麼這麼對你？」

「只不過是因為我不願意告訴他妳母親找我過去做什麼罷了。我答應過不會說，所以我當然不會打破我的承諾。」

「你不能用別的方法應付過去，讓他滿意嗎？」

「不能，他希望我說的話屬實，並且完全真實，唯有真實[2]。要是我能在不提及瑪格的狀況下告訴他我做了什麼事的話，我就會告訴他。但我做不到，所以我一個字也沒說，一直忍受他的責罵，直到老先生抓住我的肩膀為止。然後我就衝上來了，因為我擔心自己會衝動行事。」

「這麼做不好，但他一定後悔了，我知道他一定後悔了，所以我們下樓去讓你跟他和好吧。我會幫你的。」

「要我這麼做還不如吊死我！我對瑪格感到很抱歉，也像男人一樣請求她原諒我了，但我不會在自己沒有做錯事時那麼做。」

「他不知道呀。」

「他應該要信任我，而不是表現得好像我是個嬰兒一樣。沒有用的，喬，他必須學著理解

2 羅瑞在此引用證人上法庭作證時發誓說實話的證詞，「the truth, the whole truth, and nothing but the truth」。

我可以照顧自己，不需要一天到晚牽著他的圍裙綁帶。」

「你脾氣真壞！」喬嘆息。「那你打算怎麼解決這件事？」

「他應該要請求我原諒他，並且在我說『我不能說』的時候相信我，而不是大驚小怪。」

「老天！他不可能這麼做的。」

「他不這麼做，我就不下樓。」

「好了，泰迪，你要講點道理。就讓這件事過去吧，我會盡量向他解釋的。既然你不可能永遠待在樓上，你又何必做出這麼戲劇化的反應呢？」

「反正我也沒有打算要待在樓上太久。我會偷偷溜走，旅行到某個地方，等到祖父想念我的時候，他就會回心轉意了。」

「我認為你說的一點也沒錯，但你不應該這麼一走了之讓他擔心。」

「不要對我說教。我會去華盛頓找布魯克。那裡很好玩，我已經在這裡闖禍了，不如去那邊好好玩樂一番。」

「華盛頓一定很棒！真希望我也能一走了之。」喬栩栩如生地想像起了首都的軍旅生活，完全忘記了自己心靈導師的身分。

「那就跟我走啊！為什麼不一起去呢？妳可以給妳父親一個驚喜，我則負責去嚇親愛的布魯克一跳。這個惡作劇棒透了。喬，我們一起去吧。我們可以留下一封信，告訴他們我們一切都好，然後偷偷溜走。我的錢夠我們用。這麼做也對妳有好處，而且妳是去找妳父親，不會有任何人因此難過的。」

有那麼幾分鐘的時間，喬看起來幾乎要答應了，因為這個計畫雖然瘋狂，但卻合她的胃口。她已經厭倦了擔心與責任，渴望改變，她想到她的父親，想到軍營與醫院的新奇魅力，想到自由與娛樂，這些全都深深吸引著她。她渴望地看向窗外，眼睛閃閃發光，但緊接著她的視線落到了對面的房子上，她搖搖頭，傷心地下了決定。

「如果我是男孩子的話，我會跟你一起逃走，享受一段美好時光，但我是個可憐的女孩，我必須舉止合宜、留在家裡。不要慫恿我，泰迪，這是個瘋狂的計畫。」

「正是因為瘋狂所以這個計畫才有趣啊。」羅瑞開口，他的個性固執，鬼迷心竅般想要掙脫身上束縛。

「閉嘴！」喬摀住耳朵大叫，「我注定應該要成為閑雅安靜的人，而且我最好從現在就開始努力成為這樣的人。我是來這裡勸說你的，不是來聽那些會讓我動搖的話的。」

「我很清楚若瑪格聽到這種提議的話，她會潑我冷水，但我原本以為妳會比瑪格更有冒險精神。」

「壞孩子，安靜！坐下來想想你犯的過錯，不要害我的過錯也跟著增加。如果我讓你祖父因為抓住你猛搖而道歉的話，你可以放棄離開的計畫嗎？」喬嚴肅地問。

「可以，但妳做不到的。」羅瑞回答。他其實也希望能和祖父和好，但他覺得自己受到冒犯的尊嚴應該要先得到安慰。

「如果我搞定小的，那我一定也能搞定老的。」喬一邊往外走一邊喃喃自語。羅瑞獨自留在房裡，彎下腰，用兩手支著頭開始研究鐵路地圖。

「進來！」在喬敲了門之後，羅倫斯先生應答的嘶啞聲音聽起來比過去任何時候都還要更嘶啞。

「是我，先生，我來還書。」她一邊走進門一邊溫和地說。

「還想再借幾本嗎？」老先生詢問時看起來憂愁而煩惱，但他顯然正努力不露出這些情

緒。

「要，謝謝。我好喜歡親愛的山謬爾啊，我應該會接著看第二本。」喬回答。她希望接受鮑斯韋爾的約翰生第二冊[2]能取悅羅倫斯先生，因為老先生之前曾推薦過這套生動的作品。

老先生濃密的眉毛微微拉直了一點，將滑輪書架梯拉往擺放了研究約翰生的著作的櫃子。喬輕快地爬上去，在梯子的頂階坐了下來，假意尋找她想看的書，實際上卻是在思考要怎麼開口提起她來訪的危險目的。羅倫斯先生似乎也懷疑她正在腦海中策畫什麼陰謀，因為不過在房間裡迅速走了幾趟，他就轉向喬，突如其來地開口，嚇得喬把拉塞拉斯[3]面朝下地掉到了地上。

「那孩子到底做了什麼事？別想著要掩護他。我看到他回家時的舉動就知道他一定又胡鬧了。我沒辦法從他那裡問出半個字，我才威脅地搖他幾下，要他說出真相時，他就一股腦兒地衝上樓，把自己鎖在房裡了。」

「他的確做了錯事，但我們已經原諒他了，我們都承諾過不可以告訴任何人半個字。」喬不情不願地開口。

「我不接受這個說法。他不可以靠著妳們這些心軟的女孩所做的承諾來躲避我。如果他做了錯事，就應該要承認錯誤、請求他人原諒然後受到處罰。妳們不能什麼也不告訴我。」

羅倫斯先生看起來很警覺而且口氣嚴厲，讓喬想要馬上逃跑，但她不能那麼做，因為她現在坐在滑輪書架梯的上方，而羅倫斯先生站在梯子下面，所以她必須坐在這裡，鼓起勇氣。

「我說的是真的，先生，我不能告訴你這件事。是母親禁止我們說的。羅瑞已經承認錯誤、請求原諒並受到足夠的懲罰了。我們保持沉默不是為了要掩護他，而是為了保護另一個

人，如果你干涉這件事的話，只會讓一切變得更糟。請別這麼做。這件事有一部分是我的錯，現在我們已經把事情都解決了。所以就讓我們忘掉它，然後談一談《漫談者》[4]或者其他能使我們開心起來的話題吧。」

「別管《漫談者》了！下來跟我講清楚，我們家這個魯莽的男孩沒有做出任何忘恩負義或者無禮的行為。如果他在妳們待他這麼好的狀況下還做出這種事的話，我會親手打他一頓。」

這席威脅的話語聽起來嚇人極了，但喬一點也不擔心，因為她很清楚，無論這位暴躁的老紳士說起話來多麼嚴厲，他也絕對不會對孫子動任何一根手指。她順從地爬下梯子，在不背叛瑪格或者違背真相的情況下，盡可能地輕描淡寫地描述了羅瑞的惡作劇。

「嗯……哈，好，如果這孩子一個字也不透露是因為有過承諾，而不是因為頑固的話，我會原諒他的。他是個頑固的小鬼，難管教得很。」羅倫斯先生來回摩娑自己的頭髮，直到他看起來像是剛從一陣狂風中走過一樣，然後他鬆了一口氣，皺起的眉頭也趨於平緩了。

「我也和他一樣，一固執起來就算千軍萬馬也拉不回來，但只要一句溫柔的話語就能引導我回歸正途。」喬試圖為朋友說點好話。她覺得這位朋友似乎剛擺脫一個困境，就又陷入了另一個困境。

「你覺得我對他不溫柔，是嗎？」老先生厲聲回答。

「喔，天啊，不是的，先生。我覺得你有時候太溫柔了，只是在他挑戰你的耐性時，你的態度會有一點點草率。你不覺得是這樣嗎？」

---

2 山謬爾．約翰生（Samuel Johnson）是英國的知名作家。他的好友詹姆斯．鮑斯韋爾（James Boswell）在一七九一年出版了共計兩冊的著作《約翰生傳》（The Life of Samuel Johnson）。

3 Rasselas 山謬爾．約翰生的著作《阿比西尼亞王子拉塞拉斯的故事》（The History of Rasselas, Prince of Abissinia）的主角。

4 the Rambler，山謬爾．約翰生在一七五〇年至一七五二年間出版的一系列期刊散文。

喬決定要把話說開。她試著保持平靜的表情，但在勇敢地說完這段話之後卻微微發起抖來。老紳士的反應令她驚訝地鬆了一口氣，他只是喀啦一聲把眼鏡丟到桌上，坦白地說：「妳說對了，孩子，我的確是如此！我愛那孩子，但他總是挑戰我的耐心，直到超過我能忍受的範圍，我很清楚若我們繼續這麼下去的話會有什麼結果。」

「我能告訴你結果是什麼，他會離家出走。」喬在說出這句話的瞬間就後悔了。她的原意是想要警告老先生，羅瑞無法忍受過度的限制，希望老先生可以對那孩子更有耐心。

羅倫斯先生臉色大變，他坐了下來，憂傷地看向桌前掛著的一張相片。相片上的人是一位英俊的男士，他是羅瑞的父親，在年輕的時候真的離家出走了，在老先生專橫的反對下結了婚。喬猜測老先生應該是記起了令他懊悔的過去，她真希望自己剛剛有管住自己的舌頭。

「除非他真的真的很焦慮，否則他是不可能那麼做的，他只是在念書太累的時候會偶爾威脅一下。我時常覺得我也應該要離家出走一趟呢，尤其在頭髮剪短了之後更是這麼覺得了，所以如果我們離家出走之後你想念我們的話，你可以登廣告尋找兩個男孩子，而且要特別注意去找那些來往印度的船隻喔。」

她一面說一面哈哈大笑，羅倫斯先生放鬆下來，顯然接受了喬開的這個玩笑。

「妳這個小調皮鬼，怎麼敢這麼跟我講話呢？妳對我的尊敬跑到哪裡去了？還有妳的禮貌呢？這些小孩子真是翻天覆地了！他們簡直就是對我們的折磨，但我們又不能沒有他們。」他好心情地捏了捏喬的臉。「去把那孩子帶下來吃晚餐吧，告訴他事情都過去了，最好建議他不要在面對祖父時擺出一副遇上慘事的臉。我可受不了他這麼做。」

「他不會下來的，先生。你不相信他不能說出真相，這讓他感到很難過。我想你先前猛搖他的肩膀讓他覺得很受傷。」

喬試圖露出悲傷的神色，但大概是失敗了，因為羅倫斯先生大笑了起來。她知道今天她大獲全勝了。

「我很抱歉我那麼做了，我猜我應該要感謝他沒有反過來搖我的肩膀呢。那小鬼到底希望我怎麼做？」老紳士似乎對自己的暴躁行為感到有點愧疚。

「如果我是你的話，我會寫一張道歉函給他，先生。他說除非收到道歉，否則他絕不下樓，還跟我提到華盛頓，又說了許多荒謬的事。只要一張正式的道歉函就能讓他知道他有多傻，並讓他願意乖乖下樓來。試試看嘛。他喜歡有趣的事情，道歉函比當面對話好多了。我會把信函拿上去，好好教導他盡責。」

羅倫斯先生眼神銳利地看了喬一眼，然後戴上眼鏡，緩緩道：「妳真是個狡猾的小女孩，但我並不介意被妳和貝絲左右。好了，給我幾張紙，然後讓我解決這件荒謬的事情吧。」

羅倫斯先生寫的道歉函是一位紳士在嚴重侮辱另一位紳士之後會寫出來的那種正式道歉函。喬在羅倫斯先生光禿的頭頂上印下一個吻，跑上樓去把道歉函從羅瑞的門縫底下塞進去，從鑰匙孔建議他要表現出順從、聽話和其他幾種討人喜歡的特質。門已再次上了鎖，喬只好讓道歉函自行發揮作用，就在她準備安靜地離開時，年輕的紳士從樓梯的扶手滑了下去，在樓下等著她。羅瑞擺出最正直的表情說道：「妳真是個好人啊，喬！有沒有被罵到狗血淋頭呀？」說完他就哈哈大笑了起來。

「沒有，整體來說他的態度很溫和。」

「啊！那我總算是安全了。妳拋下我離開的時候，我都已經做好準備要完蛋了呢。」他帶著歉意道。

「別那麼說，我的孩子，你可以翻開新的一頁重新開始，泰迪。」

「我總是在翻開新的一頁，然後把那一頁毀掉，就像我總是把練字帖給毀掉一樣，我已經翻開了太多新的一頁了，我只能永遠這麼翻頁下去。」他沉鬱地說。

「去吃晚餐吧，吃過之後你就會覺得好一點了。男人總是一餓肚子就無病呻吟。」喬說完後就從前門迅速離開了。

「這是『性別啟示（歧視）』。」羅瑞引用了艾咪的話之後，便恭順地去對祖父道歉，而他的祖父在這天餘下的時間裡都像聖人一樣溫和，態度也格外尊重。

每個人都覺得這件事已經結束了，小小的烏雲已經散去，但雖然其他人都忘記了這個小小的惡作劇，瑪格卻還記得。儘管她從來沒有對任何人提起這件事，可是她現在時常想起他，比以前還要更常做白日夢。有一次，喬在姊姊的桌上翻找郵票時，找到了一張紙上潦草地寫著「約翰·布魯克太太」，喬對著這張紙發出悲慘哀號，然後把紙丟進火裡，她覺得羅瑞的玩笑或許加速了不幸之日的到來。

22 愜意的草地

接下來的一個星期就像暴風雨過後的陽光一樣平靜。病人康復的速度很快，馬奇先生開始在信中提及他會在明年年初回來。貝絲很快就健康得足以整天躺在書房沙發上，一開始她藉由親愛的貓咪自娛自樂，沒多久她便開始縫製洋娃娃的衣物，這些衣物的進度已經大大落後了。她終於能再次活動四肢，但她的手腳僵硬又虛弱，必須靠著喬用強壯的手臂支撐她才能每天繞著房子透透氣。瑪格為「小可愛」下廚煮出許多精緻的食物，心甘情願地把白皙的雙手燒傷又染黑，而艾咪這位戒指的忠實僕人則為了慶祝自己能回家，拿出了許多寶貝並說服姊姊們接受她的餽贈。

聖誕節就要到了，這次也如同往常一樣，家中瀰漫著神祕的氣氛，喬想要好好慶祝這次不同尋常的聖誕節，因此時常提出各種根本不可能發生或者極度荒謬的慶祝方式，每個提議都使家人更加驚訝。羅瑞也同樣不切實際，如果由他來決定的話，這次的慶祝方式會包含營火、沖天炮與凱旋門。經歷過多次衝突與挫敗後，這兩位野心勃勃的孩子便全然失去了熱情，總是一臉淒涼，唯有相聚時的大笑聲能掩飾他們的情緒。

經過連續好幾天異常溫和的天氣之後，日子終於來到了美好的聖誕節。漢娜「從骨子裡感覺到」這天一定會過得異常完美，事實證明她簡直就是預言家，因為今天的每個人與每件事似乎都恰到好處，所有人一起度過了一個非常成功的聖誕節。首先，馬奇先生寫信說他很快就會回家了，其次，貝絲那天早上覺得狀況特別好，她披上了母親的禮物——一件深紅色的美麗諾羊毛柔軟披巾，喜不自勝地讓其他人攙扶著她到窗邊觀賞喬與羅瑞送的禮物。這兩位停不下來的孩子盡了最大的努力表現出他們停不下來的特質，像小精靈一樣夜晚工作，變出一個荒誕的絕妙禮物：外面的花園裡站著一個大大的女雪人，頭戴冬青皇冠，一手提著裝滿水果與鮮花的籃子，另一手拿著一大捲樂譜，寒冷的肩膀上裹著一條美麗的七彩小被子，嘴裡銜著一張寫著下列聖誕頌歌的粉色長紙條。

〈瓊恩弗勞[1]致貝絲〉

親愛的貝絲女王，願主保佑妳！
願妳不因任何事感到憂戚，
願妳健康、幸福且平靜
在這聖誕假期。

獻上水果給我們的忙碌小蜜蜂
獻上鮮花給她的鼻子。
獻上音樂給她的小鋼琴，
獻上被子給她的腳趾。

看啊，是喬安娜的畫像，
由在世的拉斐爾所繪，

她勤奮努力地繪製
使畫像更美、更真實。

請收下紅色的緞帶，
給呼嚕女士的尾巴。
還有瑪格做的冰淇淋，
就像白朗峰裝在桶子裡。

我的創造者將最深的愛
藏在我雪白的胸間。
請接受這份愛，以及高山來的少女，
由羅瑞及喬所贈與。

貝絲看到這份禮物時捧腹大笑，羅瑞在樓上樓下之間來回奔走，遞交禮物，喬則在送上這些禮物時發表了一番荒唐的演說。

「我實在太幸福了，要是父親也在這的話，今天就完美無缺了。」貝絲說。在禮物帶來的激動之情褪去後，喬扶著貝絲到書房，貝絲滿足地舒了一口氣，吃了一些「瓊恩弗勞」送給她的美味葡萄重振精神。

「我也這麼覺得。」喬拍了拍裝著《水精溫蒂妮與辛特姆》的口袋。

1 Jungfrau，德文，意為「少女」，是瑞士阿爾卑斯山最高山峰（少女峰）的名字。

「我很確定我也有一樣的感覺。」艾咪跟著說。她謹慎地檢視著聖母與聖嬰畫像的臨摹畫，漂亮的畫框是母親給她的。

「我當然也這麼覺得！」瑪格高聲說著撫平她的第一件絲質洋裝的裙褶，這是羅倫斯先生堅持要送給她的禮物。

「我的想法怎麼可能會跟妳們不一樣呢？」馬奇太太愉快地說。她的視線從丈夫的來信轉到貝絲微笑的臉龐，一隻手來回撫摸著女孩們剛剛別在她胸前的胸針，胸針裡面有灰色、金色、栗色和深棕色的頭髮。

在這個平凡的世界中，偶爾會發生一些好像在美好的小說中才會發生的事，每每遇到這種事都使人覺得無比幸福。就在馬奇一家人花了半個小時的時間討論若今天能完美無缺該有多快樂之後，事情就真的變得完美無缺了。羅瑞打開客廳的門，悄悄探頭往裡看。他的神色像是正努力壓抑著興奮之情，好像想要做一個後空翻，並如同印地安人一樣高聲歡呼。他喘著氣用古怪的聲音說了一句話，但這句話的聲音無比激動，使眾人都跳了起來：「這是送給馬奇一家人的另一個聖誕禮物。」

他話都還沒說完就被人輕輕推到一旁，一名高大的男人出現在羅瑞原本站的位置，除了眼睛之外的地方都被衣物包得密不通風，他靠著另一個高大男人的手臂，後者試著想要說點什麼話，但什麼都說不出來。眾人立刻蜂擁上前，有好幾分鐘的時間每個人似乎都失去了理智，因為這件事實在太奇異了，所有人都一語不發。

馬奇先生被四雙充滿愛的手臂環繞，幾乎要被擁抱淹沒了。喬差點就暈倒了，她對此感到很丟臉，不得不到擺放瓷器的房間給羅瑞照顧。布魯克先生親了瑪格一下，但他語無倫次地解釋，說這完全是個意外。舉止高貴的艾咪被一個小櫃子給絆倒了，還來不及爬起來就抱住父親的靴子，令人同情地開始放聲大哭。馬奇太太是最先恢復理智的人，她警覺地舉起一隻手說：

「小聲點！別忘了貝絲。」

但這個警告來得太遲了。書房的門被飛快打開，一個裹著紅色毯子的小身影站在門口。喜悅讓貝絲虛弱無力的四肢充滿力量，她直直跑向父親的懷抱。之後發生的事情就無需多提，他們心中的感情滿溢出來，洗去了過去的苦澀，只留下當下的甜美。

眾人最後回過神來的原因是一陣一點也不浪漫的大笑，因為他們看見漢娜站在門外，捧著一隻肥肥胖胖的火雞啜泣著。她在聽到消息後就從廚房跑了過來，急得忘記要把火雞先放下了。笑聲減弱之後，馬奇太太開始感謝布魯克先生這陣子如此忠實地照顧她的丈夫，這時布魯克先生才倏然記起馬奇先生需要多休息，他很快就帶著羅瑞離開了。兩名病人被命令要多加休息，因此兩人坐到了大大的椅子上，開始不斷聊天。

馬奇先生說起了他有多想嚇她們一跳，還有天氣好轉時他是如何被醫生允許趁著這個時候離開，以及布魯克先生是多麼全心全意地照顧他、又是一位多麼正直而難能可貴的年輕人。這時馬奇先生停頓了片刻，看向正拿著火鉗猛力戳火堆的瑪格，再看向他妻子，詢問地抬起了單邊眉毛，至於他為什麼這麼做，我就留給各位讀者自行想像了。馬奇太太則溫柔地點點頭，接著突如其來地問馬奇先生要不要吃點東西，馬奇太太這麼做的原因我也同樣留給讀者自行思考。喬留意到兩人臉上的表情，也看懂了，她冷靜地走出去拿紅酒和牛肉汁，在關上門時自言自語：「我最討厭難能可貴的棕眼睛年輕人啦！」

這是他們吃過最棒的一頓聖誕夜晚餐了。漢娜把肥肥胖胖的火雞端上桌，火雞肚子裡塞滿填料，烤成棕色，裝飾得漂亮極了。聖誕布丁在每個人的口中融化，嚐起來棒極了，果凍也是，艾咪一看到果凍就像看見蜂蜜的蒼蠅一樣開心。晚餐的每道菜都很美味，這可是一件值得感恩的事，漢娜說：「我心中慌慌張張的，夫人，感謝上帝我沒把布丁拿去火爐上烤、沒有把葡萄乾塞進火雞裡面，也沒用布把火雞包起來丟進鐵鍋裡煮。」

羅倫斯先生和他的孫子也和他們一起共進晚餐，同行的還有布魯克先生。過程中喬一直陰沉地瞪著布魯克先生看，這景象使羅瑞心中暗笑了許久。桌頭並排放著兩張休閒椅，貝絲和她父親分別坐在這兩張椅子上，適量地享受了一些火雞和水果。他們拿起酒杯祝彼此健康、講故事、唱歌，並且像老人們說的那樣「追憶過去」，度過了一段愉快的時光。他們原本計畫要去滑雪橇，但女孩們不願意離開父親，因此客人們便提早離開，在暮色降臨時，幸福的一家人圍繞著火爐坐了下來。

「不過一年以前，我們還在抱怨可能會度過一個悲慘的聖誕節呢。妳們還記得嗎？」喬在全家人一起聊了許多事並陷入短暫的安靜之後，打破了沉默。

「整體來說，今年我過得很開心！」瑪格笑著看向爐火，她覺得自己今天與布魯克先生互動時十分莊重，對此感到自豪。

「我覺得今年很艱難。」艾咪深思熟慮地看著火光在戒指上閃耀。

「我很高興今年過去了，因為你回來了。」貝絲坐在父親的膝蓋上悄聲低語。

「今年妳們走過的路並不順暢，我的小朝聖者們，尤其是最後一段路。但妳們都非常勇敢的走過來了，我認為妳們很快就會好好卸下肩頭的重擔了。」馬奇先生說。他露出慈愛的神色，看起來對於聚在身邊的這四張年輕臉龐感到很滿意。

「你怎麼知道的？母親跟你說的嗎？」喬問。

「她說得不多。不過見微知著，我今天發現了許多事。」

「喔，請告訴我們你發現了什麼事！」坐在馬奇先生身旁的瑪格高聲說。

「比如這件事。」他握住了擺在椅子扶手上的那隻手，指了指粗糙的食指、手背的燒傷還有手掌上的兩、三個薄繭。「我記得這雙手曾經潔白又光滑，妳過去最在意的就是照顧雙手。那個時候這雙手很美，但對我來說，這雙手現在變得更美了，因為我能從這些瑕疵中看出故事。

燙傷的痕跡使虛榮消散，手掌上的薄繭帶來的是遠比水泡還要更有價值的事物，我相信這幾隻被刺傷的手指所完成的縫紉能使用很長一段時間，因為一針一線中都充滿了美好的堅持。瑪格，親愛的，比起雪白的手掌或者時髦的衣著，我更重視能維持家庭幸福的女性技巧。我很驕傲能握著這隻善良、勤奮的小手，我希望他人請求我交出這隻手的那一天不要太快來到。」

如果說瑪格曾希望過去的耐心勞動能換來什麼獎賞的話，那麼她現在收到的就是她最想要的獎賞——她父親慈愛地握住她的手，對她露出讚許的微笑。

「那喬呢？拜託說一些喬的好話，她一直很努力，而且對我非常、非常、非常好。」貝絲對著父親的耳朵說。

他大笑出聲，看向坐在對面、神情異常溫和的高䠷女孩。

「雖然喬留了一頭捲曲的短髮，但她已經不再是我一年前離開時所看到的『小兒子喬』了。」馬奇先生說。「我看到的是一位年輕淑女，她整齊地別好自己的領子，好好繫上了靴子上的鞋帶，不再像以前一樣吹口哨、說黑話或躺在地毯上了。她因為過去這段時間心懷焦慮地照顧病人，顯得雙頰消瘦、臉色蒼白，但我喜歡這張變得更加溫和的臉龐。她的聲音也變輕了，不再跳著走路，移動時安安靜靜，更讓我高興的是，她能用慈愛的態度照顧年紀比較小的孩子。我想念我淘氣的女兒，但若取而代之的是堅強、能帶來助力又寬厚的女人，這樣的轉換將使我很滿意。我不知道這位與眾不同的孩子之所以會變得穩重，是不是因為剪掉了頭髮，但我很清楚地知道，就算找遍全華盛頓我也找不到任何足夠美麗的物品，值得我用我的好女孩寄給我的二十五塊錢去買。」

馬奇先生剛開口時，喬熱切的眼神黯淡了片刻，接著聽見父親的讚美後，她消瘦的臉龐又在火光的照映下轉為紅潤，她覺得自己的確值得其中一部分讚美。

「現在換貝絲了。」艾咪很希望趕快輪到自己，但也願意等待。

「我要對貝絲說的話恐怕不多，因為我擔心一次說完會使她害羞得逃走，不過我發現她已經沒有過去那麼害羞了。」父親愉快地說。但這時他想起了自己差點就失去了貝絲，便緊緊摟住她，與貝絲臉頰貼臉頰，溫柔地說：「妳現在平安健康了，我的貝絲，我會努力讓妳繼續平安健康下去的，上帝保佑。」

在經過了一分鐘的寂靜後，他垂眼看向坐在他腳邊凳子上的艾咪，溫柔地撫摸那頭閃亮的頭髮，說：

「我注意到艾咪在晚餐時拿了雞腿來吃[2]，整個下午都替母親跑腿處理雜事，晚上把位子讓給了瑪格，在等待每個人就座時溫和而有耐心。我也發現她不再時時表現出煩躁的態度，也不常照鏡子，甚至沒有提到手上戴著的美麗戒指，所以我認為她學會了更無私地替他人著想，她決定要試著改變自己的個性，就像是她平時小心翼翼地改變黏土的外觀一樣。我很高興在她身上看到這些改變，因為雖然我很驕傲她能塑造出美麗的黏土，但我會更驕傲我可愛且有才能的女兒能為自己與他人塑造出美麗的生活。」

「妳在想什麼，貝絲？」喬趁著艾咪對父親道謝並描述戒指的故事時問貝絲。

「我在《天路歷程》裡面讀到，基督徒和希望在經過了許多難關後，走到了一片愜意的綠草地，那裡的百合終年綻放，他們開心地在那裡休息了一陣，就像我們現在一樣，之後他們又繼續踏上未完的旅程。」貝絲一面回答一面離開父親的臂彎，走向鋼琴。「唱歌時間到了，我想要待在我的老位置上。我想要試著唱看清教徒聽見牧羊男孩唱的那首歌。父親很喜歡這首歌的歌詞，所以我特別替父親做了這首曲子。」

貝絲坐到了可愛的小鋼琴前，溫柔地按下琴鍵，一邊彈奏，一邊用其他人原本以為再也聽不到的甜美聲音唱起了這首雅致而且無比適合她的曲子。

處於下方之人，不懼於墜落，
站在低處之人，不感到傲慢。
心懷謙遜之人將能
有上帝做他的指引。

現有的事物使我感到滿足
無論多或少我都不介意。
啊，上主！我依舊祈求滿足，
因為祢將拯救知足的信徒。

他們知道重擔使人充實，
並踏上朝聖的旅途。
此生擁有得少，來生[3]將無比富足，
這才是對所有人最好的祝福。

2 歐美國家多數人認為雞腿是整隻雞中比較不好吃的部分。
3 基督教的「來生」指的是基督再次降臨世間之後，教徒將獲得的永生。

23 馬奇姑婆解決了問題

隔天，母親與女兒們像是追逐蜂后的蜜蜂一樣於馬奇先生左右徘徊不去，她們忽略一切事物，只顧著凝視、照料與傾聽新病人，要是善意能殺人，馬奇先生大概已經死透了。他靠坐在貝絲沙發旁的一張大椅子中，另外三個女兒都坐在他周圍，漢娜每隔一陣子就會探頭進來「看看親愛的男主人」，一切似乎完美得無需任何改變。但的確有件事需要解決，兩位家長都留意到了這件事，但沒有人願意承認。馬奇夫婦的視線停留在瑪格身上，偶爾表情焦慮地彼此交換一個眼神。喬每隔一陣子就會突然露出沉重的神色，還有人看到她對著布魯克先生忘在門廊的雨傘揮拳。瑪格一直心不在焉，羞怯而安靜，每當聽見門鈴聲她就會嚇一跳，每當有人提到約翰的名字她就會臉紅。艾咪說：「每個人好像都在等待什麼事一樣靜不下來，這真奇怪，明明父親已經安全回到家了呀。」天真的貝絲則有些好奇，為什麼今天他們的鄰居沒有像往常一樣跑來造訪他們家。

羅瑞下午經過了一次，他見到瑪格坐在窗邊時像著了魔似的突然做出戲劇化的舉動，他單膝跪在雪中，敲打自己的胸口，拉扯自己的頭髮，又懇求地緊握雙手，好像在乞求某種恩賜。瑪格要他別做出這種出格的舉動、快點離開時，他拿出了手帕開始擦拭不存在的眼淚，一副悲痛欲絕的樣子踉蹌地走向轉角。

「那傻子在做什麼啊？」瑪格笑了幾聲，試著擺出一副毫無知覺的樣子。

「他在向妳演示妳的約翰之後會怎麼做。真感人呢，不是嗎？」喬鄙夷地回答。

「別說什麼我的約翰，這種用詞既不適當也不正確。」但瑪格在說出「我的約翰」時語速變得緩慢，好像覺得這幾個字很悅耳。「請妳不要折磨我，喬，我跟妳說過了，我不怎麼在意他，這件事沒有什麼好說的，我們每個人都會友善地與彼此相處，以後一切都會跟從前一樣。」

「我們不可能跟從前一樣，因為說出口的話不能收回去，羅瑞的惡作劇已經對妳造成影響了。我看得出來，母親也看出來了。妳變得和原本不太一樣了，我從來沒有覺得妳離我這麼遙遠過。我不想折磨妳，我會像個男人一樣忍受這件事，但我希望你們能趕快解決。我痛恨等待，所以如果妳打算要這麼做的話，就加快速度，趕緊解決這件事情。」喬任性地說。

「除非他先開口，否則我什麼都不能說，但是他不會開口，因為父親說我太年輕了。」瑪格一邊說一邊彎腰拿起縫紉的物品，嘴角掛著奇怪的微笑，似乎並不太同意父親的這個觀點。

「要是他真的開口了，妳也不會知道要說什麼，妳只會流淚或者臉紅，或者讓他達成目的。妳才不會堅決地拒絕他。」

「我沒有妳想的那麼笨、那麼軟弱。我知道該說什麼，因為我已經全都想好了，這麼一來我才不會被他出奇不易地嚇到。雖然我沒辦法知道之後會發生什麼事，但我希望我做好了準備。」

喬不禁笑了起來，她發現瑪格無意識地表現出極為重視這件事的態度，這種態度與她臉上浮現的紅霞都非常適合她。

「請問妳可以告訴我妳要說什麼嗎？」喬恭敬地詢問。

「可以。妳現在十六歲，成熟到能讓我信任了，而且以後妳也會用得上我的經驗，應該吧，等到妳自己也經歷到類似的感情問題的時候。」

「我可不想要有什麼感情問題。看別人調情是滿有趣的，但要是看到我自己跟別人調情的話，我會覺得自己是個傻瓜。」喬似乎對這種想法感到有些驚恐。

「我不這麼覺得，只要妳足夠喜歡某個人，而且他也喜歡妳的話，這都不是問題。」瑪格像是在自言自語，她望向窗外的小徑，時常有情人在夏日夕陽西下時到這裡散步。

「我以為妳打算對那個男人發表一番演說呢。」喬猛然打斷了姊姊的小小幻想。

「喔，我會用平靜、堅決地態度簡單地告訴他：『謝謝你，布魯克先生，你人很好，但我同意我父親說的話，我現在還太年輕了，不適合許下任何承諾，所以請你別再提起這件事，就讓我們像以前一樣當朋友吧。』」

「嗯，聽起來夠堅決也夠冷酷！但我不相信妳會說出這段話，而且我很確定，就算妳真的說了，他也不會就此放棄。如果他表現得像是小說裡被拒絕的情人一樣的話，妳一定會因為不想傷害他的感覺而妥協。」

「我不會。我會告訴他我已經下定決心了，然後莊重地走出房間。」

瑪格一邊說話一邊站起身，打算要示範一遍何謂莊重地走出房間，但她才跨出一步到走廊上，就立刻飛奔回自己的座位飛快縫紉起來，好像若無法在一定的時間內完成工作，她就會失去性命一樣。這突如其來的改變讓喬差點放聲大笑，她忍住笑聲，在門口響起柔和的敲門聲時表情嚴厲地打開門，這種表情絕對沒有別的意思，只是想表達親切罷了。

「下午好。我來拿我忘在這裡的雨傘，並看看妳父親今天的狀況怎麼樣。」布魯克先生的視線在房內兩張遮掩不住情緒的臉龐上來回看了幾遍，十分困惑。

「傘的狀況很好，我父親在架子上。我去幫你把他拿來，然後告訴它你來了。」喬在回答時完全把父親和傘弄混了，她溜出房間，讓瑪格有機會能發表演說並莊重地離場。但她一離開房間，瑪格就開始微側著身子走向門口，含糊不清地說：

「母親也會想要見你的。請坐，我去叫她過來。」

「別走。妳是不是害怕我，瑪格麗特？」布魯克先生看起來很受傷，以至於瑪格覺得自己剛才必定是做了什麼無比失禮的舉動。布魯克先生從來沒有稱呼她為瑪格麗特過，這讓她整張臉都漲得通紅，同時也訝異地發現布魯克先生說出她的名字時聽起來有多自然、多甜蜜。她緊張地想要表達出友善且輕鬆的態度，因此伸出手表現出信任的樣子，感激地說：

「你對我父親這麼好，我怎麼可能會怕你呢？我只想要表達我的感謝。」

「能由我來告訴妳，要怎麼表達感謝比較好嗎？」布魯克先生伸出雙手握住了瑪格的小手，用充滿愛意的棕色眼眸俯視瑪格。瑪格的心跳得飛快，她既渴望能逃走，又想要待在這裡聽布魯克先生的回答。

「喔不，請別這麼做，我覺得這樣不好。」她試著抽回手，雖然剛剛才否認過她不害怕，但看起來卻嚇壞了。

「我不會造成妳的困擾的。我只想知道妳有沒有一點點在乎我，瑪格。我很愛妳，親愛的。」布魯克先生溫柔地說。

現在就是發表一番冷靜、適當演說的好時機，但瑪格沒有這麼做。她忘記了那番演說的每一個字，低著頭，回答道：「我不知道。」她的聲音如此輕柔，約翰必須要傾身才能聽見她愚蠢的小聲回應。

他自顧自地露出了滿意的微笑，似乎覺得這樣的回應值得他更大的困擾，他感激地握了握瑪格豐滿的小手，用最具有說服力的語調說：「我可以試著找出答案嗎？我太想知道妳的回答了，除非弄清楚我是否能在最後獲得回報，否則我沒辦法專心回去工作。」

「我還太年輕了。」瑪格搪塞道。她不知道自己的心為什麼跳得那麼快，但卻很享受這種

感覺。

「我願意等待，在我等待的同時，妳可以學著喜歡上我。這會是很難的一堂課嗎，親愛的？」

「若我選擇要學的話這並不困難，但是……」

「請妳選擇學吧，瑪格。我深愛教學，這比教德文簡單多了。」約翰打斷她的話，他伸手握住了瑪格的另一隻手，這麼一來瑪格就無法在他彎下腰凝視她時遮住臉了。

他的語氣充滿懇求之意，但瑪格在害羞地瞥了他一眼時，發現他的眼睛裡閃爍著溫柔與愉快的光芒，臉上掛著深知自己一定會成功的微笑。這惹怒了瑪格。她想起了安妮‧莫法特說過的愚蠢調情方式。每個女人心底都沉睡著一股對權力的愛，而瑪格心中的這種愛意突然甦醒了過來，主導了瑪格的行動。她感到激動而怪異，不知道還能怎麼做，只能遵循任性的直覺，抽回手，怒氣沖沖地說：「我不要選。請你離開，別管我想怎麼想！」

可憐的布魯克先生從來沒有看過瑪格流露出這種情緒，他覺得愛情的空中樓閣似乎在他耳邊坍塌了，一臉不知所措。

「妳這幾句話是真心的嗎？」他焦慮地問，在瑪格抬腳就走時跟在後面。

「是，我是真心的。我不想要煩惱這種事。父親說我沒有必要這麼做，現在還太早了，我寧可別惹上麻煩。」

「我能心懷希望，妳在未來會改變主意嗎？我會一直等待妳，什麼話都不會說，直到妳覺得夠久為止。別玩弄我，瑪格。我想妳不是這樣的人。」

「那你就不要想。我寧願你不要想。」試探愛人的耐心與自身的力量帶給瑪格一種淘氣的滿足感。

他現在顯得悲傷而蒼白，看起來比較像是瑪格喜歡的小說中的主角了，但他並沒有像那些主角一樣一掌拍向前額或者大步離開房間。他只是用極為惆悵、極為溫柔的表情凝視瑪格，使瑪格不由自主地心軟了。我不知道要是馬奇姑婆沒有在這個奇妙的時刻拖著腳步出現的話，兩人之間接下來會發生什麼事。

老太太在出門透氣時遇見了羅瑞，聽說馬奇先生回家了，她無法抗拒想要見姪子一面的渴望，便直接搭著馬車過來見他。馬奇一家人全都在後方忙著該做的事，所以馬奇姑婆就自己安靜地走了進來，想要嚇他們一跳。她的確嚇了這兩個人好大一跳，瑪格嚇得好像看到了幽魂一樣，布魯克先生馬上閃身進了書房。

「老天啊，那是怎麼回事？」老太太瞪了一眼臉色蒼白的年輕紳士，又瞪了一眼滿臉通紅的年輕小姐，一邊用拐杖重擊地板一邊高聲問道。

「是父親的朋友。妳嚇了我一跳呢！」瑪格結結巴巴地說。她覺得自己現在大概是要被說教一頓了。

「還用妳說。」馬奇姑婆坐了下來。「但是為什麼妳父親的朋友說的話會讓妳臉紅得像是牡丹花一樣？這其中一定有什麼問題，我必須知道這是怎麼回事。」她再次用拐杖擊打地板。

「我們只是在講話。布魯克先生來我們家拿他的雨傘。」瑪格希望布魯克先生和雨傘現在都已經安全離開這棟房子了。

「布魯克？那個小男孩的家庭教師？啊！我現在懂了。我知道你們的事。喬有一次在唸妳們父親寄來的其中一封信時說溜了嘴，然後我就強迫她告訴我這件事了。妳還沒有接受他吧，孩子？」馬奇姑婆表情憤慨地高聲喊著。

「小聲點！他會聽見的。我要不要叫母親來？」瑪格困擾地說。

「等一下。我有話要跟妳說，我必須立刻把話說清楚。告訴我，妳想要嫁給那個古魯克嗎？如果妳要嫁給他，那我以後一分錢都不會給妳。記清楚我說的這句話，當個懂事的孩子。」老太太威嚴地說。

馬奇姑婆的舉動完美示範了要怎麼做才能挑起最溫柔的人心中的反叛精神，並讓他們享受反叛的過程。就算是個性最好的人也會有嗆辣的反逆之心，在我們年輕並陷入愛河時這種叛逆之心會特別明顯。如果馬奇姑婆剛剛請求瑪格接受約翰．布魯克的話，她或許會回答她不打算考慮這件事，但如今她第一件做的事就是命令瑪格不准喜歡上他，因此瑪格立刻就打定主意自己要喜歡上布魯克了。好感與固執使瑪格輕而易舉地下了這個決定，她原本就已經有些激動，現在更是鼓起異常強大的勇氣開始反抗老太太。

「我想要嫁給誰就會嫁給誰，馬奇姑婆，妳想把錢留給誰就留給誰吧。」她堅定地點點頭。

「太輕浮了！妳就是這樣聽從我的建議的嗎，小姐？等到妳住進茅草屋裡談情說愛最後卻以失敗收場，妳就會後悔了。」

「那也好過某些人在大房子裡談情說愛最後卻以失敗收場。」瑪格反駁。

馬奇姑婆從沒見過瑪格表現出這種情緒，因此戴上眼鏡仔細看了女孩一眼。瑪格也覺得現在的自己有些陌生，她覺得自己非常勇敢、非常獨立，而且非常開心能替約翰辯護，並捍衛自己想愛他就愛他的權利。馬奇姑婆發現最開始對話的方式錯了，她停頓了片刻，重新以她最委婉表達方式說：「好了，瑪格，親愛的，當個懂事的孩子，聽我的建議。我是出自好心，我不希望妳因為一開始做了錯誤的決定而毀掉妳的人生。妳應該要嫁得更好，協助妳的家庭。妳的責任就是嫁給有錢人，妳應該很清楚這件事才對。」

「父親和母親不是這麼想的。就算約翰很窮，他們也還是很喜歡他。」

「妳的這對父母呢，親愛的，他們大概和嬰兒一樣不諳世故。」

「而我對此感到慶幸。」瑪格堅定地大聲道。

馬奇姑婆忽視了瑪格的回答，繼續說教。「這個魯克很窮，也沒有富有的親戚，對嗎？」

「沒錯，但他有很多好心的朋友。」

「妳不可能靠著朋友生活，妳可以試試看這麼做之後那些朋友會變得多無情。他也沒有工作，對嗎？」

「還沒有。羅倫斯先生之後會幫他找工作。」

「那種工作不會持久。詹姆斯・羅倫斯是一個壞脾氣的老頭，一點也不可靠。妳只要聽我的建議，做出更好的選擇，妳的餘生就可以過得舒舒服服的，但現在妳卻打算要嫁給一個沒有錢、沒有地位也沒有工作的人，之後還必須比現在還要更辛苦地工作？我覺得妳應該是個更理智的人，瑪格。」

「我就算再等上半輩子也不會做出更好的選擇。約翰善良聰明，才華洋溢，他願意工作，之後也一定會成功，他是個很積極也很勇敢的人。每個人都喜歡他也尊敬他，儘管我這麼窮、這麼年輕又這麼傻，但知道他在意我依然使我感到驕傲。」瑪格堅定不移的態度使她看起來前所未有的美麗。

「她知道妳有富有的親戚啊，孩子。在我看來，這才是他喜歡妳的祕密。」

「馬奇姑婆，妳怎麼可以說出這種話？約翰絕不是那麼卑鄙的人，要是妳繼續這麼說下去的話，我連一分鐘也待不下去了。」瑪格怒氣沖天地喊著，她把一切都拋在腦後了，滿腦子都是老太太的不公平質疑。「我的約翰才不會為了錢結婚，我也不會。我們願意工作，我們也願意等待。我不害怕貧窮，因為我現在也過得很快樂。我知道我會跟他在一起，因為他愛我，而我……」

瑪格停了下來，突然記起了她還沒有決定好，突然記起了她剛剛才叫「她的約翰」走開，突然記起了他可能會聽見這些互相矛盾的話語。

馬奇姑婆怒不可遏，她非常想要替自己漂亮的姪孫女找一個好人家嫁出去，如今女孩這張幸福又年輕的臉龐上有某種神情讓孤單的老太太覺得又哀傷又氣憤。

「好，那我再也不會管妳的家務事了！妳是個固執的孩子，妳為了這個蠢貨失去的東西遠比妳想像得還要多。不，我不會閉上嘴的。我對妳很失望，現在也沒心情去見妳父親了。別期望我會在妳結婚的時候送上任何東西。妳的布克先生的朋友想必會好好幫助你們的。我跟妳再也沒有關係了。」

馬奇姑婆當著瑪格的面摔上門，怒火中燒地離開了。她離開時似乎也把女孩的勇氣也都帶走了，如今房裡只剩下瑪格一個人，她呆站在原地，不太確定自己該哭還是該笑。在她能做出決定之前，再次出現的布魯克先生就佔據了她的所有思緒。他滔滔不絕地說：「我不得不聽見妳們的對話，瑪格。謝謝妳為我挺身而出，也謝謝馬奇姑婆證明了妳是有那麼一點點在乎我的。」

「在她辱罵你之前，我根本不知道我有多在乎你。」瑪格開口。

「所以我不需要離開了，我可以留下來，往後過上幸福的日子，可以嗎，親愛的？」

這又是一個可以發表一番令人心碎的演說並莊重離開的大好機會，但瑪格完全沒有想到要這麼做，她接下來做的事使她在喬的面前再也抬不起頭來，她溫順地低語：「可以，約翰。」並把她的臉埋在布魯克先生的背心上。

在馬奇姑婆離開十五分鐘後，喬腳步輕巧地走下樓，在客廳的門口停頓了一會兒，發現裡面沒有聲音後，滿意地微笑並點點頭，暗忖道：「她如同我們計畫的一樣把他趕走了，這件事就這麼解決了。我要進去聽她描述她拒絕的有趣過程，好好大笑一番。」

但可憐的喬沒有機會大笑一番，因為她剛踏進客廳就震驚地看見了一幅奇景，使得她一步也動不了，只能目瞪口呆地盯著眼前的畫面。她會如此震驚也情有可原，畢竟她原本打算要做的事，是慶祝敵人的落敗，讚美心智堅定的姊姊成功趕走了討人厭的求愛者，如今卻看到那位敵人沉著地坐在沙發上，而她心智堅定的姊姊則像是坐上王位一樣坐在敵人的膝上，露出了百依百順的表情。喬倒抽了一口氣，好像被一桶冷水從頭澆到腳似的，突如其來的情勢逆轉讓她幾乎無法呼吸。客廳裡的這對情人聽見聲響後轉過頭來，看到了她。瑪格跳了起來，看起來既驕傲又羞怯，但喬口中的「那個男人」竟然笑了起來，他親了親驚疑不定的闖入者，冷靜地說：

「喬妹妹，妳可以恭喜我們了！」

這句話就像是在傷口上又添侮辱，一切都使喬覺得無法承受，她揮舞雙手做出了幾個狂亂的手勢，然後就一語不發地消失了。她一路衝上樓，闖進房間，用悲慘地尖叫驚動了兩位病人：「喔，拜託哪個人快點去樓下吧！約翰．布魯克的行為太可怕了，而且瑪格還很喜歡他那麼做！」

馬奇夫婦很快地走出房間，喬一頭栽到床上，激憤地邊哭邊罵，把這個可怕的消息告訴貝絲和艾咪。然而兩個小女孩卻覺得這是件令人愉悅又有趣的事，喬沒有從她們身上獲得任何安慰，所以她只好跑到閣樓的避難所，對老鼠吐露自己的困擾。

誰也不知道那天下午客廳裡發生了什麼事，但他們談了很多，向來安靜的布魯克先生以流利的口才和高昂的精神嚇了他的朋友們一跳，他求了婚，描述了他的計畫，說服他們依照他的想法安排每件事。

他還沒來得及描述完他將為瑪格帶來多麼美妙的未來，下午茶鈴聲就響了。他無比自豪地領著瑪格去用餐，兩人看起來都太幸福，以至於喬也無心嫉妒或難過了。約翰的深情與瑪格的莊重使艾咪印象深刻，貝絲從遠處對他們投以微笑，馬奇夫婦則用溫柔滿足的神情看著這對情人，證明了馬奇姑婆沒說錯，他們的確「像嬰兒一樣不諳世故」。眾人都吃得不多，但每個人看起來都很快樂，馬奇家的第一段戀情開始了，似乎連老舊的房間都不可思議地明亮了起來。

「現在妳可不能說沒有遇到任何值得開心的事了，對吧，瑪格？」艾咪說，她正在思考要如何在晚點要繪製的素描中安排這兩人的姿勢。

「對，我的確不能那麼說了。在我說過那句話之後發生了好多事啊！感覺好像是一年以前的事了。」瑪格回答。她現在陷入了幸福的夢境中，賺錢養家這一類的俗事已經被她丟到九霄雲外去了。

「這一次悲傷才剛過去，喜樂就降臨了，我認為改變已經開始了。」馬奇太太說。「大多數的家庭每隔一陣子就會經歷事變特別多的一年。今年正是這樣的一年，但總的來說，這一年的結尾很棒。」

「希望明年的結尾也很棒。」喬喃喃自語。她發現自己難以眼睜睜看著瑪格全心關注另一個陌生人。喬深愛的人是那麼少，她害怕這些人對她的感情以任何形式消失或減少。

「我希望三年後的結尾也很棒。我的意思是，只要我努力執行我的計畫，三年後的結尾就應該會很棒。」布魯克先生對著瑪格微笑，好像對他來說現在一切都有可能。

「你們不會覺得要等很久嗎？」艾咪問，她希望能趕快參加婚禮。

「我在準備好之前還有好多東西要學呢，對我來說這段時間很短。」瑪格回答。她的臉上露出了從沒出現過的甜蜜與認真。

「妳只需要等待就行了，我會負責完成所有工作。」約翰一邊說著一邊身體力行地撿起瑪格的餐巾，他臉上的表情讓喬大為搖頭，這時前門「砰」一聲打開了，喬鬆了一口氣，心想：「羅瑞來了。」

現在我們終於能進行理智的對話了。」

但喬猜錯了，羅瑞進來時一副神氣活現的樣子，顯然情緒高昂，他手上拿著給「約翰・布魯克太太」的一大束捧花，看起來像是婚禮上用的，他表現得活像是這整件事能成功都是他的功勞似的。

「我就知道布魯克能成功，只要他下定決心要做什麼事，就算天塌下來他也能做到。」羅瑞送出禮物並致上祝福。

「感謝你的稱讚。我會把你的話當作未來的好兆頭，請允許我現在就邀請你來參加我未來的婚禮。」布魯克先生回答。他覺得現在無論和誰相處他都能平靜以對，就算是這位淘氣的學生也一樣。

「就算我那時在世界的盡頭也會趕回來參加，因為光能看見喬在婚禮上的臉色就值得我長途旅行回來了。妳看起來不怎麼喜慶呢，女士，怎麼回事呀？」羅瑞一邊問，一邊跟著喬走到客廳的角落，這時其他人都去問候羅倫斯先生了。

「我不贊同他們在一起，但我已經下定決心要忍受這件事了，以後我不會提出任何反對的意見。」喬嚴肅地說。「你不懂要放棄瑪格對我來說有多困難。」她的聲音帶著一絲顫抖。

「妳不用放棄她。妳只是給出一半而已。」羅瑞同情地說。

「一切再也無法跟以前一樣了。我已經失去我最親愛的朋友了。」喬嘆息一聲。

「不管怎麼說，妳還有我啊。我知道我不算太好，但我會陪著妳的，喬，我這輩子每一天都會陪著妳。我發誓我真的會！」羅瑞由衷說出這番話。

「我知道你會，很謝謝你願意這麼做。你總是能帶給我莫大的安慰，泰迪。」喬感激地握了握羅瑞的手

「那麼就別再難過了吧，我的好夥伴。一切都會變好的。瑪格現在很幸福，布魯克之後會

東奔西走，立刻就把事情都安排妥當，祖父會照顧他的，以後看到瑪格能在自己的小房子裡生活一定是一件令人開心的事。她走了之後，我們一樣能度過美好的時光，因為我很快就會從大學畢業，然後我們就可以開開心心地出國旅行或做點其他的事。這難道還不能令妳感到安慰嗎？」

「我很希望我能因此感到安慰，但沒人知道未來這三年會發生什麼事。」喬露出思索的神色。

「妳說得很對。我真希望能看見我們三年後的樣子，我想知道那時候我們會在哪裡，妳呢？」羅瑞回答。

「我不想，因為說不定我會看到令人傷心的畫面。現在每個人在看起來都這麼快樂，我不認為他們還能再更加快樂了。」喬緩慢地環顧房間內，所有人都覺得未來充滿喜悅，因而展露歡顏。

父親和母親坐在一起，寧靜地回顧著二十多年前，兩人初次翻開愛情的第一個篇章時的事情。艾咪正動筆描繪客廳裡的這對情人，他們沉浸在美麗的兩人世界中，臉上的光彩無比動人，讓小藝術家覺得難以下筆。貝絲躺在她的沙發上，開心地和自己的老朋友講話，這位老朋友握住了貝絲的小手，似乎覺得這麼做就能獲得力量，讓他也能依循貝絲所走過的寧靜之路前進。喬懶洋洋地躺在她最喜歡的矮椅子中，臉上露出了她最具代表性的寧靜、沉著神色，而羅瑞則靠在喬的椅背上，下巴貼近喬的鬈髮，透過那面映照出他們兩人的長鏡向喬點點頭。

瑪格、喬、貝絲與艾咪的故事在這裡落下帷幕。以上就是本劇的第一幕，至於帷幕是否會再次升起，取決於眾人對於這齣家庭劇的迴響如何，而這齣戲劇的名字就叫做：

《小婦人》。

野人文化
讀者回函卡

書 名

姓 名 □女 □男 年齡

地 址

電 話 手機

Email

□同意 □不同意 收到野人文化新書電子報

學 歷 □國中(含以下) □高中職 □大專 □研究所以上

職 業 □生產/製造 □金融/商業 □傳播/廣告 □軍警/公務員
□教育/文化 □旅遊/運輸 □醫療/保健 □仲介/服務
□學生 □自由/家管 □其他

◆你從何處知道此書？
□書店：名稱 ____________ □網路：名稱 ____________
□量販店：名稱 ____________ □其他 ________________

◆你以何種方式購買本書？
□誠品書店 □誠品網路書店 □金石堂書店 □金石堂網路書店
□博客來網路書店 □其他 ________________

◆你的閱讀習慣：
□親子教養 □文學 □翻譯小說 □日文小說 □華文小說 □藝術設計
□人文社科 □自然科學 □商業理財 □宗教哲學 □心理勵志
□休閒生活（旅遊、瘦身、美容、園藝等） □手工藝／DIY □飲食／食譜
□健康養生 □兩性 □圖文書／漫畫 □其他 _______

◆你對本書的評價：（請填代號，1. 非常滿意 2. 滿意 3. 尚可 4. 待改進）
書名 _____ 封面設計 _____ 版面編排 _____ 印刷 _____ 內容 _____
整體評價 _____

◆你對本書的建議：

野人文化部落格 http://yeren.pixnet.net/blog
野人文化粉絲專頁 http://www.facebook.com/yerenpublish

廣　告　回　函
板橋郵政管理局登記證
板橋廣字第143號

郵資已付　免貼郵票

野人

23141
新北市新店區民權路108-2號9樓
野人文化股份有限公司 收

請沿線撕下對折寄回

野人

書號：0NGA1039